全民微阅读系列

一双离家出走的皮鞋

YISHUANG LIJIACHUZOU DE PIXIE

王培静　著

江西高校出版社

图书在版编目(CIP)数据

一双离家出走的皮鞋 / 王培静著. — 南昌：江西高校出版社，2017.9

（全民微阅读系列）

ISBN 978-7-5493-6049-9

Ⅰ. ①一⋯　Ⅱ. ①王⋯　Ⅲ. ①小小说 — 小说集 — 中国 — 当代　Ⅳ. ①I247.82

中国版本图书馆 CIP 数据核字（2017）第 222973 号

出 版 发 行	江西高校出版社
社　　　址	江西省南昌市洪都北大道 96 号
总编室电话	(0791)88504319
销 售 电 话	(0791)88592590
网　　　址	www.juacp.com
印　　　刷	北京一鑫印务有限责任公司
经　　　销	全国新华书店
开　　　本	700mm×1000mm　1/16
印　　　张	18.25
字　　　数	206 千字
版　　　次	2017 年 9 月第 1 版
	2020 年 7 月第 3 次印刷
书　　　号	ISBN 978-7-5493-6049-9
定　　　价	46.00 元

赣版权登字-07-2017-1140

真实与虚构

凌鼎年

认识王培静应该有十几年了。他在北京，我在太仓，江南与首都，相隔千里之遥，但我几乎每年都有事会去北京一两次，还是见过几次的。再说，都是微型小说圈子里的，保不定哪天就在外地的哪个笔会上、研讨会上相遇了。君子之交淡如水，见面也就聊聊彼此关心的话题，常常三句不离本行，聊来聊去，总与小小说，与微型小说的人与事，以及作品有关。

见面次数也许不算多，但我与他的联系从未中断，或电话，或短信，或邮件，保持着相互信息的交换，心绪的沟通，不说知根知底，至少彼此是了解的。

王培静 1982 年当兵的，属军旅作家。他系山东人，长得高高大大，颇有几分军人的帅气与英气。一说到军人，往往会自然而然联想起戎装在身，钢枪在握的形象。其实，王培静在部队上也是握笔杆子的。

王培静在部队时，其能写会写的文名已小有名气，甚至已越出了军营。

2002 年时，他从部队退休，留在了任职多年的北京。到地方后，他又返聘在部队的《军队计划生育》杂志当了五年编辑，又兼职编辑地方的一本《赤子》杂志，再后来在《新课程导报》主持名家名作栏目，在圈内积攒了不少人脉关系与知名度。期间，又与郁葱等志同道合的文友拉起了北京小小说沙龙的旗帜，还办起了《北京精短文学》杂志，在小小说王国，也算一方诸侯。因为身处皇城根，借助首都的皇气，与边远地区小小说、微型小说学会会长的分量不可同日而语。

当然，离开了作品，什么会长、主席都是空的，作家毕竟是以作品来安身立命的。说到作品，王培静也是硬气的，创作、发表了1400多篇作品，其中小小说、微型小说有1200多篇，占了绝大多数。出版集子有18部，在中国的小小说、微型小说作家中，不是最多，也算较多。文学作品光有数量是不顶用的，那么质量呢？在我记忆中，光中国微型小说学会的年度奖他就获了四次一等奖，在中国的微型小说作家中，也是不多见的。印象中，他的作品在部队时就多次获奖，只是我记不清具体获了什么奖。地方的奖，值得一提的有冰心儿童图书奖、冰心散文奖、金麻雀奖等。加上他作品被翻译，介绍到海外，收入多种权威选本，收入多个省市的初高中考试卷，已足以证明他作品的质量了。

好，下面，我们再来读读他的作品，分析分析他的作品。

王培静的作品分地方与军队两大块。军队题材是他的优势，我们没有在部队待过的，写不过他。他好几篇获奖作品，好像都是军队题材。

王培静这本集子收录了118篇作品。我读后，有一个强烈的感受，他打动人的作品，往往是那些最真实的故事，最真实的人物。

譬如，有一篇题为《家书》的作品就让我读后久久难忘。这是一封家属给在外修铁路的丈夫写的信，整封信，其实就九个字"娃很好，我想和你睡觉"。加上收信人名字与写信人名字，也就14个字。为什么只有这几个字。显然，大名马大山的这位常年在青藏高原西西格里修公路的建筑者的老婆是乡下大姑娘，没有文化，认不得几个字。信是一个字一个字问三年级的儿子写的，她把对自己男人全部的思念，化作了这九个字，字字是爱，真实到不能再真实。她不懂浪漫，也不会罗曼蒂克，只会实话实说。如果她在信里说："你好好为国家修路，争取立功，我等你喜报。不要挂念俺娘俩"——读者可以对比一下，到底哪个真实，哪个能打动你。

也许有人会说：俗。格调不高。——那是站着说话不腰疼。

总而言之，《家书》比那些曲曲折折、虚构生造、花里胡哨的故事感人一百倍，至少我是这么认为的。

如果我没有记错的话，《一碗泉》是获奖作品，作品发生故事的地方在罗布泊附近，这个地名我想多数读者应该有记忆有印象，著名科学家彭加木就死在那儿。自然环境之恶劣可以想象，有个南方的城市新兵因受不了苦，而萌生逃离，结果迷失在茫茫沙漠，差点送命。他在生命垂危之际，眼前一再出现一眼清泉的幻觉，后来这个原本地图上没有地名的沙漠叫作了"一碗泉"，而起如此诗意之名的是如今的营长，即当年那位南方的城市新兵。一晃，他已在不毛之地的戈壁沙漠坚守了 16 年。也许，这位营长没有干什么惊天地，泣鬼神的大事，但他是活生生的，平凡的真实英雄。这与那些人为拔高的高大全式，不食人间烟火的所谓英雄不在一个层面。

《一碗泉》与《寻找英雄》有异曲同工之妙。《寻找英雄》，寻找的是抗日战争时期在老东阿城炸毁日本鬼子碉堡的英雄，英雄找不到，只能认定英雄在行动中牺牲了，成为无名烈士。

而文中的父亲，虽然参加过八路军，但后来为了妻子的安危，听从了他父亲的意见，竟然脱离部队，躲到天津卫去打工为生。

可父亲临终前,却要儿子把他埋在村西边那块无名碑下。这隐隐透露了父亲就是有关方面多年来苦苦寻找的那位炸毁鬼子碉堡的英雄。他为什么数十年来不肯说呢?对自己当年当逃兵的忏悔?是觉得没有脸去面对这份荣誉?或者觉得当年做了一个爱国的热血青年应该做的,不值得一提,也许兼而有之吧。

文中的父亲,不能算通常意义上真正的英雄,但有过抗日的勇敢壮举。这样的人物是鲜活的,真实的。历史,就是由这些人物曾经的英勇与平凡组成的。

《心结》的地点是五十年代初的朝鲜战场,一提起朝鲜战场,五六十年代出生的人往往会想起电影《英雄儿女》,想起王成式的英雄,想起"向我开炮!"的呼喊。但王培静笔下的主人公,既有立有赫赫战功,自己终生伤残的老团长,也有迥异于王成式的人物,打了败仗的连长。老团长因为当年的鲁莽,落下了一个心结,老连长则隐姓埋名,上了烈士名册。但他用身上六十多块弹片洗涮了自己打败仗的耻辱。这个故事告诉了读者战争的残酷,也用文学的笔墨描述了指挥员战场上与战场下的不同心态,也许不够主旋律,但足够真实。这样的作品是有力量的,让人信服的。

《苍鹰之死》与上述部队题材不一样,算是王培静作品的别调,属边陲生活,少数民族题材,写人与自然的矛盾。我把作品的前半部视为铺垫,后半部写到腾尔木罕在天目山悬崖峭壁与苍鹰相遇,才算切入正题,是该作品的精彩之处,写了人与自然的博弈,写了人对生态的破坏。开始,我以为苍鹰会反扑,会大鹏展翅,凌空一击,最终取胜,谁知,作者笔锋一转,出现了意想不到的结局,自知不敌的苍鹰用尽最后的力气撞向山崖。震撼,我的心为之一颤。我默默地向苍鹰致敬!我还喃喃自语道:造孽造孽!

罪过罪过!

这样的作品能唤起读者对鸟类的关爱,对生态的注意,对嘴馋对贪欲的谴责。

《神奇的长吻》好像也是获奖作品,或许这作品的真实性,稍稍打上点问号,但我宁可相信这是真的,多数读者也愿意相信是真实的。这是一篇向消防战士与他家属致敬的作品。展现的是人间自有温情在,展现的是一种人与人之间的关爱,一种和谐社会应有的温馨与美好。

我不知《军礼》是否获奖,但我觉得这是一篇冲着征文大赛获奖而写的。如果我做评委的话,我或许也会为这篇作品投上一票。因为太正能量了。从写作技巧来说,这篇达到了炉火纯青的地步。说实在,前面五分之四都写得很顺畅很到位,就是结尾有点小瑕疵。微型小说的结尾很关键,最后点题是为营救抗洪战士牺牲的营长竟是负责大坝防洪的最高指挥官荣军长的儿子,确乎有些感人,但细推敲,总觉得做小说的痕迹重了点。不知其他看官如何看?

因为王培静已是成名作家了,所以我写序,说好说孬,褒贬各一。但总体说来,王培静的作品还是达到相当层次的,是个有创作后劲的实力派作家。像《出让丈夫》《我有房子了》等都可圈可点,因篇幅关系,就不展开评点了。

是为序。

2016 年 12 月 18 日于江苏太仓先飞斋

目录

第一辑 女兵的秘密

作者在寻找被人们不太看好但实际上经常出现的英雄，尤其是经过军队熔炉锻造而有素养的众采纷呈的英雄。因此，无论从题材上还是叙写上都一定程度上形成一种『大写』的艺术，在人物身上突显出一种浩然之气，具有伟大的人格力量，闪烁着博大睿智的思想光芒，从人物的一喜一悲中，折射出社会的宏大画面，把抚慰历史、关注现实、展望未来艺术地结合起来，构建一个正能量的艺术精神家园。追求审美中的柔中见刚，平凡中见崇高。

师长的秘密

自己的一个决断,让侄女任英走到了这一步,现在有工作忙着还好,将来她岁数大了,清闲了,怎么办,一个人的日子怎么过? 他觉得有些对不住孩子。

延师长从国防大学学习回来,上级本是安排他直接到军里任副军长的。组织部门找他谈话时,他强烈要求回到边防师来。他说,我就在海子那儿退休,在那儿养老,那副军的位置让给更有能力的同志吧。

到二团检查工作,到下面走了好多地方,第二天回到团里,他对随同的李副主任和陪着的团长、政委说,晚饭我自己找地方去吃,你们吃你们的,就不用管我了。

李副主任想了想说,团长、政委就不要他们陪了,我跟师长一块就行了。

延师长说,李主任,你也不用去了。你去,不方便。

顾政委和公团长互相看了一眼。

部下们都面面相觑,不知说什么好。

谁领我过去找一个人。

公团长对后勤处长说,你领师长过去,一切按师长的吩咐做。

路上,延师长问,石一满的爱人,是不是还住原先那个地方。

后勤处长低声说,是这样,延师长,任智华院长要求搬出了那套房子,换到了营职房子里住,当时我们不同意,她三番五次地找,说一个人住在那么大的房子里浪费,执意让给她换房子。没办法,就给她换了套小的。

延师长轻轻叹了口气,点了点头说,没关系,任院长最近工作如何?

后勤处长说,任院长工作热情可高了,天天忙得很。

她身体如何?

看上去还行。

我告诉你呀,丛处长,今天我去了谁家,任何人、任何时候,包括你们团长、政委都不能告诉,千万要保密,能做到吗?

丛处长想了想说,万一团长和政委真追根刨底地问我怎么办?

你就随便说个瞎话。

那样不好吧。

记住,是我命令你这样做的。

丛处长庄重地向师长敬了一个礼说,报告师长,我保证做到。

到了家属院,走到一个门口,后勤处长想敲门。延师长用手势示意他,不用了,你回去吧。后勤处长还想说什么,延师长摆手,让他回去。

延师长看后勤处长走远了,定了定神,敲响了门……

晚上回到招待所,延师长久久没有睡着。

望着窗外皎洁的月光,他心里想,自己的一个决断,让侄女任英走到了这一步,现在有工作忙着还好,将来她岁数大了,清闲了,怎么办,一个人的日子怎么过? 他觉得有些对不住孩子。

想到这儿,有两行热泪,从他刚毅的面庞上悄悄滑下。

（原载《百花园》2011 年第 7 期）

决 定

洪教导员心里想,对不起了,九泉之下的表哥表嫂,我没有照顾好侄儿,但一贤是好样的,是个响当当地好兵,没有给你们丢脸。

边关的十月,已经下过两场大雪。秋天的风刮在脸上,已有小刀割般的感觉。

平谷营长在办公室里踱步。他心里明白,这一天,早晚得来。这不,顺义连长刚走,他把矛盾上交了。

侦察连有两个好兵,一个是南天观,一个是鲁一贤。南天观代表营里参加参过师里、军里的五项全能比赛,在军里拿过第三,在师里拿过第一,他是营里军事训练的一个标杆;而鲁一贤虽然只有初中文化,通过自学和勤奋的努力,写的文章上过《解放军报》《中国武警》杂志,营里准备年底给他报三等功的。两人都是营里的宝贝,谁走了也舍不得,但三级士官的名额只有一个。

平营长咬咬牙,对教导员说,走,咱俩去趟团部。他和教导员一起上了吉普车,在车上,教导员说,营长,你说石主任会是个什么态度?

平营长面无表情地说:管他什么态度,能多给个名额最好,真不给,我们就赖在那儿不回来。

好,我们一起努力。

一路上两人再也无话,表情严肃得有些吓人。

来到团部，在政治处石主任的办公室门口，两人整理了军装，抖了抖精神，洪亮地喊道：报告！

石主任笑着说：没听说团里要开会呀，这么远的路，一个营两个主管都跑团部来了，是有什么重要的事吧？

平营长有些心情沉重地说：石主任，您说句实在话，我和洪教导员平常工作上掉过链子没有？生活各方面给组织上找过麻烦没有？

石主任说：都没有。你们就不用给我铺垫了，有什么事，你俩就直接讲吧。

洪教导员接过话茬说：石主任，我们给你汇报件事，这事只有您能帮我们了。他们讲述了自己侦察连南天观和鲁一贤两个老兵的实际情况。

石主任听完，长长地叹了口气说：这两个兵的情况，我怎么会不知道，都是个顶个的好兵。可铁打的营盘流水的兵，套改的士官名额就那么几个，每个单位都有这样的困难，再说，名额是团里开党委会决定的，我一个人也做不了主，我这个主任真的也没办法。名额只有一个，谁走谁留，你们回去做工作吧。

两个人又软磨硬泡了半天，一点效果也没有。

悻悻地回到营部，文书打回来的饭，两个人都没有动。

晚上，洪教导员敲响了平营长的门。洪教导员沉沉地说：营长，思虑再三，我想还是让鲁一贤走吧，我已经找他谈过话了。

平营长关切地问，这样合适吗，他的情绪如何？

洪教导员叹了口长气说：我也想了，在你心里的天平上，肯定想留南天观，所以，我替你做主了。

可鲁一贤走，你就能舍得？要知道这样，去年的三等功，就不应该给南天观。现在又不是评功评奖的时候，这样做，太亏鲁一贤了。

我向他表示我们的歉意了。才开始他比较沉默,后来就有些想开了。他说,教导员,有你和营长的认可,比立什么功得什么奖都强,我在你们手下当这五年兵,感觉值了。

这兔子都不光顾的地方,有什么可留恋的,回去赶紧成个家,好好过自己的小日子多好。营长望着房顶说。

我也这样劝他了:回去好好养养,你这秃顶上的头发或许还能长出来,好好努力,将来在地方当上个宣传部部长什么的。他流着泪说,别的都无所谓,我是舍不得在这里一起朝夕相处了整整五年的战友们。大哭了一鼻子后,情绪好多了。

俩人沉默了好大一阵子,谁也没有再说话。

俩人都感觉鼻子有些酸酸的。

还是平营长先开了口,教导员,我们一起出去走走吧。

夜晚的营房外,格外宁静。月光下,两个身影并肩走着。

洪教导员心里想,对不起了,九泉之下的表哥表嫂,我没有照顾好侄儿,但一贤是好样的,是个响当当地好兵,没有给你们丢脸。

(原载《小小说大世界》2012 年第一期,《小小说选刊》2012 年第 8 期)

将军的爱情

将军爷爷轻轻拍了两下奶奶的肩膀,掏出手绢去给老伴擦眼泪,把嘴凑到老伴耳根,小声说,闺女,咱不哭,你心脏不好,医生说,不能激动,这样有危险。

在电视台八一节的访谈节目中,已是九十多岁的延将军精神焕发,思路清晰,语出惊人。

主持人:延将军,您有几个孩子,他们都从事什么职业?

将军说:一儿一女。军人的孩子能干什么,当兵。儿子延庆在西部边防当师长,女儿延军在石家庄陆军学校当副院长。

主持人问:将军爷爷,您这一生中最得意的一件事是什么?是哪个战役中的哪一仗吧。

将军想了想,深情地望了身边的老伴一眼,笑着说:我这一生最得意的事,就是拿下了她。说着他抓住身边老伴的手,用力握了一下。老伴的脸上泛起了一丝红晕。

台下响起了热烈的掌声。

别看她现在老了,年轻时漂亮得很。在我眼里,她最俊最美。

主持人说:奶奶现在也很漂亮,我们能想象的到,奶奶年轻时一定是相当的漂亮。将军爷爷,那就说说你们的罗曼史吧。

那是 1937 年,在山东枣庄的一次战役中我负伤了,她在战地医院当护士,巧的是,我被分到了她手下。头一次见她,看到穿着军装的她,脸白白的,一笑还有两好看的酒窝,要多美,有多美。那时我就偷偷地想,要是娶到她做老婆,我活这一辈子值了。爷爷陷入了美好的回忆中。

主持人说:将军爷爷,你见头一面就喜欢上人家了。

是啊。

那时你是什么级别?

副团长。

主持人说：奶奶，你说说见到爷爷时的第一印象。

奶奶深情地回望了一眼爷爷，说：那年我才 18 岁，什么都没有想，就是感觉这个伤员高高大大的。头一次给他换药时，他不让我换，让我找男护士来。

我说他：老封建，我都没有不好意思，你有什么不好意思的。

主持人问：爷爷的伤在身体什么位置？

爷爷不好意思地说：小日本的炮弹皮也不长眼，炸的不是地方，是大腿根这里。

奶奶说：他伤好后回了部队。没想到两年后，他负了伤又落在了我手里。他那时已升任为副师长，我喜欢听他讲战斗故事，但从没向感情这方面想。他装着闲聊天，问我的家事，还向别人打听我有对象没有，他对我早有想法了我不知道。他的伤快好时，他去找了我们院长，院长找我谈话，说要给我们当介绍人。我说，我还小，不想这么早找对象，再说，他比我大十多岁。院长劝我，他是功臣，和他在一起是你的光荣。你们先处处，好了继续发展，谈不来再说。从那就再没逃出过他的手心。

主持人说：听说爷爷对奶奶还有昵称是吗？

爷爷说：从认识她，我一直叫她闺女，一直到现在。

奶奶说：年轻时他识字不多，让我教他，他喊我闺女老师，你说，这是什么叫法。

主持人：是没人的时候这样叫吧，爷爷喊奶奶闺女。

爷爷说：不是，在儿子女儿、孙子孙女跟前照样这样叫，在外人跟前也这样叫，就兴你们年轻人亲爱的，宝贝，心肝什么的肉麻的叫，不兴我喊声闺女，我们这称呼多朴实。

台下观众有人笑出了眼泪。

主持人止住笑说：奶奶这么显年轻，都是将军爷爷叫的。

奶奶的脸也笑得像一朵花,动情地说:跟了他,我这一辈子也值了。我出身不好,家里是大户,后来划为了地主。谈对象时,我给他挑明了的。他说什么也不在乎,就喜欢你这一个人。"文革"时,我因成分被送到安徽芜湖劳改,我怕他受牵连,提出离婚,他死活不同意,最后真受我牵连,去了江西五七干校……

将军爷爷轻轻拍了两下奶奶的肩膀,掏出手绢去给老伴擦眼泪,把嘴凑到老伴耳根,小声说,闺女,咱不哭,你心脏不好,医生说,不能激动,这样有危险。

这一时刻,主持人,连同许多观众都流下了感动的热泪。

奶奶使劲点了下头。两双青筋盘根错节的手,紧紧地,紧紧地握在了一起。

台下响起了经久不息的掌声。

(发表于《当代小说》2011 年 7 月,《小小说选刊》2011 年 1 月《爱情·婚姻·家庭》2013 年 1 月转载)

周密计划

听母亲说了陈红表姐的情况,突然想到了连长,所以就换上从部队那边带回的一个手机卡,冒充连长和表姐交流。见表姐回复了短信,我短信告诉了连长表姐的手机号,并说表姐对他有好感,让他主动和表姐交流……

这天晚上,陈红百无聊赖地打开关了许多天的手机,手机里竟有十几个未读信息，这些信息来自一个陌生的地方——格尔木。她搜索记忆，那么遥远的地方，不可能有自己认识的人。她刚想把那些短信删掉，却又怀着好奇和忐忑不安的心情打开了第一条短信：陈红同志，很冒昧地给你发短信，打扰你了。你不用费心想了，你不认识我的。但你放心，我不是坏人，我是个边防军人。我只想对你说：人生总会碰到这样那样的挫折和困惑，迈过去，前面的风景依然美好。请保重。远方的陌生人：坚守。

自从收到相恋三年的男朋友从国外发来的分手信，陈红这一阵子情绪低落，除了给学生上课的时候，她不想见任何人，要么一个人默默地待在房间里，要么就一个人到海边上转来转去，谁开导她都不起任何作用，父母怕她出事，又动员所有的亲戚朋友为他介绍对象，她只是摇头苦笑。

陈红有些莫名其妙，他是谁，他怎么会知道我的情况？陈红又不可自制的打开了第二条短信：陈红同志，你好。你信不信，现在六月份了，我们这儿昨晚下了一场大雪，这雪好白好大。昨晚我做了一个好梦：梦到自己回到了学校生活，而新学期的班主任就是你，你温文尔雅，气质非凡……醒来甚感遗憾，原来是场梦。真想有机会做您的学生，听您上课。

陈红一下子把十几个短信都看完了，突然感觉心里舒服了许多、轻松了许多。她突然感觉有些饿，天很晚了，还是到饭馆狠狠请了自己一顿。

第二天，她又收到了那个人的短信。

见她脸上慢慢有了笑容，知道她迈过了心里的那道坎，父母和亲戚朋友心里的那块石头也总算落了地。

她想，管他是谁呢，人家这么好心地对待自己，起码的礼貌，该给人家回个短信：坚守同志，你好！谢谢你的开导和帮助。我现在心情好多了,你说的对,人生会碰到这样那样的挫折和困惑,但人要乐观,向前看,向前走,前边还有更好的风景和未来。真想有机会,夏天到你们军营去看雪。

经过两年的鸿雁传情,陈红和边防连的顺义连长终于走入了婚礼的殿堂。新婚之夜,陈红羞红着脸,嗔怪地说:顺义,我开始有好感的是那个叫坚守的军人,最后却成了你的新娘,让你得了便宜。

顺义朗声说道:你命里该嫁我,谁也抢不去。我命里该是你的老公,谁来也不好使,我是非你不娶。

这时,顺义和陈红的手机短信声几乎同时响了,顺义叫过陈红一起看,两人接到的短信内容一模一样:连长,陈红姐,恭喜你们终于走进了婚姻的殿堂。我是坚守,是连长手下的兵,连长谈了好几个女朋友,都因他驻守在艰苦的边防和他吹了。看到连长三十多了还没结婚,我们全连的官兵都为他着急。两年前我退伍回到农村,听母亲说了陈红表姐的情况,突然想到了连长,所以就换上从部队那边带回的一个手机卡,冒充连长和表姐交流。见表姐回复了短信,我短信告诉了连长表姐的手机号,并说表姐对他有好感,让他主动和表姐交流……

看完短信,两人眼含热泪,相拥在一起,久久,久久没有分开。

(发表于《山东文学》2011 年第 7 期)

诡　计

在河北那边打仗时,见你们的老百姓,头上爱戴条白毛巾,所以我们就每人带了条白毛巾,没想到全中了你们的埋伏。

抗日战争时期,那时正值一个深秋,在山东的鲁东南洪范山区,有一小股日本鬼子被我八路军围在了山中的南天观一带。

这天,王山头方向的便衣刘二娃赶回连队汇报说,有二十几个头带新毡帽的人,每人用铁锨挑着个篮子,路上还拾一些粪放在篮子里,东张西望地向山外走来。仲连长心想,没听说过有什么拾粪队,是不是日本鬼子的花招。他问刘二娃,二十几个人,都戴着新毡帽?对,都戴着新毡帽。新鲜,没见过摆这样的阵势拾粪的。仲连长说,你回去继续观察,不要惊动他们,有什么新情况马上报告。

仲连长和文书换了便衣,急步向二排坚守的山坡爬去。

见连长来了,二排长吴松树兴奋地说,仲连长,是不是有任务了。

刚才山里的刘二娃回来报告说,有二十几个头带新毡帽的人,每人用铁锨挑着个篮子,很可疑地向山外走来。我怀疑是日本鬼子要搞什么鬼花样。吴排长,你命令,各哨位严密观察山里方向的情况,全排进入战备状态。仲连长说。

是。吴排长转身安排任务去了。

两三个时辰后,刘二娃又赶回来报告,仲连长,那一拨人,真的是日本人。

我装着走路碰上的样子,和他们搭话问,老哥,咱是那个村的,这是结伙出来拾粪来啦。才开始没有一个人吭声,最后有一个小瘦子走过来,结结巴巴地说,我们是后边那——那什么李——李村的。老乡,这儿离出山口——还有多远。

我说,远着呢,还得有三十里路。

别人都不言语,那个瘦子对我说,老乡,你能带我们到出山口吗?

我猜他们肯定是鬼子了。万一被他们缠上,没法给你报信了。我说,对不起,我去上庄走亲戚,和你们要去的方向正相反。

说完我就装着向上庄走,回头看不到他们了,我又走小路赶回来的。连长,你赶紧安排怎么办吧。

文书,你去通知二排,准备伏击,通知三排,准备迂回包围小鬼子。

这拨人进入我们的视野后,二排、三排合围,没等他们掏出手枪还击,全歼了敌人。

几天后,刘二娃来报:又有一股陌生人出现了,他们每人头上都戴着一块白毛巾,正向山口方向走来。

仲连长安排照方抓药,像上次一样打了个漂亮仗。

有一个鬼子没被打死,仲连长让卫生员给他包扎了伤口,从营里找了个会简单日本话的人问他:你们为什么要用这种方式逃跑?

那个日本伤兵低着头说,我们一个连的兵力被堵在这一带了,强行突围,肯定会必死无疑。我们就想分批化装出去,见当地人都用锨挑着篮子拾粪,我们头一拨人就化装成了拾粪的。几天后，见没人回来，就以为他们突围出去了。但再用戴毡帽拾粪的方式，怕被你们识破了。在河北那边打仗时，见你们的老百姓，头上爱戴条白毛巾，所以我们就每人带了条白毛巾，没想到全中了你们的埋伏。

仲连长和士兵们听了日本兵交代，哈哈大笑。

老百姓的日子过得那么苦，有一个人戴顶新毡帽还有可能，一下子出现二十多个人戴着新毡帽，不有鬼才怪。还有这头戴白毛巾，在我们山东的鲁东南，就根本没这习惯。

（原载 2016 年第 1 期《金山》）

笑着走的

王春光下了决心，为了杨莲，为了孩子，自己去一趟部队，部队上真解决不了任何问题，能回生活了十多年的第二故乡看看也知足了。

媳妇杨莲说，亲戚朋友的钱都借遍了，要不你去部队上看看试试？

王春光叹了口气，我也想过，去部队上找找，可我都转业两年了，这事怕部队上不好办。

我下岗了，孩子上学，你还没上班，就得了这病。老天爷真是不睁眼，什么事都让咱家赶上了。你身体不好，坐那么远的车怕不行，要不我去部队？

你去，更不行。我也不放心。

看着王春光脸憋得像酱紫色,骨瘦如柴的样子,杨莲转脸抹了把眼泪,出去了。

杨莲很晚才回来,又忙着去做饭。吃饭时,她不敢抬头看春光的眼睛。等孩子吃完饭回屋了,春光问,你去哪儿了,这么晚才回来。

我出去转了转。杨莲还是不敢抬头看春光。

春光说,你别瞒我了,你心里有事。

我心里能有什么事,就是出去瞎转了转。她抬手理了下头发。

杨莲,你要不说,我也不勉强问你了。从今天我也不吃药了,今后也不治疗了。

杨莲委屈地说,你不讲理。

春光走过来拉着杨莲的手说,莲,你说不了谎话的,我能看出来。说说吧,你去干什么了。

杨莲嗔怪着说,你是侦察兵,什么也瞒不过你的。我听说医院门口有收肾的,我想偷卖个肾,给你治病。说着眼泪掉了下来。

春光把妻子搂在怀里,紧紧地抱着,眼里也盈满了眼泪。莲,你傻呀,我身体不行了,你再不好好待自己,将来孩子谁来管,咱这个家不要了?

在部队时,春光就发现自己尿血。由于部队偏远,没有查过身体,自我感觉良好。回地方后,身体越来越差,到医院一查,肝癌晚期。

王春光下了决心,为了杨莲,为了孩子,自己去一趟部队,部队上真解决不了任何问题,能回生活了十多年的第二故乡看看也知足了。

到了部队,顺义连队把他的情况反映给营里,营里又汇报给团里,团里上报给师里。部队安排他到西宁做了全面检查,延师长说,你的病是在部队上得的,花多少钱我们掏。

但不幸的是,王春光在部队医院里悄无声息地走了,走时,他嘴角上露出了一丝微笑。

(原载《金山》2014 年第 6 期)

运　气

叔叔们心里都知道,小高原是他们病故战友的儿子,他们有义务帮助他。

正是夏季,小高原每天下午放学后,跑回家放下书包,就搬着自己的宝贝泡沫箱子,蹦蹦跳跳出了门。他抬头看了下耀眼的日头,心想今天又是个好日子。他走了好几站地,来到了藏在一个胡同里的冷饮批发点,他用小手抹了把额头上的汗珠,小大人似的说,老板,批点货。

小高原,昨天我给他推荐的新品种卖的怎么样?老板笑着问。

还行吧。今天再来 10 根吧。来 20 块冰砖,20 根红果,15 根豆沙……你给算算多少钱,可别多收我的钱呀。

放心吧,老客户了,哪能呢?

结了账,小高原抱着沉了许多的箱子出了门。

街上卖冰棍的人不少。小高原脸上轻微笑了下,一直向前走。穿过了好几条胡同,他来到了自己的根据地———一所施工部队的军营门口。

他打开箱子看了看,天气温度太高,有的冰棍开始化了,他心里有些着急。他大声喊着:冰棍,冰棍,天多热,大家吃个冰棍降降温吧。

买了一些出去,待了一会,他拿冰棍时,看到剩下的冰棍化得更厉害了。他的叫卖声调不免高了起来。

这时,天上突然布满了乌云,一阵雷声后,雨越下越大。小高原见街上没有了人影,很无助地躲在一个角落里。他不时地抬头望望天,雨一点也没有停下来的意思,天却慢慢暗了下来。今天的货还有一大半没有出手,这可怎么办?想着想着,他的眼泪唰唰掉了下来。他在心里抱怨自己,你今天就不应该上这么多货,这下砸自己手里了吧。他越想越恨自己,竟哭出了声。

小高原,你怎么了?

小高原,我们要买冰棍,还有没有?

小高原睁眼一看,身边围满了收工回来的解放军叔叔。

我今天批的冰棍多,没想到今天才开始天气热,冰棍都有些化了。后又下大雨,我担心今天冰棍卖不完了。这样吧,叔叔们,今天的冰棍我八折卖给你们行不行?

不行。

一个带头的叔叔说,这样吧,今天我高兴,你今天剩下的冰棍我全包了,全价付款。我请客是有理由的,昨天我老婆来信了,我当爹了。

叔叔们一阵欢呼。

叔叔们心里都知道,小高原是他们病故战友的儿子,他们有义务帮助他。

回家的路上,小高原心里想,我今天的运气真好。

给战士们敬礼

我建议,在场的所有干部们一起给战士们敬个礼,请求你们谅解和原谅我们工作中的过失和不足……

每年的 10 月份,是边防连退伍的日子。因为时间再晚了,大雪一封路,退役的老兵就走不出去了。

这天中午,连队会餐为老兵们送行。

顺义连长和指导员讲完了话,许多战士的眼圈都红了。二排长华东突然站起来说:连长,指导员,让我说两句话行吗?大家的目光都转向了华排长。连长、指导员对视了一下,示意让他说。

华排长红着脸说:当着全连战友的面,我向我们排六班的李晓光和向迅说声,对不起你们了,请你们原谅。说着抬起右手,向坐在一个桌上的两位战士敬了个标准的军礼。

事情是这样的,在不久前举行的野外徒步比赛中,本来军事素质一流的李晓光跑在了最后,拉了我们排成绩的后腿。我当时以为,他还为没入上党的事情闹情绪,接着他又说有病,压床板,泡病号。我骂他说:就你这熊样,这思想境界,好好想想吧,继续努力吧,你离入党的条件还差一大截子呢。还有向迅,有一段时间情绪低落,没事时就跑到没人的山上大喊大叫。我以为他失恋了,训他没出息,哪像个军人,感情生活中遇到一点挫折就承受不了啦,要是让你上战场冲锋打仗呐?

前天晚上,在营房外听到了他们俩在私下交流,我本想走出来向他们道歉的,但又感觉不好意思。这两天,我思想斗争得很厉害,向他们当面道歉吧,面子上过不去。今天我再不说,也许我们一生一世再没有见面的机会了。晓光,你当时的实际情况是拉伤了大腿,对不起,是我误会你了。向迅,你那段时间情绪低沉,是疼爱你的奶奶去世了,你去喊山,是发泄自己心中的郁闷。向迅,对不起了。

由于我刚从学校出来不久,没有带兵经验,对战士们的所思所想了解不够,工作和生活中,肯定还有对不起别的战友们的事情,我们在一起摸爬滚打同吃同住几年的弟兄们,在这儿,我给所有的战友们敬个礼。

华排长眼含泪光敬完礼,李晓光和向迅主动走上来,三个男子汉,不,全排男子汉,紧紧拥抱在了一起。

指导员站了起来:华排长的这些话对我们很有启示,我建议,在场的所有干部们一起给战士们敬个礼,请求你们谅解和原谅我们工作中的过失和不足,敬礼。

全场响起了热烈的掌声。

（原载《新课程报》2011 年 7 年级第 33 期）

女兵女兵

这哪是女兵,简直是一帮假小子。通讯连凭着飒爽的英姿,高昂的士气,抢尽了风头,拿走了第一。

在军机关,通讯连一直是一道亮丽的风景。

她们早操、平常训练、就连列队去食堂吃饭,回头率绝对是110%。

正是夏季,这天下午2点,连队集合后,吕指导员宣布:这位是我们连新来的连长耿直同志,大家对耿连长的到来表示欢迎。大家一起鼓掌后,吕指导员接着说:下面请耿连长讲话。

耿连长个子不高,瘦削的脸上写满了严肃。她军容整齐,向前走了两步,立正后,向大家敬了个军礼,然后声音洪亮地喊道:立正。稍息。战友们,今后我们就在一起工作、生活了,我向大家自我介绍一下,我叫耿直,老家山东,毕业于武警指挥学院,今年28岁,至今未婚,人送外号"假小子"。战士们听后都会心地笑了。耿连长接着说:希望大家今后支持我的工作,有想法就当面说,我不喜欢转弯抹角。下面除每班值班人员外,全体都有了,立正,向左转,跑步走。

到了操场,耿连长站在前面,一招一式地教大家打军体拳,一个小时下来,大家都是汗流浃背了,见有好几个女战士,脸上的表情很痛苦,有的腿打哆嗦,简直要站不住了。当耿连长宣布休息20分钟时,瘦小的鲁晓晓一下子坐在了地上。耿连长忙走上去,关切地问:这位战友,你没事吧?

鲁晓晓抹了把脸上的汗,有气无力地说:我,我不行了。

耿连长说:这是平常缺少锻炼的表现,能坚持尽量坚持,真坚持不了,站在旁边看。

一个星期下来,躺下了好几个战士,有的说病了,有的说这几天"倒霉",身体不舒服。许多战士对耿连长敬而远之。私下里战士们说:这假小子,真够狠的,真是名不虚传。自己还说没对象,这样的人谁敢找。

虽然每天的超强度训练,战士们心里都极不情愿,除了背后发发牢骚,泡泡病号,也没有别的办法。

鲁晓晓真的病倒了,打了几天针。耿连长每天来看她,她都带搭不理的,听说她写好了报告,要求年底退伍。

耿连长说:我知道你有情绪,不光你,连里好多战士都有情绪,但作为一个军人,没有好的体质,怎么算是一个合格的兵。

我给你讲个故事吧:在一个比较偏僻的野战部队,有个女兵,刚到部队不久,有一天她跟副连长去附近的镇上买东西,回来的路上,碰上几个不怀好意的小流氓,她吓得不行,副连长说,别害怕,看我的眼色行事。

兵妹妹,陪哥几个一起玩玩。一个胖子说。

副连长说:你们想玩什么?

另一个瘦子说;咱们先去唱歌,然后一起去喝酒,然后再那干那什么。

几个小青年一起哈哈大笑。

那位副连长说:请离我们远点,姑奶奶没那兴趣。

大哥,她骂人。

那个胖子穷凶极恶地说:上,把她先带走。

有两个小流氓上来抓副连长,副连长飞起一脚放倒一个,又一个迅雷不及掩耳的擒拿动作,另一个小流氓也跪在了地上。

看阵势不妙,几个小流氓灰溜溜地跑了。

那一刻,那个女兵简直看傻了,她心里想:副连长的身手太棒了。知道吗,那个女兵就是我。

一个月下来,脸晒黑了,腰练直了。战士们突然感觉身上有劲了,吃饭变香了,走路带风了。

有一次鲁晓晓穿便衣上街,在公交车上发现了有人在偷一个女同志的钱包,她上去一把抓住了小偷的手脖子,看她那么瘦小,那小偷还想反抗,她一个反扣,利落地把小偷的两只手背到了后面,然后高喊:司机同志,抓到了一个小偷,请把车开到附近的派出所去。大姐,这是你的钱包吧,请一起去派出所作一下证。

女兵们参加训练的热情高涨,训练场上的声音一浪高过一浪。

机关队列比赛,人们议论,这哪是女兵,简直是一帮假小子。通讯连凭着洒爽的英姿,高昂的士气,抢尽了风头,拿走了第一。

女兵们私下里在忙一件大事,利用各种关系,偷偷地在列候选人,要为耿连长挑个男朋友。

（原载于 2018 年 8 月 1 日《贵港日报》）

我是女兵

班长大声命令我,鲁小华,起立。我心时想,看班长这态度,坏了,我是不是打了五个脱靶,那可真就现眼现大了。

晚饭后,我找到分在三排的菲菲,我们俩躲在一个角落里,说起训练的强度,两个人都觉得快坚持不住了。我抱怨说,都赖你,说要来当兵,受这个罪。菲菲说,我也不知道部队上有这么苦,我们军事训练过不了关的话,部队上会把我们送回去的。我想了想说,你想得美,再说那样也太丢人了,人家一说,是从部队上退回来的,一辈子什么时候也抬不起头来。我们还是咬咬牙,坚持吧。

在新兵连宿舍里，熄灯号后躺下一个小时了，我的胳膊、腿酸痛得很，都不太听使唤，好像不是自己的似的。

高中毕业没考上大学，心情一片灰暗。老爸老妈的意思，让再复读重考，我没答应。上学时向往自由，自由了又感觉没着没落。那天和菲菲坐公共汽车去商场，看到电视上放征兵宣传片，参军入伍是每个青年公民的义务，菲菲提议，咱俩去当兵吧。我说，可以呀。我俩偷偷去街道报了名，体验回来才把这事告诉父母。

父亲笑着说，到部队锻炼几年挺好，我赞成。

母亲一脸严肃地坚持反对，你去报名当兵和谁说了，我正找人给你联系工作。那部队上要多苦有多苦，一年四季风里来雨里去，你能受得了那个罪？

部队上不光我一个人，人家受得了，我就受得了。

人家是人家，你是你。你海涯叔叔答应了，给你在银行安排个工作。

我不喜欢。

银行工作多好，收入不错不说，风不着雨不着的，最适合女孩子干了。

我就想去当兵。

你要不听话，那说好了，到部队上受不了那个罪，别给我抱屈。

行，我保证。

本想打电话或发个短信向老妈诉诉苦的，可老妈有话在那放着呢。

我心里劝自己，明天还要训练呢，不要瞎想了。这样想的结果果然管用,没多大一会,我就迷迷糊糊进入了梦乡。

出了不知多少身汗水,终于闯过了体能关。

部队生活中,也经常有很多有趣的事情发生,那次紧急集合,跑了几圈检查,二排有个女兵穿反了裤子,一排和五排的两个女兵打的背包散了架,两个人两手抱着被子,那样子要多狼狈有多狼狈,虽然感觉自己的背包也松松垮垮的了,但幸亏没散架。

在家吃点水果就不想吃饭了,在这儿,吃什么饭都觉得格外香。在家从不进厨房,连碗都不洗一个,在这儿去炊事班帮厨,择菜,洗菜,淘米,和面,打饭,什么都得学着干。那些打饭的男兵跑着来跑着回,有时饭不够了,把女兵剩回来的饭倒给他们,他们一点也不嫌弃。有时炊事班的人没饭吃了,就下点挂面凑合,大家吃的一样津津有味,毫无怨言。

星期天去军人服务社买点日用品,回来自己洗衣服和床单,大家一起说说笑笑得很是开心。回家时一定告诉妈妈,我会自己洗衣服了,而且是手洗。

大家都剪的是齐耳短发,不容许戴任何装饰品,但军装一穿,比任何时装都显得精神。

没事时,我们女兵也会偷偷议论哪个男兵长得帅,哪个新训班长的肌肉发达,平常看到了他们,眼光就会在他们的身上多停留一会,有人感觉到了有女兵在看他们,就感觉有些不好意思,我们就笑,有时会把小声笑变成一起哈哈大笑。

练习射击时还可以,虽然有枪,但枪里没子弹。三点一线,瞄准,拉枪栓,扣扳机。

但实弹射击时,虽然班长说,要沉住气,要胆大心细,平常怎么练的就怎么发挥就行。但许多女兵脸上的表情很是严肃,当然也包括我。看我的腿有些哆嗦，班长严厉地说，鲁小华，你要镇静。一步一步地来，不要慌张。

趴下装子弹时，我的手一直在抖。我心里骂自己，鲁小华，你不要做孬种，熊包。你是一名解放军战士，你是一名光荣的女兵。我用眼的余眼扫了下班长，他根本没有看我。我装弹、瞄准、拉枪栓，再瞄准，击发。打完五发子弹，我脑子里一片空白，并没有按要求的快速站起来。

班长大声命令我，鲁小华，起立。我心时想，看班长这态度，坏了，我是不是打了五个脱靶，那可真就现眼现大了。

我战战兢兢站了起来，班长突然重重地拍了我的肩头一下，兴奋地说，鲁小华，好样的，打了 48 环。那一刻，我简直不敢相信自己的耳朵。

听说 4 排有个女兵打靶时尿了裤子，还有个女兵吓昏了过去。

点点滴滴的磨练，终于过了心理素质关和军事素质关。

新兵连训练结束时，我被评为优秀士兵。

我骄傲，我是女兵。

（原载于《襄阳晚报》2011 年 7 月 25 日）

女兵的秘密

两天后，鲁一贤回了短信：研，你说的是真的吗？那我们今后就是亲密的战友了。在我心里，你穿这身军装的样子最好看，最美。

大三时，许多同学都在忙着谈恋爱，确定未来的工作方向。当毕研听说部队要招收国防生的消息后，她的心动了，因为她的高中同学鲁一贤就在西藏当兵。再说，她从小就有个女兵梦，考上大学后，原以为这辈子没机会穿那身既漂亮又精神的绿军装了，没想到上天能来给作美。

那几天，晚上她兴奋地翻来覆去地睡不着觉时，同寝室的周东东说，研研，老实交代，最近是不是谈恋爱了。

另几个女同学也说，这两天研研是有点不正常，是不是拿下了个富二代，宝马、别墅都到手了。

研研想了想说，那样的好事，我做梦也不去想，我是想去——当兵。

当兵？东东上来摸了下她的眉头，你没病吧？

另几个女同学也都七嘴八舌地说，都什么时代了，还有这么天真的想法。

你受得了部队上那罪？烈日下要和男兵一样训练，你这光滑可爱的小脸蛋，能承受得了？晚上还要值勤站岗，你不害怕？

听说部队上连内衣都是统一的大背心、大裤衩，不让戴首饰，不让化妆，多没意思。

不论同学们怎么说，当研研参加了学校组织的国防教育动员会后，更坚定了她报名参军的决心。

她心里想的是，她要给鲁一贤一个惊喜。

她想象着：当有一天，她趁休息日赶去看他，一下子出现在他的面前时，他会是一个什么表情？不相信自己的眼睛？又惊又喜？然后两人开心的走向荒无人烟的野外，天是那样的蓝，空气是那样的清新，两人好好说说知心话，叙叙离别之情。

谈话、填表、体检，一切正常地进行着。

可当她知道学校没有去西藏的名额时，心里不免有些许地失望。但又一想，能穿上军装，自己的梦想就实现了一大半。军队要换防什么的，说不定哪一天，自己会被调去西藏，或鲁一贤会调到她所在的军营，那样的见面会更有意思。

结果毕研和十几个女同学被分去了西沙群岛，当她们乘飞机，倒火车，又坐轮船，换快艇到达岛上时，路上整整用了六天六夜。

刚一上岛，毕研感觉这儿太好了，碧水蓝天，可以天天看到大海，还有那么多海鸟。

第二天，刚上岛的女兵们，就领略到了海岛上太阳的威严，早晨起床后还有些凉意，出操时太阳就开始发威了，几圈跑下来，个个脸上淌汗不说，身上也湿漉漉地难受得不行。没待两天，所有人都后悔来这儿了，毕研也不例外。

上级规定，每个人一天只能用一脸盆水。看着离海这么近，但海水咸度太高，不能洗脸，不能做饭，不能喝，也不能洗澡。

听老兵说，正常情况下，半个月才能洗一次澡，要是赶上大风大浪，给养船来不了，一个月洗一次澡的情况也有。男兵们更惨，一个月才能容许洗一次澡。这对爱美的女孩子们来说，绝对太难以接受了。

整整三个月的新训结束，毕研身上掉了十斤肉，才开始几天，浑身累得骨头像散了架，饭吃不下，觉睡不着。毕研以为自己会坚持不下来，会打退堂鼓。她不敢照镜子，脸、脖子黑了，几乎掉了一层皮不说，可能由于水土不服，脸上长满了小痘痘，还被紫外线涂上了重重的油彩，但全身现在倒感觉有劲了许多。

这天是休息日，她穿上军装，破例偷偷打扮了下自己，跑到海边，用手机给自己拍了许多照片。她坐下来，从拍的照片中挑了张自己最满意的,写了两句话:一贤战友,看看我是谁?能认出我这个丑女孩吗?发了出去。

等待的时间显得特别漫长。她以为鲁一贤收到她的照片认不出她来了,所以没有回话。又一想,也不对呀,她知道自己的手机号码呀。是离得太远,信号传不过去也有可能。当她闷闷不乐,对此事不抱任何希望了时,三天后下午训练回来,打开手机,突然看到有一条未读短信。

她感觉脸上一阵发热,幸好脸上的红色掩盖住了她的内在表情。她看了看四周,见没战友注意她,悄悄走了出去。

这么长时间,她从没把自己穿上军装的事情告诉过鲁一贤,他肯定还以为自己始终还生活在东瑞的大学校园里。找了个没人的地方,毕研打开了手机:研,这不是你吧,你没有这么瘦呀。要是你,这是穿人家谁的军装照的相?想穿军装照相,等我探亲时回去,让你穿上军装照个够。看完短信,毕研的心跳有些加快,哈哈,他猜出是我来了。毕研想了想,又回了条短信:一贤,我参加国防生应征入伍到部队三个月了,我现在南海舰队的西沙群岛服役。可经过风吹日晒,我黑了,也变丑了。

两天后,鲁一贤回了短信:研,你说的是真的吗?那我们今后就是亲密的战友了。在我心里,你穿这身军装的样子最好看,最美。

看完短信,毕研流下了幸福的眼泪。

(原载于《北方文学》2011 年第 8 期)

藏在手机里的温情故事

这个消息是我在美国的一个远房亲戚告诉我的。奶奶说,她当时知道爷爷的时日不多了,想给自己留下点什么,寂寞时、睡不着觉时听听。

这天坐公共汽车,闲得无聊,看前后左右的人都在玩手机,鲁一贤也掏出了自己的手机。

鲁一贤是个普通人,用的手机更是普通,买时只花了 700 块钱,所以没有上网功能,没有飞信,也不能看小说。

转换间,他突然发现手机里有两段录音,没有标明题目。他想不起来是什么内容了,就打开了听。一段是呼噜声,那声音时断时续,时高时低。这肯定不是自己录的。是不是手机旧主板主人的东西。鲁一贤又忙打开第二段内容听,还是呼噜的声音,但这一段和第一段有所不同,这里边夹杂着咳嗽声,是位男性老人的声音。

再看,又发现了两张照片,是一个花白头发的老人躺在床上的样子。这更证明了鲁一贤猜测的正确性。鲁一贤想,咱是谁,咱好赖也是名警察。

原来,鲁一贤头些日子,平生第一次公差坐飞机去了趟海南,没想到办完公务忙里偷闲去海边玩时,光顾捡海里冲到岸边的小石头了,放在上衣兜里的手机掉进了海水里。当他捞上来后，手机就死机了。当时他的肠子都悔青了，也没心情游玩了，坐车回到住的地方，向人家服务员借了吹风机，把手机用热风吹了又吹，里边只有咻咻啦啦的声音，但依然开不了机。回来后，抱着一线希望把手机送去修理。去取时人家店时的小伙说，你的手机主板坏了，你要同意，给你换个旧主板，还能用。

犹豫了下，鲁一贤同意了换旧主板。没一会，修好的手机递到了他手里。但字体全变成了红色，看上去有些费劲。手机能接电话，能打电话，能发短信，能收短信，有这些功能对鲁一贤来说就足够了。

想着手机的事，鲁一贤心里有些不平静了。

第二天他就去了手机维修点。修手机的小伙子说，我也不知道旧主板的手机主人是谁了，反正是没人要了，你把里边的东西删了不就行了。

鲁一贤思虑再三，赵想越觉得自己应该做点什么。他向女儿请教了如何发微博。写下了这样一条微博发了出去：

寻找录音、照片主人。我在本市东风路花家地嘉实手机修理店修理手机时，修理人员给我换了一个旧手机主板。我从手机里发现了两段录音，应该是位男性老人的声音，一段是呼噜声，一段是夹杂着咳嗽的呼噜声。手机里还有一位花白头发的老人躺在床上的两张照片。希望它早日回到主人的身边。

一天过去，鲁一贤竟然不太敢相信自己的眼睛，二十四个小时的时间，那条微博被转发了一万多次，有六百多条感人肺腑的留言。十天时有 30 多万人转发，八千多条留言。

一个月后终于有了回音。一位网友说，这是我奶奶的东西，照片上的那位老人是我爷爷，他在两个月前因心肌梗死走了。爷爷走后，从外地回来奔丧的小姑自作主张给奶奶换了个好手机，把旧手机处理了。奶奶知道后,让她找回旧手机时,她卖给街头的小贩了,没地方去找。奶奶虽然没再说什么,但这些日子总是唉声叹气。

这个消息是我在美国的一个远房亲戚告诉我的。奶奶说,她当时知道爷爷的时日不多了,想给自己留下点什么,寂寞时、睡不着觉时听听。我代表奶奶和全家,谢谢您这位好心人了。

看到这儿,鲁一贤脸上露出了欣慰的笑容。

(原载于《百花园》2014 年第 9 期)

片警鲁一贤

刑警队的人走时,对鲁一贤说,我们会通过组织为你请功的。没多久,电视、报纸都报道了本市破获的这起牵连到 18 人的抢劫强奸绑架杀人犯罪团伙。参与破案的许多人立功受奖,戴大了大红花。

所长说,市局刑警队来电话,了解 3 号院一个叫申万来的情况,好像这人没有案底。鲁一贤,你去查一下。

是。鲁一贤从所长办公室出来,直接进了户籍室。户口底簿上的情况是:申万来,男,汉,25 岁,未婚,群众,206 中学毕业。再看照片,一张很英俊的脸。普查人口时见过他,鲁一贤心里有些印象。

鲁一贤骑车来到辖区居委会,和大家一一打过招呼,对也住 3 号楼的厉阿姨说,厉阿姨,3 楼 4 门 501 的申万年家情况你说一说。

他家呀,他一个哥结婚后搬出去了,一个姐也出嫁了。只有他和父母在家住, 父母都是退休工人。这阵子好像没看到这小子。小孩长得不错, 1 米 75 的个, 方脸, 很白。上的什么艺校, 听说参演过好几个电视剧, 当然都是跑龙套。厉阿姨一边想一边说。

您打听一下,他最近在家住吗,最近回来过没有。

怎么,他出事了。

上面让了解下他的情况。具体有没有事没说。

一定不要直接去问,间接了解下。我明天来听你话。

晚上厉阿姨就打了鲁一贤电话,我打听了,前段没在家住,好像昨天回来了一趟,带了个女孩,晚上又走了。

鲁一贤收了电话,就向所长做了汇报。所长交代,你给市局刑警队回个电话,和他们说一下你了解的情况。

第二天早晨,刑警队一下来了六个便衣,四男二女。

通气会上,刑警队的人介绍说,这个申万来涉嫌一起枪案。最近可能要搬东西出去住,那院门口有没有有利的房子,我们蹲守抓他。

有,传达室旁是个交通办公室,可以借来用。鲁一贤回答。

所长说,鲁一贤,你赶紧落实一下那房子,这几天,只要市局的人在,你就在那边配合工作。

是。

坐刑警队的车来到 3 号院大门口,鲁一贤忙和交通办的人做了沟通。刑警队的人一进屋,看了看方位,笑着说,这地方太合适了,进出大门都能看得清清楚楚。

有人观察门口情况,有人看报,还有个小年轻用两手练习举枪射击动作。后来听他们聊天,鲁一贤才知道,他是市拳击队下来的,别看瘦小,身上有功夫。

鲁一贤又给他们联系好了买饭的地方。

刑警队的人对他都很客气。

头一天人多。第二天剩了四个人,又待两天,见门口没有任何动静,刑警队的人只来了三个人。天天这样着,大家都呆的有些烦。他们的人可以换班,鲁一贤却一直在那儿陪着。

这天刚上班没大会,鲁一贤接到了一个电话。他收起电话,有些兴奋地对刑警队的人说,刚才我安排的治安积极分子对我说,申万来带了五个人进家了。可你们今天才来了两个人。

没事,我们带着枪呢。那个中年刑警说。

不一会,鲁一贤的电话又响了。

收了电话,鲁一贤说,他们一人拿一个大包出家门了。

好,我们做好准备。

两个刑警都掏出枪检查了一遍。

片警鲁一贤没有任何武器。

他和两个便衣走出了屋子。他感觉到了一丝紧张。

五分钟后,目录出现了。

鲁一贤小声说,来了。走在中间穿红上衣的那个是他。

两个刑警和他交换了个眼神。

目标越来越近了,鲁一贤这时反倒镇定了下来。

中年刑警和那个小刑警一人一个目标把人放倒在地上,两人几乎是同时掏出枪,嘴里喊道:我们是警察,不许动!

鲁一贤不知是那儿来的劲,上去一只手抓住一个人的脖子,把两个小子按在了地上。剩下的一个跑了没几步,竟然自己摊在了地上。

用三副手铐把五个人铐在了一起。鲁一贤打电话让所里派来了车，把人带了回去。

经过突审，申万来交代了和人一起制造了春节前五里南铁道旁出租车司机被杀的事实，并让他带路，从他女朋友家取回了一支五四手枪和三十发子弹。其余四个人都是和他参与其他不同抢劫案的同伙。

刑警队的人走时，对鲁一贤说，我们会通过组织为你请功的。

没多久，电视、报纸都报道了本市破获的这起牵连到 18 人的抢劫强奸绑架杀人犯罪团伙。参与破案的许多人立功受奖，戴大了大红花。

事后没人再提给鲁一贤请功的事。

鲁一贤像往常一样，又骑上自行车下管片了。

军　魂

苦恼了，有心事了，过年过节，谢军长都会去烈士陵园看看石主任，他谁都不带，喜欢静静地和老领导说说话，聊聊家常。

边防三连的谢连长强烈要求转业，听说上级批下来的转业名单里没他，先是休假不归，回来后也一直穿着便装，撂挑子不干了。

这天，团政治处石主任带着一个干事来到了边防三连。

谢连长没在位，也没在连队。石主任让副连长派人把他找回来,几个人分头出动,好不容易在荒郊野地里把他叫了回来。

见了石主任,他始终低着个头。

石主任生气地说:把头抬起来。你看看你,现在别说别的,你自己觉得,自己还有个兵样没有? 石主任走上去,指着谢连长的鼻子,接着说:你今后走哪儿,千万别说是我带出来的兵,我都为你感到丢脸,我跟你丢不起这人。

我要求转业,别人都批了,为什么不批我,就因为我是你带过的兵? 石主任,您说句良心话,过去我给您丢过脸吗? 谢连长瓮声瓮气地说。

大家都转业回内地,谁来守卫我们的边疆,总得有人做出牺牲吧。石主任沉着气说。

我做出的牺牲还少吗,这些年,我给营里、团里,师里争来了多少荣誉? 我原先的爱人出国不回来了,现在的女朋友要求我转业回内地,不回去就要和我吹灯,我该怎么办? 谢连长双手薅着自己的头发说。

石主任叹了口气:谢大强同志,请原谅我刚才的态度不好,这样的恶劣环境,谁也不想在这儿多待一天,谁都有自己的实际困难,你的困难我更是心知肚明,这样吧,现在我答应你,你好好工作,明年我打包票让你走行不行?

谢连长盯着石主任的眼睛:你说话可得算数。

石主任说:你见我什么时候给人开过空头支票。

行,石主任,我听你的。再坚持一年,一定和从前一样,好好工作。

谢连长说到做到,从此重拾精神,官兵们感觉到,往日里那个争胜好强的连长又回来了。

后来,谢连长没走,石主任却走了。

在那次夜间军事行动中，一个新兵由于没有经验，陷进了雪山边沿的雪坑中，稍有不慎，这个新战友就可能随着雪崩滚下山去，石主任对身边的战友说，都离远点，我过去救他。没有我的命令，谁也不能向前多走一步。官兵们纷纷抢着向前，石主任说：我再重复一遍，没有我的命令，谁也不能再向前多走一步。石主任奋勇去救这个战士，雪山边开始有雪向下滑落，眼看有雪崩的迹象，战友们大喊：危险，石主任，快回来吧。石主任大喊：大家都再向后撤几步。他用力拉住了那个战友，顺势向上一推，那个战士顺势趴在了地上。那个新兵得救了，石主任却随着雪崩摔下了雪山，战友们撕心裂肺地哭喊到：石主任，石主任……

后来大家才知道，由于石主任长期在高原生活的原因，他爱人一直不能生育，在世上没有留下一儿半女。年轻的战友们去看望石主任的爱人，他们说：妈妈，我们都是您的儿子。

谢连长一直当到了军长，都没有离开高原。

他到内地开会什么的，从不敢多待，时间一长，就感觉水土不服，醉氧的滋味太难受了，浑身都不舒服，一回到高原，什么反应都没有了，人也一下子就有了精神。

苦恼了，有心事了，过年过节，谢军长都会去烈士陵园看看石主任，他谁都不带，喜欢静静地和老领导说说话，聊聊家常。每次去，他总忘不了念叨，老领导，我没给您丢脸吧，我做您的兵够格吧。您放心，假若要有来生，我还会到您的手下来当兵。

（原载于《警察与法制》2014 年第 4 期）

爆　炸

外甥女说:姥爷,那警察真了不起,长大了我也去当警察。姥爷,你怎么哭了?

一贤过去是个警察,现在是个很平凡的退休老人。

在老伴眼里,他忠厚、朴实、善良。在一双儿女眼里,父亲很平常,小时的记忆里,他很少待在家里,除了上班就是加班。两人都曾梦想,父亲能穿着警服参加一次自己的家长会,可直到各自参加工作,谁也没盼来那一天。忙了几十年,到最后三级警司退休,没混上个一官半职,普通老警一个。

这天,他喝多了,睡梦中哭出了声,不知梦到了什么伤心事。老伴把他推醒,问,你怎么了?他抹了把眼泪,没有作答,转脸又沉沉睡着了。

晚上,四岁的外甥女悠然来家,非闹着要姥姥讲故事。她说,你去叫姥爷起床,让他给你讲故事。他当过警察,肚里的故事可多可多了。

天真可爱的悠然来到床前,用一双小手捧着姥爷的脸说,姥爷,你起来给我讲故事嘛。

一贤醒了,他坐起来说,让你姥姥去给你讲,我这没有故事。

悠然说,不嘛,就让你讲。姥姥说,你当过警察,肚肚里有好多好多的故事。

被眼前这个小人缠得没办法,他想了想刚才梦里的情景,说道:那我就给你讲个抱炸药包的故事吧。

小悠然点了下头,又睁大眼睛说,姥爷,炸药包是什么东西?

电影里演的,八路军炸敌人碉堡用的那东西。威力可大了。

有一天,已经是半夜了,正在值班的警察突然接到110转来的案情,说你管区5楼4门402门口放了一个炸药包,报案人是某单位的一个领导,有人给他打电话要20万,问他要钱还是要命,不给钱就按摇控。

出事的地方正好是这个警察的管片。警察放下电话,向值班所长做了汇报。值班所长带了几个人和他一起赶去了现场。

小悠然问,姥爷,现场是什么?

现场就是放炸药包的地方。

赶到现场。打电话问业主情况,对方用颤抖的声音说,那人打好几次电话了,才开始说给一个小时的时间,让把20万准备好。后又打电话说,还有半个小时的时间。现在也就剩二十多分钟了。警察同志,你们快想想办法,这可怎么办?我家里只有10万现金。刚才我从猫眼里看了,门口的箱子用黑胶带缠着,天线抵在我家的防盗门上,要是炸了,后果不堪设想,别说我们家,整个楼都完了,不知会死多少人。他还说,你别报警,我知道你女儿在那个学校上学,否则,你知道后果。我说到做到的。

你听声音,能不能判断是你认识的某个人,或是得罪过的什么人?

对方的鼻音很重,好像是我们单位开除的一个人,他给我送过几次礼,我没给他办成过什么事。

他个人什么情况?

二十五六岁吧,滑云人,爱赌博。我不能确定是他。

对方再打电话,你按照我说的办。说家里只有10万块钱,问他行不行？不行，再让亲戚送过来。问钱怎么给他。

带班所长向分局做了汇报。分局指示，要谨慎行事，有什么情况，马上汇报。

带班所长思考了一会说，别人都别靠近那栋楼，那谁，走，我们俩去现场附近看看。

俩人一前一后慢慢靠近了现场，一步一步向楼上走。他们的心都提到了嗓子眼了。到了三楼和四楼之间，他俩停了下来，所长咳了一声，楼道里的灯亮了。果然看到，像报案人描述的，402的门口放着一个黑胶带缠着的炸药包，天线高高地立着。

所长从角落里找了个大扫把，跟着的警察领会了所长的意图，接过来，慢慢去挑和防盗门贴着的天线，天线挑开了，炸药包没有动静。离罪犯许下的时间越来越近了，所长小声说，你离远点，我来抱。

那警察说，所长，你离远点，还是我来抱吧。

小悠然听的有些紧张，问姥爷，那两个警察不害怕，万一炸了怎么办？

警察就要保一方平安，这是他们的工作。

那个警察抱起那个大纸箱子，感觉分量还挺重。他努力让箱子离开自己的胸口一些，似乎这样对自己的危险就会小些。才开始他的步子还小些，到了楼外，他顾不上所长在什么地方，放开步子向院里的广场跑去。

路上，他甚至想到了，万一自己光荣了，国家会安排好他的爱人和一双儿女的。

平平常常的一百多米，是那么漫长，那个警察好像走了几个世纪。

到了广场，他的衣服全被汗湿透了。他索性一不做，二不休，弯腰一圈圈打开了胶带,当同事和所长赶过来时,看到了箱子里的十几块砖头。

所长打电话告诉了那个报案人,警报解除了。让他有什么情况再向所里汇报。

所有人的人都放下了。

那个抱炸药包的警察坐在了地上,却怎么也站不起来了。

刚才在梦里,那炸药包炸了。

外甥女说:姥爷,那警察真了不起,长大了我也去当警察。姥爷,你怎么哭了?

（原载于《当代小说》2012 年第 9 期）

最美女兵

女军医鲁一贤的身世听了使人心酸落泪,她是军人的后代,十二岁家庭变故走投无路时,是父亲生前的部队收留了她。长大后她没有忘恩,把青春和美好的年华都奉献给了青藏线,她是昆仑山的女儿,她有一颗冰清玉洁的心灵。在每一个青藏线上官兵的心中,她就是他们心中的女神,是这个世界上最美的女兵。

在青藏线上的所有军营中,无数次留下过一个女军医的脚印。在每一个青藏线上官兵的心中,也都给她留下了位置,她就是青藏线医疗小分队的女军医鲁一贤。

这不,刚过春节不到一个星期,她带领的医疗小分队又出发了。一路上全是积雪，车开得很慢很慢，就是这样有时车还会打滑，谁也判断不准哪儿的雪下有冰。

出来三天，她们已经去过了四个兵站为官兵们服务。他们乘坐的军车向沱沱河兵站进发。鲁队长坐在前面和司机说着话，她是怕小李疲劳犯困。其他几个人坐在后面进入了梦乡。

快黑天时，车子向前栽了两下，停了下来。轰了几下油门也不管用，气的司机小李直拍方向盘。鲁队长说：我下车看看。

车外的温度至少有零下四十多度，一开车门，风刮在脸上像小刀在割。风刮起的雪粒和沙土，使人几乎睁不开眼睛。

鲁队长看到，车的多半个右轮陷进了一个雪下面的坑里。她让跟着下车的两个男兵去找一下周围，看能不能找到石头之类的东西。十多分钟后，二位两手空空回来了。鲁队长想了想，脱下自己的皮大衣，抱着向车轮走去。司机小李和两个男兵先后说，鲁队长，你快穿上，用我的。鲁队长说：先用我的，不行你们再脱。

大家都知道鲁队长的性格，平时有什么事找她都行，什么话也可以和她说。但执行任务时她是说一不二。

鲁队长说：小李，你上车准备。小宋、小姜你们俩戴着手套把车轮边的雪扒开一些，把大衣塞到车轮的前面。

等两个兵塞好大衣，小李加大了油门。车屁股冒了好大会浓烟，车才勉强开出了那个深坑。鲁队长的大衣全是雪水，是不能穿了，几个人都要把自己的大衣脱下来给她。她说，你们都年轻，冻坏了，你们老爸老妈找我算账怎么办，再说，你们将来还要找对象呐，谁愿找个有毛病的人。我这老胳膊老腿了，不怕冷，也冻不坏。

在车上，鲁队长说，这点事，算什么。过去医疗队没有车，我们都是搭车队的车，那时的车都是烧柴油的，车况也差。一熄火，车就发动不起来了。没办法，我们先是撕了大衣烤车，还不行，再撕棉袄，再不行，一个个接着撕棉裤。我们温暖汽车，让汽车再去温暖当地藏族同胞和沿线的官兵。当时车队拉的大都是军需和生活物资。

在车上，女护士小慧好奇地问：鲁妈妈，我问你件事，你可不许生气。

保证不生气。你个小机灵鬼要问什么，随便问。鲁队长笑着说。

听老兵之间说：你年轻时上线，有时会和男兵们一起睡大通铺，这事是不是真的？

鲁队长沉思了一下，回答说：是真的。那时有的兵站条件差，一个班就住一间宿舍。就我一个女的到那儿，不可能让全班人出去站着，我自己在屋里睡。

那得多难为情。小慧红着脸说。

我可不只是在一个兵站，曾和战友们睡过一个屋。还有更不方便的就是上厕所。好多兵站历史上就没来过女人，哪里会有女厕所，都只有一个男厕所。只要我想上厕所，随便拉住一个战士向厕所一指，他就明白我的意思了。先是进去"清场"，然后再叫上一个同伴为我站岗。全国有多少妇女同胞，这"待遇"也只有我独享过。

晚上九点多，医疗队的车才赶到了沱沱河兵站，没想到官兵们整齐地站在营房门口迎接。看到鲁队长，有的叫鲁妈妈，有的叫鲁阿姨。鲁队长能清楚地叫得上每个官兵的名字，大家真像久别的亲人见面一样，每个人眼里都闪动着泪花。

每在一个兵站离别的时候，鲁队长总说：我今后上线的机会不多了，你们要多保重身体。

官兵们会说:鲁妈妈,我们会想你的。我们心里很矛盾,又盼你来,又不希望你来。

她的身世每个高原兵都知道,都像对自己的母亲一样了解。

她十二岁时,在高原部队上开车的父亲得病去世了。母亲被生活的重担压的喘不上气来,一年后跟人跑了。祸不单行,又一年后奶奶得病走了。十五岁那年,爷爷也得了重病,临死前拉着她的一双小手,塞她手里一个皱巴巴地信封说:一览,爷爷不能把你养大成人了。这是你爹部队上的地址,你也只有这一条路了,你去找找部队吧,或许部队上能给你口饭吃。

爷爷,我不让你走。爹走了,娘跟人跑了,奶奶也走了,我就你这一个亲人了。你就是病再重,躺在床上不能动了,我给你端屎端尿侍候你。她的呼唤最终没有留住爷爷。

乡亲们帮她埋葬了爷爷,她就踏上了来格尔木的行程。

部队接纳了她。先是让她继续念书,后又送她上了军队的医校。她毕业后申请回到了格尔木青藏兵站部。

因为她父亲在这儿。

她父亲死后就埋在了烈士陵园的外边。他是病死的,没有评上烈士,所以也没有资格埋到烈士陵园里去。

从她来到格尔木的第一年,每年的春天,她都会去父亲的墓前种一棵杨树,但从来没有成活过。直到她军校毕业回来的那年,父亲墓前的杨树才终于吐出了绿芽。

看到树活了,她激动地跪在父亲的坟前说:爹,我知道你的小心眼,你过去不让树活,是怕女儿不回来陪你了,是吧。

树长大后,能为父亲挡一挡夏天烈日的阳光。

她的个子不高,身材瘦小,脸上是大自然恩赐的两片云霞。由于长年奔波在海拔平均四千多米的高原上,紫外线照射的脸上黑里透红，里边的条条细血管清晰可见。她脸上写着刚毅和果断，同时也流露出母爱的慈祥。

她五十多岁了，一生未嫁。她把青春和美好的年华都奉献给了青藏线，她是昆仑山的女儿，她有一颗冰清玉洁的心灵。昆仑山会记得她，青藏线会记得她，所有在线上待过的官兵都会记得她。

在线上官兵们的眼里，她是他们心中的女神，是这个世界上最美的女兵。

（原载《小说月刊》2014 年第 6 期）

民工旺根脑子里的三个片段

女孩救人做人工呼吸是美德，农民工救人做人工呼吸就是流氓？这是什么逻辑？这是什么社会规则？虽然最后还了民工旺根清白，但他还能回来吗？

旺根摊上事了，摊上大事了。

晚上九点多，那个姑娘打电话来说，你干下的好事，当场有人录了视频放网上去了，现在全国人民、全世界的人都知道这事了，跟帖说什么的都有，我男朋友气得不理我了，你要对这一些所有后果负责。旺根脸涨得通红，想说什么，还没说不出来，对方就啪的挂了电话。

十点多时，旺根翻来覆去怎么也睡不着，这时手机有短信声,他打开一看,上面写道:你是不是变态? 你是不是有病? 有神经病! 你把我害苦了,我不想活了,我死前会留下遗书,告诉世人是你把我逼上了绝路。

这下子,旺根更睡不着了,他索性起身,走到工地门口,从小卖部买了一大瓶二锅头,径直走向了大门外的黑暗中。他在空旷、寂静的夜里不知走了多久,在一条小河边停下了脚步。他在河边坐下,打开那瓶酒,向嘴里狠狠地灌了几大口,居然没有感觉到太辣,他又接着灌了几口。

呆呆地坐了好久,旺根突然站起身,对着家乡的方向,放开嗓子,用尽平生的力气大喊道:春花,我做了对不起你的事,你骂我吧。儿子,爹做下了这丢人现眼的事,让你们在人前没法抬头了,你恨爹吧。

旺根脑子里过起了电影:35 年前的那个冬天,天气出奇的冷。年前的一天,天空下起了大雪,在家里待得无聊,他冒雪到同学旺才家去玩。在旺才家的堂屋里,墙壁上的一幅画拴住了他的眼球。看他看得入神,旺才笑着说,昨天从集上刚买回来的,好看吧。

旺根点了点头,眼光却没有离开那幅画:一位英俊的军人怀里,抱着一个包裹的严严实实的孩子,手里还提着一个花布的包袱,身边是一位面目清秀的少妇。雪粒斜着打在他们的身上,一看就能想象得到,不但下着大雪,还刮着狂风。那军人穿着一身绿军装,特别威武神气。棉帽上的红五星和衣领上的红领章,在绿军装和白雪的衬托下显得更加醒目。随后的岁月里,这幅画就永远定格在了旺根的记忆里。第二年秋天,初中毕业的旺根不顾弟弟还上学,家里没人挣工分的现状,依然报名参军去了部队……

到部队后，在电影《雷锋》中，看到雷锋趁休息日到工地上干活，劳动归来的路上，赶上下大雨，夜色中帮赶路的大嫂抱着孩子，自己被雨淋的像落汤鸡，把母子平安送回家的镜头，旺根不由地想起了旺才家墙壁上的那幅画……

昨天早上，他本是请假去邮局向家里寄些钱的。他在离工地不远的车站等车时，一个骨瘦如柴的女孩突然倒在了地上，因车站那地方比较偏僻，车站上等车的人少，带那姑娘也只有五、六个人。见女孩倒下，有一个小伙子和一个姑娘先后消悄悄离开了车站。一位热心的大妈哆嗦着脑袋和双手，自言自语地说，这姑娘是犯什么病了，你看她嘴唇都变成紫色了，脸白的像张纸，人可能要不行了，连点呼吸都没有了。这儿离医院又远，这可怎么办？

见姑娘双眼紧闭，没有了一点生命征兆。旺根看了下周围的几个人，那几个人都把自己的眼光移开了。旺根思考了片刻，蹲下身问，姑娘，你怎么了？见姑娘毫无反映，除了老大妈又没有别的女同志帮忙，他一下子想起了记忆中的那幅画。

自己在部队学卫生员时学过急救，他先是给姑娘做了胸部按压，见姑娘还是没有一点反映，他咬了咬牙，把两只手握成一个圆圈放在女孩的嘴上，开始给女孩做人工呼吸，一下、两下……

女孩终天喘上来了第一口气，慢慢睁开了眼睛。

这时的旺根，可能是紧张的，也可能是累的，大冬天的，脸上竟布满了汗珠。他的嘴角露出了一丝宽慰的笑容。

见女孩醒了，那位上岁数的大妈对女孩说，是你这位大叔救了你，你应该感谢人家。要不是人家给你做人工呼吸，你可能就……

什么，他给我做人工呼吸？女孩红着脸艰难地坐了起来，嘴里想吐没吐出什么来，眼睛盯着旺根不放。

旺根被看的不好意思，像个做错事的孩子不敢和女孩对视。

女孩掏出手机打电话，她电话里和对方说：大勇，你快来，我被一个老头欺负了，他揩我油，你来给我出出气。

看事情成了这局面，那位大妈哆嗦着嘴唇对旺根说，这人没良心，我们就不应该救她。你快走吧，好汉不吃眼前亏。

旺根对大妈说，大妈，你是好人，你也走吧，别再赖上你。旺根想对女孩说什么，什么也没说出来。他悻悻地迈步离开。那女孩嘴里喊道：你不能走。她想阻止旺根离开，但没有能够站起来。

旺根没走多远，就被警察截住了。女孩打了 110。

在派出所录了口供，旺根回到了工地。离开派出所时，警察对他说，这也不是什么光荣的事，你说是救人，她说你是要流氓，怎能辩的清这事？你也这么大岁数了，脸面要紧。我把你的电话给对方了，她要和你联系，你就出点钱，你们自己能商量解决了，就不用派出所再给调解了……

旺根心里想，那姑娘男朋友万一不要她了，她真想不开怎么办？让我对她负责，要不让自己儿子和订婚的对象散了娶她？旺根喝光了瓶子里的酒，想得头都大了，也没想出个可行的办法来。看来在这个地方，真没法再待下去了。他决定，现在就走，去个清静的地方，谁也别想找到我。

旺根走后三天，有媒体登出这样的新闻标题：女孩因减肥晕倒路旁险送命，好心人相救反被辱；七旬老太出面为他证清白，全城寻找好心人你在哪里？

（原载《当代小说》2013 年 9 月）

一双离家出走的皮鞋

爱情二重奏

在校园里她暗暗地观察过劳小坤多次，他长得真的像他的父亲。大脸盘，一双有神的小眼，高高的个子，举手投足都像他的父亲。

这天是星期六，晚饭后，肖夏说，妈，我来收拾吧，你去歇会。

女儿能主动刷锅洗碗，这可是生活中少有的事情。徐坤笑笑说：这是太阳从哪边出来了，鬼丫头，你肯定有事求我，不然不会这么勤快。

妈，人家过去小不懂事，现在不是大了吗，人家不是心疼你嘛，帮你干活我可是心甘情愿的，哼，你却这样说女儿。

徐坤说：好，好，我不说了。是我误会了女儿的一片好心行不行。

这样想还差不多。

徐坤进了书房，不一会女儿敲门说，妈，咱俩能谈谈心吗？

进来吧，谈什么？我说你这活不是白干的吧，你这干活动机不纯。

妈。肖夏狡黠地拉着长腔喊到。她敬了个军礼，接着说：徐院长，今天我要向您报告一件事情，你先保证，千万不生气。

我不生气。

肖夏红了红脸，害羞地说：我恋爱了。

公开的不行，偷偷地可以。你都大三了，可以谈朋友了呀，妈妈不反对，但你是校长的女儿，得注意影响。谁这么没眼光，看上了我这只有个漂亮外壳的女儿。对方什么情况，可以说说吗？

是我同班的劳小坤。我们俩是从一个部队考上来的，彼此比较了解，他一直也很关心我。

是他呀。好，好。什么时间叫他来家吃个饭，妈和他聊聊。

女儿瞪着一双有神的大眼睛，有些不相信地说：妈，你说的都是真心话？

是真心话。你这么大了，有谈恋爱的权利，妈妈没理由反对的呀。

肖夏上来亲了妈妈一口，说了句谢谢妈妈，接着跑出了书房。

女儿出去后，徐坤的眼光从桌上的文件上移开，望向了窗外。她来这所军医大学十多年了，从学员到现在的院长，一步一个脚印走过来。她想起了自己的过去。

她是天津人，高中毕业时正是"文革"时期，她羡慕军人，做梦都想到自己穿上了绿军装。验兵时，她凭着 1 米 75 的身高和能歌善舞的才艺，特别是骨子里的一种高贵的气质，征服了西藏军分区来的带兵领导。可最后在政审时出了问题，有人反映，她有个舅舅在国外。武装部的领导遗憾地对她说：你各方面的条件都很优秀，来带兵的南团长也早就盯上了你。可没想到你有海外关系，这一条政审是过不了关的，谁也帮不了你。

她听到这个消息，什么也没说。她是个敢想敢干的人。她早已准备好了简单的行李，去西藏的新兵出发时，她围上一条长围巾挡住了半个脸，买票上了同一趟车。

路上转了好几次车，五天五夜后，经过千辛万苦的路程，她尾随新兵队伍到了拉萨。

下了火车，她出现在到内地带兵的南团长面前后，南团长先是怔在了那儿,怀疑自己是不是带上了这个兵。后看到她无助的目光和疲惫的身影,自己也感动了。轻轻拍了她的肩头一下说,姑娘,你先住到军分区招待所,我真想留下你。

当时宣传处有个干事叫劳春,是个志愿兵,他是军分区的一支笔。听到她的故事后,连夜写了篇报道,没两天西藏日报就在头条发了出来,题目是:"小姑娘心怀大志向往军营,千里走单骑寻梦来到西藏"。

这篇报道发表后,在当地和部队引起了很大反映。部队领导特批她入伍。给她补办了一切手续。她被分到了战士文工团。

从某种意义上来说,是那篇报道促成了她能留在部队上的事。为了感谢那个给她写报道的老兵,休息时她打听到了劳春的宿舍,一见她,劳春说:你穿军装的样子真精神,真漂亮。比我采访你那次还美。

我都有点不敢认你了。

徐坤脸红了红,微笑着说;要不是你帮忙,部队上哪能要我。我是特意来感谢你的。

主要是你的事迹感人,还有你的命好,碰上了开明的好领导。

从那后,徐坤就开始经常去帮他收拾房间,给他洗衣服。和他聊天。

有一次她要离开时,劳春吞吞吐吐地对她说:徐坤,谢谢你最近对我的帮助。今后别再上我这来了,免的别人说闲话,影响你的进步。

劳春哥,管他别人怎么说,我不怕,我是自己心甘情愿的。

不是,你还年轻,还得入党、进步什么的。我没有别的意思。真的,今后别到我这儿来了。

自己那时不知道，劳春本应该提干的。各方面条件都具备了，只因为党委会上有人提出来，他和文工团的女兵徐坤过往甚密这一条，他提干的事就被否决了。

二年后，徐坤已经成了团里的骨干，她能主持，能唱会跳，最重要的是肯吃苦。在她有提干的机会时，有人也提出来了这个问题，她和宣传处的劳春走得很近。在部队，战士之间是不能谈恋爱的。

在她提干的节骨眼上，劳春主动提出了从机关调到了下面的一个兵站去工作。这事是劳春调走后，她才知道的，为此她伤心地大哭了一场。

她给他写了那么多信，他一封也没有回。休息时她搭车去兵站找过他几次，他都躲避不见她。

无论劳春承认不承认，她心里感觉，劳春是喜欢她的。他是自己的初恋，她在心里爱上了劳春。

后来她顺利的提干，进修，上学，留校。劳春为她背了黑锅，没有提成干。听说后来就转业回内地了。她也曾到劳春转业去地城市找到他，可没找到他的一点蛛丝马迹。她在心里无数次地想，只要找到他，只要他愿意，自己就决定嫁给他。管它今后的生活是什么样，只要两个人心心郑印，再苦的日子也能过出甜味来。

呵呵，命运真是个魔术师。多年以后，她看新生花名册时发现了一个叫劳小坤的。这个姓的人本来就少，有个姓劳的男人又刻骨铭心地留在了她的记忆深处，这个学员名字中还有一个坤字，这是巧合还是天意。当她调了劳小坤的档案一看，没错，是劳春的儿子。他给儿子起了这个名字，他心里还是有我。我没有看错人。

　　在校园里她暗暗地观察过劳小坤多次，他长得真的像他的父亲。大脸盘，一双有神的小眼，高高的个子，举手投足都像他的父亲。

　　女儿说在和他的儿子谈朋友，她心里更是波澜起伏，五味杂陈。她想象着，将来郑见时是何种情景，该如何开口，说些什么？

　　想到这儿，她无法平复自己的心情。穿上军装，向镜子里的自己眨了下眼睛，对女儿喊道：肖夏，早点睡，我出去走走。

（原载于《前卫文学》2015 年第 6 期）

小兔子

　　这是一个抗日小英雄的故事，读来催人泪下。今后是抗日战争胜利 70 周年，生活在幸福生活的我们，都不应该忘记他们。

　　在鲁西南一个叫王山头的地方，有一座人民英雄纪念碑，上面刻着三百多位烈士的名字。这儿是市里的青少年爱国主义教育基地，每年的清明节，各级学校都要组织学生来给烈士扫墓，缅怀他们的丰功伟绩。

　　向烈士们三鞠躬后，学生们一个个默念着碑上的名字，特别是看到最后的那三个口时，学生们的眼光总要在那多停留一会。

　　除了一年级的学生不知道，大家无数次听老师讲过那个小英雄的故事：牺牲前，他是县武装大队的通信员，才 14 岁，别看他年龄小，已参加革命工作三年了。11 岁那年，在日本鬼子的一次扫荡中,他的父母都被敌人杀害了。他流浪到县里,被县大队收留了。别人问他叫什么,他不说,由于他跑得快,有人喊他小兔子,见他不反感,大家就都这样叫了起来。

他不但跑得快,弹弓射得好,人也很机灵。由于他长得很瘦小,不易引起敌人的注意。不久后,县大队就开始安排他去给下边的小分队送信。他有时把信放在鞋里,有时放在挎的篮子里的东西中,每次都能顺利送达。

这天,有一封重要的信件需要送到谢庄片区去,走时,政委再三叮咛,小兔子,这次的信很重要,一定不要出什么事,无论如何,千万不要让信落到敌人的手里。

小兔子使劲点了点头,就上路了。他路上想,政委说这次的信这么重要,我放哪儿保险些呢。他思来想去,想出了一个好主意。

他走小路走地堰,不向大路跟前去。才开始他走得比较顺利,心里高兴地想,政委能把这么重要的任务交给自己,一定要想尽一切办法,把信安全地送到目的地去,绝不能辜负了组织上对自己的信任。

正这样想着,前面窜出来了三个二鬼子,他心里一紧,向另一边走去。那三个二鬼子喊他,小孩,站住,老子有话问你。他装着没听见,自顾向前走。有个二鬼子喊,再不停下,老子开枪了,说着端枪向天打了一枪。小兔子停下了脚步,三个穿黄皮的二鬼子气喘吁吁地跑了上来,一个长得很瘦的伪军瞪着他问,你是个小八路吧。他抬起头,扫了三个二鬼子一眼,摇了摇头。另一个二鬼子说,是个他妈的小哑巴。那个很瘦的二鬼子说,什么他妈小哑巴,他是装的,肯定是个小探子或送信的。把他带回去,交给皇军好好审。

路上，一个二鬼子突然发现，小兔子嘴在不停地动，他大喊，这臭小子嘴里有东西，他在吃东西。你小东西吃的什么，快，吐出来。

另外两个二鬼子也赶紧凑上来说，快，快吐出来。

坏了，他吞下去了。

他妈的，他消灭了罪证。

三个人开始上来对他拳打脚踢。

打够了，见他躺在地上一动不动。三个人开始商量如何处置他。带回去，皇军肯定骂我们无能，让他把罪证毁灭了。三个人思来想去，最后还是把小兔子扔下走了。

昏迷中的他，回到了自己的家，父亲用手掌摸着他的头说，你小子，这些日子跑那儿去了，一家人到处找也找不到你。母亲则一把把他搂在怀里，哭着说，我的亲儿，娘想死你了，你终于回来了，自己在外边受了不少罪吧。娘的泪水滴在他的脸上，他感觉凉凉的，很舒服，很受用……

当他被雨水慢慢浇醒。他忍着疼痛，艰难地坐了起来。想了想刚才发生的一切，嘴角上露出了一丝浅浅的笑容。

回到县大队，知道情报没有泄露出去，同志们都夸他是好样的，政委狠狠地表扬了他。赶紧让医生给他治伤，让炊事班给他做好吃的。

但孩子毕竟是孩子，一次他路过周庄东边的碉堡时，躲在一个角落里，掏出自己的弹弓，向一个站岗的日本鬼子瞄准，他射出石子的瞬间，那个日本鬼子也发现了他，枪响的同时，那个日本鬼子的一个眼珠子冒了出来，鲜血四溅，那一刻，小兔子也应声倒下。

新中国成立后，为英雄立碑时，政委交代，一定不要忘了小兔子。但工作人员翻阅档案，关于小兔子的生平，只找到了这样几行字：小兔子，真名不详，11 岁参加革命工作，15 岁牺牲。工作中机智勇敢，胆大心细，上传下达了很多重要情报，为玫瑰之乡的解放事业，做出了自己的贡献。

要是在碑上刻上小兔子三个字，好像对英雄有些不尊重，工作组最后决定，小兔子的名字空着，就用口口口代替。

人们的心里都记得很清楚，那三个口口口就是小英雄的名字。

（原载于 2015 年 3 月《西南军事文学》《2015 中国最佳小小说》《2015 中国微型小说年选》《2015 中国小小说选粹》）

高原夜

军人的付出，在默默奉献中体现。文团长的一个令人发笑的故事，包含了他对工作的尽职尽责和对父辈付出的崇敬。

晚上十点，总后某部汽车团的文团长，亲自带着装载着军用物资的车队上了路。盛副参谋长坐在头一辆车上，他在最后一辆车上压阵。一路上，车队有序地前行，还算顺利。凌晨四点，天空突然下起了大雪，而且是越下越大。前面的能见度越来越小，盛副参谋长在对讲机里向他请示，报告团长同志，车队前行困难，司机已无法判断路上的中心位置，再走容易发生事故，是否停车等候？文团长看了看窗外伸手不见五指的夜空，叹了口气，威严地拿起对讲机命令道：盛副参谋长，请车队停车原地待命，天气和能见度好点再走。盛带参谋长答道：是。随后对讲机里传来他洪亮的声音：各车请注意，现在由于大雪，前面路况不好判断，为了保障安全，现打开双闪，停车原地待命。

2 号车明白。

3 号车明白。

……

30 号车明白。

……

在这条青藏线上，六月里下雪都很正常。对老兵们来说，也都习以为常了。可对于头一次上线执行任务的新兵们来说，虽然听老兵们说过，但赶到八月里下雪，还真是感到有些新鲜。

怕官兵们睡着了着凉，容易感冒。文团长通过对讲机喊道：全体人员请注意，现在温度太低，千万不要睡着了，这样感冒后容易引起肺气肿，有生命危险。文团长想了想说，这样吧，我给大家讲个报告词的故事，不是吹牛，保证你肯定笑出声来：过去有个老兵，是个班长，在一个山沟里当仓库兵。这天，上面来电话，说军分区司令员要来他们这个点视察。作为班长，他感到很激动。准备了两天，他练习了无数遍首长来后的报告词，自认为完美无缺了。首长来的头一天晚上，他兴奋地一夜没睡着觉。要知道，从他当兵，连团长还没见过，这一下能见上司令员，他高兴地甚至有些打哆嗦。第二天，天不争气地下起了小雨，他们以为首长不会来了，心里不免有些泄气。但首长还是如约来了，他集合好自己的十二个兵，跑上去向领导报告，没想到地滑，刚喊出：报告司……就滑倒了，他红着脸忙爬了起来，重新报告：报告斯大林同志，不对，对不起，我的脑子有点断路，报告司令员同志，平阳仓库第二排第六班全体官兵集合完毕，请您提示。

司令员和一行人都笑了,司令员并没有批评他,还上来拍了拍他的肩膀,关切地问,没摔着你吧。这个班长怕自己的表现,影响了首长对部队的看法,眼泪不争气的流了下来。司令员上来给他擦了擦眼泪,小声说,军人可不能随随便便哭鼻子,请稍息。他缓过了劲,用力点了下头,转过身,向战士队前走去,司令员和随行人员又都笑了,战友们想笑不敢笑,又不能提醒他,一个个着急地皱紧了眉头。原来他走正步走成了顺拐,迈那只脚抬起了那只胳膊。司令员并没有批评他,走到队前说:战友们,你们长年坚守在这兔子都不拉屎的山沟里,默默地为国防事业做着贡献,我代表组织上感谢你们。

还是这个班长,几年后当上了排长,又遇上了一次上级领导来视察工作。这次他心不慌了,手也不哆嗦了。首长来后,他的动作干净利索,一招一式有板有眼。他集合好队伍,跑上首长面前:报告首长,中国人民解放军总后勤部直属青藏兵站第三分部管理处,第五分队第九党支部,共产党员赵玉库,向您报告,请您指示。

这位领导也是新上任的,被他感染,也不知道怎么回答了,他立正,回了个军礼,回答道:是。

对讲机里传来一阵阵战友们开心的笑声。

有战士说,这故事肯定是团长瞎编的。

另一个战士说,也是,生活中哪有这么可乐的事情,是团长怕我们睡着了受凉,自己"创作"的吧。

团长哈哈一笑说:你们不信,才开始我也不信,这个人说是他自己的故事后,我才信了。你们猜,"创作"这个故事的人是谁?告诉你们吧,他就是我老爹。

（原载于《西南军事文学》2015 年第 3 期）

烈士发怒

一个烈士的魂灵无意中发现了会所的秘密,他约同住的烈士们一起去暗访,一个个全气歪了鼻子,气红了眼睛,像提前分好工似的,有的去拉电闸,有的去关水阀门,多数灵魂则在院子的上空盘旋,他们愤怒地高声呐喊着:老子们用生命打下的天下,不许你们这样为非作歹,为所欲为……

每天晚上,在 A 城寂静的郊外一处树林里,时常有汽车的灯光在闪动。进出这儿的汽车一辆比一辆豪华,一辆比一辆气派。晚上睡不着经常出来散步的张凯,虽然一辆车的牌子也叫不上来,他观察了好久,也思考了很久,总感觉有些不对劲。

这天,张凯跟随一辆黑车进了那个神秘的院子。院子里真是别有洞天,到处是五颜六色的灯光,比白天还明亮。到处都是曲径通幽的小路,古香古色的亭台楼阁,每个水道里都有各色的鱼们在畅游,树木更是齐全,不但有北方的各种果树,更有南方才有的竹林,芭蕉,这里简直是处人间仙境。

他被迎进了一个房间,里边的布局看的张凯有些目瞪口呆,真可以用金碧辉煌来形容,自己和同伴们住的地方简直没法和这里相比。

张凯出来又进了另一个屋,一个说,刘局长,您女儿在美国留学的事务我都办好了,一些费用我也都打到了您的账号上。

张凯又进了几个屋,看到里边的人都没在干人事,都在说鬼话。

原来，为了掩人耳目，那会所建在了烈士陵园里。

张凯是一名牺牲在抗日战争中的烈士，他气愤不过在那所院子里看到的画面，把在那里边看到的一切说给所有的同伴听，大家都睡不住了，晚上都想去看个究竟，看到那不堪入目的一幕幕丑剧，一个个全气歪了鼻子，气红了眼睛，像提前分好工似的，有的去拉电闸，有的去关水阀门，多数灵魂则在院子的上空盘旋，他们愤怒地高声呐喊着：老子们用生命打下的天下，不许你们这样为非作歹，为所欲为……

（原载《小说月刊》2014 年第 4 期）

一双离家出走的皮鞋

借 条

这是一篇正能量的作品，也很有传奇性。作品从一把大火后偶尔发现的几张借条发展故事，当国仁老汉家的房子要封顶时，县长亲自带人来还账，简直是雪中送炭。而送来的钱却是机关的党员自愿捐的，大家一起维护了党和部队诚信的形象。

国仁家着了一把大火，把整个家几乎全烧没了。

幸好那天家里没人，大儿子家的重孙子和二儿子家的重孙女都去上学了。

看他们爷孙几个可怜的样子，邻居二狗腾出了两间房也让他们住下，村里的大娘大妈们你抱一床被子，我抱一床褥子的送来了睡觉用的东西,更有兄弟爷们扛来了白面和提来了油。年轻妇女们给两个孩子送来的衣服,也都是衣柜里自己家孩子最好的衣服。

八十六岁的国仁,激动的连着向大家抱拳感谢。儿孙们都在外边打工,老伴去世后原是他个人在家过,后来这两个重孙辈的孩子被送回来上学,家里也算有人做伴了。

给两个儿子打了电话,他们陆续回来了。看着两个儿子,国仁老汉像犯了错误的孩子一样低着头,两个儿子都说:爹,人没事就行,咱这房子在村里都属旧了,我们早想盖新房了,这烧了正好,省的咱们还得费劲扒房。

爷三个简单弄了两个菜,喝着酒商量着如何盖房。老大老二的意思,是向村里要新宅基地,到马路边上去盖。国仁老汉先是沉默,他想了又想,叹着长气说:咱家在这住了好几辈了,我不想离开这儿,还是想在这儿住。任凭两个儿子说尽到马路边住的好处,他就是不点头。

孝顺孝顺,顺着老人就是孝顺。没办法,两个儿子决定,按老人的想法,在旧地基上重盖房子。

在扒墙时,一个干活的年轻人从一扇窗户下的墙里发现了一个大窟窿,他大声喊:快来看,这里边有个黑罐子。

叫来了主人,抱出了那个罐子。两个儿子和众人都看着国仁老汉,希望从他嘴里说出些什么来。

国仁老汉想了很久,好像把记事以来的事情全想了一遍,最后他摇摇头说:你爷爷走时没交代过,我也不知道里边装的什么?

那咱们打开看看吧。

许多干活的人知趣地退开了些。

老大伸手去拿上面的盖子,他的手有些哆嗦,老二的脸严肃的没有一点表情。老汉眯着眼,嘴里念叨着什么。

老大轻轻从里边掏出了十几张黄色的纸，那都是过去的粗草纸。后来伸进手去时，特意在里边转了转，最后空着抽出了手。老二有些不甘心，他抓起罐子，使劲抖着，好像一定要从里边倒出些什么东西来。

两个儿子望了眼地下的那堆纸，又抬头望了眼父亲。父亲示意他们打开看看。老大打开一张纸：

　　　　欠条

因军队给养不足，今从国顺先生处借到大洋 200 块，小麦十担，玉米六担。

　特立此据

　　　　　中国工农红军第一独立师三团副政委：熊善洲
　　　　　　　　　　　民国十六年十月五日

老二拿起一张，打开：

　　　　欠条

因刚打完仗，伤员没吃的。今从国顺先生处借到小米二十担，小麦十担。

　特立此据

　　　　　　八路军独立旅三团团长：秦三
　　　　　　　　　民国三一年十月五日

爹，这是一堆烂纸，一点用没有，扔了吧。老大说。

是呀，爹，我以为祖上给我们留下的什么好东西呢，我白激动了半天。老二脸红了红说。

国仁老汉像想起了什么,他说:听村里的老辈人讲过,你爷爷也说过一些,新中国成立前他是村里的保长,后又是维持会会长,咱们过去是个大家族,最多时半个村子都是咱一家人。那时家底比较厚,红军和八路军有困难了就来借粮食,没想到留下了这些借条,你爷爷从来没跟我说过。

国仁老汉最后说:留着吧,也是个念想。

房子盖到一半时,来了个记者。他说,听说国仁老人家扒旧屋找到了东西,他来看看。他给那些东西照了相,兴冲冲地走了。

没多久,镇上、县上又来人看了那些东西,并做了详细记录,然后把东西都拿走了。还访问了两位上岁数的村民。

当时国仁老汉想,拿走了清静,省的这个今天来看,明天那个来访的。

国仁老汉家的房子要封顶时,县长亲自带人来祝贺,并交到国仁老汉手里八万块钱,县长说,我们找有关部门精心核算过了,这是那些欠条上借你家东西的钱,还有利息。你家过去为国家做出了贡献,我代表国家,谢谢你们全家。

我们没有给国家要钱的意思。国仁老汉不好意思地说。

县长说:借债还钱,这是天经地义的事,再说,您家刚着了火,也用得着。您一定要收下。

四周想起了群众热烈的掌声。

实际上县里没有这笔开支,钱是县长号召县直机关的党员们自愿捐的。他心里想,自己也是个老兵,就算替前辈们还这笔账吧。

(原载于《四川文学》2015 年第 2 期,《百花园》2015 年第 4 期,《金山》2015 年第 11 期)

第二辑

社会众生相

人文情怀就是我们每个人都要自觉关注现实社会，主动关心世俗人生、真诚地关爱所有的人。对于底层小人物的苦难，作者刻意放大他们的不幸，而是用近乎平淡的语气，为我们讲述着普通人的生活悲剧，即便是在生活的压力下，他们也能保持着朴实善良、对生活的向往与热爱之情。

一双离家出走的皮鞋

　　他百思不得其解，谁是告密者？当事人只有自己和小黄，小黄不可能，难道是自己晚上说梦话说露馅了？

　　丈夫这次从海南出差回来，女人的第六感觉告诉她，他在外边出事了。

　　往常，不管出差一个星期或半个月，回来的头一个晚上，两个人都要温存一阵子。他总是推掉所有的应酬，话语中主动的暗示，然后早早地洗澡上床。这次出去一个月，先是晚上破例去参加一个说是推不掉的酒场，11点多回到家倒头便睡。

　　她伤心透了。

　　本来他出去参加饭局，就够令人生气的了，但她自己对自己说，男人需要空间和面子。所以她洗了澡，换了卧具，试了好几件最后选定了一件蓝色的睡衣，躺在床上看着电视等他回来。

　　可他回来后没有一点要温存的意思，好像她是一股空气，不存在似的。

　　看着身边呼呼大睡的他，她心里想，这样也好，明天让他去查体，别把什么脏病传染给我了。他真得了那病，干净利索，离婚。她想象着他和别的女人一起鬼混时的丑态，恶心得不行。她越想越睡不着，在客厅里转圈，望着他穿的那双皮鞋沉思，折腾了好久，才躺沙发上迷迷糊糊进入了梦乡。

她问：我对你如何？

答：好啊，时间不长你就送我去美容一次，从来不怜惜钱，我光鲜体面地出头露面，全托您的福。

她说：那我问你点事，你能给我说实话吗？

答：肯定，没问题，必须的。

她问：这次出去，我老公都干什么了，你如实说。

答：这个，这个，怎么说呢，你让我想想，我说了，可能就没命了。

她说：你放心，没关系，你老老实实说了，我明早就放你走。

答：那好吧，其实我一路上都在思考，回来后怎么给你讲这事，进家门后一直没有机会单独和你说话。你对我这么好，我要对得起自己的良心。有些话和场面我都有些说不出口，你对我不薄，算了，我一五一十地都告诉你吧……

第二天起来，他见妻子睡在沙发上。想上来和她说什么，走到跟前停了停又离开了。

他洗脸刷牙后，又走到了妻子身边，站了一会，他走到门口穿好衣服，到了放鞋的地方，突然发现昨天脱那里的皮鞋不见了。

他找遍了家里的所有地方，也没找到自己的那双名皮鞋，他从鞋柜里挑了另一双出来，准备穿上出门。

她冷笑着说：就这样走，不想和我说点什么吗？

他走过来点头哈腰地回答：对不起老婆，我给你赔罪。昨天晚上我喝多了，冷落了你，害的你生气睡沙发，我真该死。晚上我请你吃饭，然后把欠你的补上，原谅老公我这一次行不行？

她气愤地说：你是谁老公，你是我老公，过去是，现在不是了。想起来我就想吐，哼，把欠我的补上，我怕脏了我的身子。

他一副莫名其妙的表情：老婆，你说什么呢？我怎么一点也听不明白。

还装什么呀，你问你，这次出去，你不是说自己一个人出去吗？你是和你那个小妖精秘书一起出去的，你们说了什么做了什么我全知道了，这哪是出差，是两人一起去度蜜月了。她盯着他说。

他回忆了下这次出差的全过程，觉得没有什么破绽，在海南几个地方也没有碰上任何熟人，他满脸堆笑地说：当时去海南我是准备一个人去的，可人家领导出去都带着秘书，我也觉得，带着小黄可能体面些。告诉你又怕你多想，所以就没和你说，今后出去我再不带她了行不行。

你还在这儿给我装，在三亚你们住迎宾饭店 488 房间里，你们一起洗的鸳鸯浴是不是？你答应那个小妖精，要给她买房子是不是？在琼海碧海大厦你们住在 88 层的 6999 房间是不是？你为了讨那个臭不要脸的欢心，光着屁股给她跳舞看没有？今后我不想再见到你。她气得有些哆嗦。

我，我……他心里想了想，怪了，她怎么知道得这么详细和清楚。他灰溜溜地出了门。

路上，他百思不得其解，谁是告密者？当事人只有自己和小黄，小黄不可能，难道是自己晚上说梦话说露馅了？他正想着，思想一走神，咣一声撞上了前面的车。

（原载《短小说》2013 年第 12 期）

变　脸

　　我的步子有些踉跄,进楼梯时差一点跌倒。我心里对自己说,培静啊,你这破名字起的,妨人呀。你妨人就算了,每年还给人家送什么书……

　　每年一次的高中同学聚会办了十多年了,除第一次是当时还在文化馆工作的我组织的外,以后的聚会都是我们同学中的财神——时大龙安排人招集的。他的企业做得越来越大,据说他开的车在本市仅此一辆,价值一百多万,是最有能力和资格做这事的。

　　每次聚会,我都被时大龙安排在主桌上,坐在他的身边,他每次的开场白几乎也都是从我说起:新年又到了,首先感谢咱们的大作家培静先生早些年费心把大家联系到了一起,我们的岁数越来越大,希望我们老同学们之间的情谊会越来越深。一年难得一次醉,同学们,咱们今天不醉不休。然后是大家鼓掌,共同举杯。

　　同学们坐在一起,聊聊过去,说说现在,再展望一下未来。大家都感叹时光过得太快。

　　我这些年每年都能出版一本小说,所以每次聚会,我都带上几本,大龙的那本都是提前签上名的。每到这时候,大龙就高声喊道:大作家又给我们送书来了。培静又上电视又上报的,他的名气越来越大，这也是我们全体同学的光荣。

前些天接到同学的聚会电话，之前我因在外地还是脱不开身，已经两年没有参加同学聚会了。我心里想，今年一定参加。

聚会这天，我赶到了玉龙大酒店，现场已是人声鼎沸，好不热闹。原先的聚会只有五、六桌人，今天好像得有十几桌吧。我向主桌上扫了一眼，时大龙还没到场。我索性找了个靠边的角落坐了下来。

我扫了下全桌，奇怪的是一个熟脸也没有，我真怀疑进错了地方，悄声问坐在身边的人，他们说，是时大龙组织的场。再一问都在哪方高就，有说是检察院的，有说是工商联的。天哪，时大龙是不是把小学同学都发展进来了？我又一想，他是不是在这还一起招待另外的朋友，我正想起身出去看看，这是时大龙进来了。

他大摇大摆径直走到主桌空位上，咳了两声，又咳了两声。有人大声喊道：诸位，静一静，下面请时董事长说话。稀稀拉拉一阵掌声后，时大龙站了起来：各位同学、各位朋友，大家新年好！今天到这儿来的没有外人。说到这儿，他环视了一下全场继续说：我给大家讲个事吧，不瞒大家说，公司头几年有些不景气，我找了个大师给算了算，他说让我在公司楼顶上的北侧放两个水缸，里边放上水，西边竖上十根桃木，这样一是防小人，再一个是可以辟邪。我让手下人这样做了，结果还是不好。我又从大地方请了个大仙来，他说，我身边有人妨事。我思来想去没有别人呀，头几天我终于想到了一个人，过去新年聚会，他每次都给我送书。送书送输，让我把生意都给输出去了。

大家交头接耳，窃窃私语，议论纷纷。

几年前，曾有人建议让他给我当代言人，幸亏我没答应。我要答应了，你想想他那名字，我的企业早倒闭了。这两年聚会他没来，我的生意又渐渐好了起来……

天哪，他虽然没有点名道姓，这说的肯定是我。我的脸发烫，手发抖。见没人注意，我低头起身逃出了门。

我的步子有些踉跄，进楼梯时差一点跌倒。我心里对自己说，培静啊，你这破名字起的，妨人呀。你妨人就算了，每年还给人家送什么书。你不显摆了吧，人家喊你大作家，你就以为自己真是作家了。你呀，狗屁不是。

我想改名，把名字倒过来叫，培静，静培？有什么两样。我心里狠狠地对自己说：得了，你就这命，躲起来写你的破小说去吧，今后可再别出来妨人了。

（原载于《微型小说月报》2016 年 6 月）

贩卖手机

母亲说：我想你 600 买的，卖 800 还赚 200，你明天多批几个回来，我买菜时捎带着去卖。天哪，我当时是怕母亲心疼，说 600 买的，实际上我花了 4000。

我早就想好了，等发了年终奖，给母亲买个像样的礼物。这不，下午发了钱，下班我就去了手机店。母亲用的手机，还是我上高中时用的，现在简直都成了出土文物。

我挑了一款功能齐全的 3G 手机，兴高采烈的回到家。

妈，我给你买了个新手机，你看喜欢吗？

妈说,我这手机用得好好的,你给我买什么手机,明天快退了去,要不你自己用。

我说,你那手机都看不清数字了,过年了,这是我送你的新年礼物,再说,这样的款式只能你用,我能用吗?说着我把手机塞到了母亲手里。

母亲端详着新手机,问,多少钱?

我想了想说,600。

母亲说,那还行。

我说,这不正赶上人家促销吗,妈,这手机功能可全了。没事时,我教教你,怎么使用那些新功能。

第二天吃过晚饭,我说,妈,你的新手机研究了吗,都会用什么功能了,不会的我来教你。

母亲笑着说:卖了。

我傻眼了,卖谁了?

早晨我去早市买菜,有人看见我手里的手机,问我卖吗,我问,你给多少钱?对方拿过手机看了又看,咬咬牙说500。见我在笑,他说600,最后他出到800。我想你600买的,卖800还赚200,你明天多批几个回来,我买菜时捎带着去卖。

天哪,我当时是怕母亲心疼,说600买的,实际上我花了4000。

（原载于《羊城晚报》2015 年 1 月 11 日）

独特感受

春江醉眼蒙眬地说，作为我等小人物，一生中能被纪检委约谈，也是件荣幸的事啊。

头些天，华子招呼，说休息日一起聚聚，聊聊天，喝点小酒。

到场后，我问，春江还没到，这落后分子的帽子，一辈子也不想摘了。华子说，我打电话不接，发短信不回，电话打到家问他媳妇，他夫人说，加班去了。我笑着说，谁知道他小子上哪儿加班去了。

前两天，我想托春江办点事，给他打手机，好长时间才打通，我说，春江，最近什么时间有空，想找你说点事。

他没好气地说，我最近都有事，没空，顾不过来，先挂了。

我被冷落地难受，这小子怎么了，和夫人吵架了？还是家里出了什么变故？

我打电话给华子说，春江是不是高升了，不想和我们这帮穷朋友　处了。我给他打电话，好久才接不说，说话像吃了呛药，很不耐烦的口气。

华子叹了口气说，不知道他最近怎么了，不应该呀，春江不是那号人。

我说，见不到他的面，也没法问问他，到底心里有什么事。

日子就这样一日一日平平淡淡地过去。

过了好些日子,春江突然打电话来说,晚上下班后我请你们喝酒。

我和华子到时,他已经点好了菜。从身边的包里拿出几瓶酒说,喝这个如何,古贝春,这还是我结婚时,老丈人从他们老家给我带来的。说着他从盒子里掏出了一瓶,那酒瓶红红的,古香古色,像件精致地艺术品。

华子说,你小子不够意思,我给你打了多少次电话,不是关机就是不接。

我说,是呀,是不是高升了,说话口气都变味了。

先喝酒,然后再发牢骚好不好? 春江没事似的样子。

倒上酒后,每人先尝了尝,味道真是不错,绵软可口,满嘴生香。春江说,干一个。说完带头干了。没办法,我和华子也一口干了。

连着干了三个酒后,春江说,想知道我最近在忙什么吗,你们猜不到的。告诉你们吧,我荣幸地被上级机关的纪检委约谈了。

我和华子愣在了那儿。

我说,就你,芝麻大的一个小会计,上面纪检委找你谈话? 你做梦了吧。

华子说,是不是偷报了找小姐开的发票,东窗事发了?

我知道你们不信,才开始我也不信。那天是个星期五,我接到纪检委的电话,对方说是纪检委的袁干事,我想了想,纪检委我没认识的人,又想,今天是六月二十号,不是愚人节,我笑着说,你是纪检委,我这是记者协会,咱们业务上没来往吧。对方说,没人和你开玩笑,你是李春江吧,是红星化工厂的会计负责人吧。我听对方的口气很严肃,忙小声说,对不起,我以为是朋友给我开玩笑。电话那边说，你现在就去华夏宾馆，那儿给你定好了房间，吃饭也安排好了。

到了那宾馆的一个房间，给我打电话的那人问，知道找你来干什么吗？我说，不知道。一个女同志慢条斯理地说，那就好好在这儿想想，回忆回忆。

我有些害怕，这是出什么事了？我说，我能给老婆打个电话吗，要不家里人着急。那位女同志说，不用了，我已经给你请过假了。这时我的手机响了，我问，我能接电话吗？他们示意我接，你们弟媳没好气地说，李春江，你给我赶紧回家来，大星期五的加什么班，你不敢打电话，叫个女的给我打电话，她是什么人？是情妇吧，到哪儿加班去了，宾馆？我看了眼那女同志，强打精神说，媳妇，你别闹了，人家那真是领导，真是安排我在宾馆加班，有重要任务要完成，这几天可能都回不去了。媳妇说，那好，你们在哪个宾馆，我马上过来，看看你们是怎么个加班的。没办法，我抬眼看了下纪检的男同志，他犹豫着接过了电话说，我们是化工集团纪检部门的，李春江同志在协助我们了解情况。这几天就吃住在这儿了，请你理解。

晚上审我到 11 点，对方沉默，我也沉默。没办法他们撤了。

第二天，他们的问话旁敲侧击，说你要想清楚了，你现在说的每一句话，将来都要负法律责任。我说，我明白。晚上他们突然让我回家，要我随叫随到。

第三天又找我去了，问我，昨天晚上你的电话打爆了吧。

我想了想，不知怎么回答，随口说，还行。

告诉你，你手机和家里电话我们都有监听，你要老实回答问你的问题，明白吗？

明白。

一双离家出走的皮鞋

你们陆厂长给你打电话了吧。

打了。

他给你怎么说的？

他说，让我应该说的就说，不应该说的别说。

还说什么了。

没有了。

这就对了吗，还有谁给你打电话了？那两人有些兴奋。

你们拉倒吧，陆厂长根本没给我打电话。我稳如泰山。

没办法，他们拿出几张发票的复印件给我看，说这是假的。

我一看时间都是前年的发票，我说，那时科技还不发达，用肉眼根本辨认不出发票的真假，去年才有了验假发票的机器。这是厂办于秘书经手的，上面都有陆厂长的签字，我完全按规章制度走的手续。

见再也问不出东西，让我在笔录上签字时，我看前面有两句话记的和我说的有些不太一样，我说，这不太对，我原话是这样说的。他们不给改，我说，你们不改，我就不签。没办法他们还是按我说的改了，我拿起笔，运足了气，完成了一生中最重要的一次签名。

那一刻，我突然感觉到了一丝神圣，这一辈子，自己从来没有这样重要过。

我那名签得漂亮，何止漂亮，分明是潇洒，那是相当的潇洒。

来，这杯酒，为你压惊。我和华子一起说。

春江醉眼蒙眬地说，作为我等小人物，一生中能被纪检委约谈，也是件荣幸的事啊。

（原载于《天池》2011 年第 11 期）

和劫匪谈一场轰轰烈烈的恋爱

出租车女司机春红遇到了劫匪,她急中生智,在提速超车后,向右猛打了把方向,来了个急刹车,后面的货车跟着来了个急刹车,刺耳的刹车声在寂静的夜空里特别的响亮……

初夏的夜晚,有小风吹着,春红觉得特别的舒服,刚才没人时点了下今天的收入,**400** 多了。又跑了几趟活,一看时间已经是 **11** 点多了,她心里想,人不能太贪,除了份钱,今天的收入也有 **200** 块了,收车。

这是西郊了,她刚想调头,一个男青年从黑暗中走了出来,招手打车。

她问:先生,您要去哪儿?

男青年说:杨庄。

在哪个方向?

向西,也就十多公里。

对不起,不顺路,我要收车了。

大姐,你就辛苦跑一趟吧,我有急事,刚才家里来电话,老妈的心脏病犯了,你看也就两脚油的事,要不,我多给你点钱行不行? 再说,你看我像坏人吗?

春红看了眼车下的男青年,虽然很胖很壮实,但戴了副眼镜,很像个有文化的人,他的话不像有假。

春红痛快地说：您上车吧，我送你一趟。

谢谢，谢谢。男青年说着拉开后车门上了车。

我不知道路怎么走，您指路。

先向西开就行，到了拐弯的地方我告诉你。

跑了一段路，路上的路灯没了，春红又问：先生，向前还怎么走？

再走一段，有个路口向左拐。

左拐后又走了一段，春红看了下表，已经跑了二十六公里。她心里有些害怕，又问：快到了吧，还有多远？

男青年突然从后面用刀抵着她的脖子说：停车。

春红向路边靠了靠，停了车。她沉默了片刻，突然笑着说：兄弟，你是要钱还是要车或是要我？

少废话，把钱全掏出来。小青年恶狠狠地说。

春红镇静地说：兄弟，钱都给你没问题，但一共也没多少。这车你要开走，车上有定位系统，公司很快就能找到车的位置。我老公有了小三，我过得也不幸福，你看我长得还有点姿色吧，我今年三十二，你今年多大，你要不嫌弃，咱找个远点的地方把车买了，我跟你一起私奔如何？

男青年没想到她会这样说。

这时前面有个骑车人下了车，走了过来。趴在车窗外向里看。由于天黑，他看不清里边的情况，他开始使劲拍打车窗。春红一边开车窗一边没好气地喊：看什么看，没见过谈恋爱的。车外的老汉讨了个没趣，推车走了。

等老汉走远了，小青年说：你说的是真的？

春红说：我落你手里了，说瞎话还有什么必要，这是咱俩这一生有缘，或许我下半辈子跟你还能过上好日子。春红感觉得到,小青年架在她脖子上的刀挪开了一点,她伸手开了顶灯,转过身深情地望了小青年一会,不顾危险,揽过小青年的头,亲了他的脸一口。

小青年慢慢收起了刀。结巴着说:你真喜欢我?

春红娇羞地说:只要您不嫌弃我,我就实心跟你过一辈子。

那咱们到哪能卖掉这车?

走远一点卖,安全。咱们去河北易县吧,我开着车,公司不会找的。咱说好了,我卖了车跟了你,你要对我好,不要像我丈夫,有了新欢把我甩了。家里我什么也不要了,也回不去了,你要离开我,我就什么也没有了。春红可怜兮兮地说。

好,那咱们就去易县卖车,你可别出什么鬼花招,我手里的刀可不认人。

小弟弟,我都说到这份上了,你还不相信我,多伤人家的心。你亲亲我,算对我赔个不是。

小青年想亲她的嘴,她躲开了,只让他亲了脸。春红轻轻地说:等到易县卖了车,找个地方住下,让你亲个够。

春红开车又上了路。走了一段,春红说:弟弟,咱还是去走大路吧,这小路黑灯瞎火地太难走了。

好吧,咱们去走大路。

一路上,春红很是主动地问这问那。小青年的回话也越来越温和。

上了大路,路上的车辆极少,对面来了一辆出租车汽车,春红放慢了些速度,看到对方鸣了一声喇叭,她也摁了一声,算是回应。错过车后,春红的车速又回复到了正常。

又跑了一个小时的光景,春红从镜子里看到,坐在后面的小青年老是打瞌睡的样子。前面突然出现了一辆货车,货物上面坐了 4、5 个人。春红提速超车后，向右猛打了把方向，来了个急刹车，后面的货车跟着来了个急刹车，刺耳的刹车声在寂静的夜空里特别的响亮，车上的几个车差一点掉下来，两辆车几乎亲在了一块。小青年清醒了，急忙问：怎么了，为什么停车？

对不起，弟弟，我开着车也困了，方向跑偏了，差一点撞了车。

后面车上的司机和车上的几个人都围了过来，有人手里还拿着棍子什么的，嘴里骂骂咧咧地，你他妈会不会开车，差点把人摔下来，要了老子的命。

他们拉车了车门，春红没等他们再说什么，跳下了车，大声喊道：车里有劫匪，注意他手里有刀。

几个人交换了下眼色，货车司机说：你们看住四个车门，我打报警电话。

警车到后，那小青年在车里束手就擒。

春红脸上现出了一丝胜利者的笑容。

一口井

小屋里突然一下子涌进来了男男女女、大大小小二十多个人，他们阻止采访不说，还质问采访人员：你们采访通知谁了，你们什么目的，居心何在？

新上任的相镇长来佘家镇后，一个人跑到佘家镇南的一口井眼前转了好几天，他脸上露出了一丝不易察觉的神秘笑容。没多久，镇里来了几辆小车，车上下来一拨人，相镇长叫几个农民把井口的木锥起开，水流喷涌而出，水流了一天一夜二十四小时，水的流量一点也没有减小的意思。二十天后，县电视台播出了一条爆炸性新闻：经多位省水质专家化验、鉴定，在佘家镇发现的矿泉水，一是储量很大、二是含有多种矿物质，如钙、铁锰铜锌、重碳酸盐钠钾、镁、钠、二氧化碳等成分，水质超国家矿泉水指标数倍，是一处难得的优质矿泉水资源，此水能健脾胃，增食欲，使皮肤细润，延年益寿。这将对当地的经济发展带来一个很好的契机。原来，那几天相镇长在那转时，就打上了它的主意，灌了那井里的水，偷偷去了省里。

十多年前，省里的一个勘察队打井时，在镇南的一块地里打出了这个井眼。当时佘家庄村给人家送了两头猪，才让人家给留下了这眼井。好多年了，那井眼用大圆木塞着，周边一年四季还向外冒着水，春天、夏天能浇上不少地。上点岁数的人都知道，当年这眼井打出来后，轰动了四里八乡，那水窜出有五六米高，人人都在传说，佘家镇打井打到了地下河。

没想到这眼井真的派上了大用场。

县里招商办从省里要了些资金，又找了一家省里的企业联合开发，矿泉水厂很快上马了。但为了市场，有人说得找个形象代言人，找明星太贵，有省里的媒体给出了个点子，从当地找个老寿星当代言人，这样既有说服力，又能省下一大笔代言费。

查来查去，附近几个村就没有活到八十岁的。刚从远一点的一个村，找到一个几天后满八十的老太太，还没等请的人来拍广告，头天晚上睡下时还好好的，早晨起来，子女们却发现老太太无声无息地走了。

正当大家束手无策的时候,功夫不负有心人,没多久,代言人还是找到了,他就是住在佘家庄村的赵老根。

才开始,人们都没注意到他,因为他一个人住在旧村的两间破房子里,村里很少有人到旧村里去走动。后来查村里的户口底子才发展,越老根已经 86 岁了。

县、镇、矿泉水厂和媒体的一行人来到赵老根的家里,大家都被面前的景象惊呆了:两间小屋摇摇欲坠,随时有可能要塌掉的样子,院子里长满了荒草,要不是有村人带着,谁也不会相信这里还住着人。

有人喊:赵大爷,在屋吗?

一个微弱的声音从漆黑的屋里传出来,谁呀!

那声音像来自远古。

大爷,能不能开开灯?

我这儿没有灯,进来吧。

走进屋里,好一会大家才看清了一切,屋里可以说是徒墙四壁,他蜷缩在一张小床上,睁着迷茫的眼光看着大家。

镇里给他买了新衣服,把他接到县里洗了澡,刮了胡子,赵老根一下子精神了许多。摄影师拍了照片,效果非常的好。没多久,有赵老根身影的长寿牌矿泉水广告就上了电视,反映也是出奇的好。

这天, 县电视台有个节目组, 慕名来小村采访他的长寿秘诀:

大爷,你是咱镇里最年长的老寿星了,恭喜您。

我也想赶紧咽了这口气,每天迷迷糊糊睡着了,就以为能睡过去了,可第二天醒来,发现自己总是还活着。他叹了口长气说。

平常您都怎么吃饭?

自己做。

都吃些什么呀？

面片,粥,食盐。

……

这时,小屋里突然一下子涌进来了男男女女、大大小小二十多个人,他们阻止采访不说,还质问采访人员:你们采访通知谁了,你们什么目的,居心何在？原来他们都是赵老根的后代。

他们还声称,正在商量一起去矿泉水厂索要赵老根的代言费。

（原载于《文学港》2013 年第 6 期）

相机里的玉手

里边还真有张女人手的照片。照片上一个女人的半截胳膊伸向前方,那胳膊和那只纤纤玉手上的皮肤又嫩又白,纹理细的清晰可见里边若隐若现的细小血管。

下班前,长远收到了女儿小菲的短信:爸,不是我说你,你也老大不小的人了,怎会干出这么龌龊的事,看把我妈气成啥样了。长远努力回忆,自己这次出差去云南,没有做任何对不起妻子的事。他正想着,接着又是女儿的一个短信:你快回家吧,要出人命了,为了一个寡妇,破坏自己的家庭,你觉得值吗？你让我看不起你！长远如哽在喉,觉得莫名其妙,觉得极不舒服,就像被女儿打了几个响亮的耳光。

一进家门，长远就感觉到家里的气氛大不对劲，妻子容没有做饭，躺在卧室里又哭又喊，满屋子里充满了酒气，地上一片狼藉，他给妻子买回的玉镯摔成了几截，四分五裂的躺在地上。

这次到南方出差，在云南一个产玉石的地方，他掏出所有的钱看了看，花两千多块钱给妻子和女儿一人买一个玉镯的话，剩下的钱还够回程的路费和基本花销，他狠狠心买了下来。他想给妻子和女儿一个惊喜。

女儿在一边冷冷地看着他，没有言语。

果然昨晚回来后，妻子带上手镯，有种爱不释手的样子，嘴里却嗔怪说，太贵了吧，花这么多钱。上初中的女儿戴上手镯，说了声，谢谢爸爸。做了个鬼脸，蹦蹦跳跳着回自己房间了。

久别胜新婚，两人晚上好好亲热了一番。早晨妻子哼着歌，早起做了饭，送他和女儿出了门。

容，怎么了？早晨不是还好好的。他平静了下心情，在心里叹了口长气，走上去劝妻子。

妻子听他进了家，哭得更起劲了。

他安慰妻子时，容说，你离我远点，你那脏手，别碰我。

到底怎么了，你说清楚行不行？我对天发誓，没做过对不起你的事。

你还在狡辩，你照片里的那只手是谁的？

长远看电脑开着，相机的内存卡还在电脑上插着，走过去查看照片。他心里很坦然，一路上没有和任何异性合过影，回来时也是从车站直接打车回的家，里边怎会有什么女人的手和照片？

坏了，里边还真有张女人手的照片。照片上一个女人的半截胳膊伸向前方，那胳膊和那只纤纤玉手上的皮肤又嫩又白，纹理细的清晰可见里边若隐若现的细小血管。长远心里想，这手太美了。拥有这手的女人肯定也是无比的漂亮。可这是谁的手呢，怎么跑到我的相机里来了。

容说，你还有什么可说的，那女人手上的手镯和给我和女儿的一模一样，你回来先去和单位那个小寡妇温存后才回的家吧，还假惺惺地来骗我们。

妻子容说的单位的小寡妇却有其人，但人家是离婚的，家庭条件特别优越，怎会看上自己这小人物。容去单位找他时，见过人家几回。后来每次加班，下岗在家的容就说，真加班还是假加班，不会是和你那一个办公室里的小寡妇去加班吧。

他一看，那照片的手上，真戴了一只和他给妻子、女儿买回的一个样子的手镯。他是怕跳进黄河也洗不清了。

再仔细看，他终于兴奋的高喊：你看看，这远处是昆明湖，是我在云南抓拍太阳从湖上升起时拍的照片，这前后的照片都是那时拍的，你们冤枉我了。见妻子止住了哭声，并没有起来看的意思，他大喊道：小菲，你过来看看。小菲不相信的走了进来，走到电脑前仔细看着照片，他向女儿解释着。女儿突然说，妈妈，爸爸说的是真的，我们误会她了。

他如释重负地长叹了一口气，眼里潮湿了。

倒　挂

你知道吗,这样一算,我媳妇挣的钱比我的工资高四倍。我能不高兴?不过,这事请老兄千万为我保密。

勇浩是我的同学,从大学时就爱写点东西在报刊上发表,毕业回来后被安排在了宣传部。年前同学聚会,已是组织部副部长的鲁一贤说,勇浩,新来的县委巩书记想从宣传部笔杆中找个秘书,我推荐了你,你要有个思想准备。勇浩想了想说,谢谢巩哥栽培,可我都三十多了,和人家书记年龄差不多,从哪方面说,都不太合适吧。鲁一贤生气地说,你小子别不识好人心啊,这是个机会,你想在宣传部材料堆里埋一辈子?要不是同学,我会考虑你,有多少人惦记着这个角色?你再好好想想。

会山说,鲁部长,他不去,考虑考虑我行不?

我还不知道你,你是那块料吗,在大学的总结和入党申请书都是我帮你写的。

我当时要不用你写那些东西练手,你现在能当上部长?反正大家都是同学,有好事你也得想着我点。会山不讲理地说道。

两天后,勇浩找我商量,你说人家鲁一贤说了,我到底去不去当那个秘书?人家巩书记看不上我还好,要看上了,我能干的了吗?

我说,凭你的文笔,肯定没问题,去,为什么不去,这真是个机会,说不定到时候我还能沾上你的光呢。

没多久,勇浩走马上任了,跟着书记下基层检查工作,一连上了好几次电视新闻。我打电话表示祝贺:勇浩,你现在出镜率挺高啊,天天能从电视上看到你,多风光啊,当时还犹豫想不去。

勇浩在那头叹了口气说,充其量就是个跟班的,有什么风光的。

半年后,勇浩有一次给我打电话说,我还不如不来当这个秘书,工资比在宣传部不但没多拿一分钱,还少了一百多块钱的加班费。起早贪黑的,活是一点没少干。我现在真有点后悔了,这话又不能和人家鲁一贤说,我明白人家也是好意。

我也不知道怎么劝他了。

又到了年前同学聚会的日子,勇浩挨个打电话说,明晚七点在天龙宾馆聚会,都带上老婆孩子,谁也不能说有事。

这次聚会吃的比任何一次都好,当聚会快结束有人要收钱的时候,勇浩说,钱不用收了,待会我签个单就行了。

勇浩倒了一大半杯白酒走到鲁一贤跟前说,鲁部长,这杯酒,我真心敬你,你随意,我干了。

那天,勇浩有些喝醉了。

第二天,我打电话问他,昨天喝那么多,没事吧?

他说,没事,我是高兴。你知道的,我媳妇下岗五年了,想找个工作都找不到。没想到那天我试着给电业局宗局长、天龙宾馆南经理、建委黑主任分别打了个电话。当天下午,电业局人事科打来电话说,我们单位正好缺个财务主任,让你爱人明天来报道吧。我媳妇刚上班没两天,建委打来电话,说单位会计师办了提前退休,让我媳妇去顶那个空缺。我说,不好意思,她已经到电业局上班了。建委的人说,没关系的,让夫人兼职当我们的会计师就行,反正也没多少事,没事来转转就行了。刚才南经理跑来说,这是夫人头一个月的工资,不多,别嫌少就行。我说,这不合适吧,她又没去你那上班,怎能从你们单位领工资?南经理笑着说,从我们这领工资的又不多她这一个,你就放心吧。

你知道吗,这样一算,我媳妇挣的钱比我的工资高四倍。我能不高兴?不过,这事请老兄千万为我保密。

(原载于《文学港》2011 年 4 月)

全民微阅读系列

中奖的刺激

姑娘转身拿出一个带包装的小东西递给他,他迟疑着接过来,看着手里的东西说:这是什么?我中的可是一等奖!没错,这就是一等奖的奖品,豪华钥匙扣。

春节前商场在搞各种促销,旺根拿着购物小票排了好长的队,终于站在了工作人员面前,人家接过他手里的小票一看,对他说:你这才 88 元,购物够一百元才给一张摇奖的号码。

旺根想了想说:那我再去买点东西凑够一百行不行?

对方回答:可以。

旺根挤出人群,想走又不舍得。停了一会,终于又汇入了购物的人流。

当他再次站在换号的队伍里时,已是满头大汗。队伍排的比刚才长了许多。很多年轻人等不及主动放弃离开了队伍,旺根心里想,走的人越多,我获大奖的机会就会越大。

当旺根换号后站到摇奖的转盘前时,已是两个小时后了。他运足了气,好像用尽了平生的力气,转动了转盘。

千万双眼睛看着转盘,他的心几乎要从嗓子眼里跳出来。有人欢呼:中了,一等奖。

那一刻,旺根由于激动,脸上火辣辣的,说话也有些吞吞吐吐,他问工作人员:我,真,真的中了吗?

工作人员是个小伙子,重重地拍了下他的肩膀:恭喜你,你真的中了一等奖。

他挤出人群时,腿有些不听使唤,万一中的是辆汽车,我怎么开回去,我不会开车呀。有人要,就便宜点当场卖了。带上一大包子钱,回到家,一下子甩在媳妇面前,那是什么劲头。

他在商场外转了好久,等心情平静些了,才又挤进了换奖的队伍。他还想:待会领完奖,得出去犒劳下自己,买上个烧鸡,一瓶二锅头,好好庆贺一番。

终于站在了领奖台前,他双手把奖券递过去,一个漂亮姑娘从他手中接过奖券,向他迷人的一笑,他还了姑娘一个更大的笑容。姑娘转身拿出一个带包装的小东西递给他,他迟疑着接过来,看着手里的东西说:这是什么? 我中的可是一等奖!

没错,这就是一等奖的奖品,豪华钥匙扣。

姑娘的话险些把旺根击倒,他不知怎么退出的人群,出了门口,一屁股坐在了地上。

一字之差

大表哥原在本镇上工作，曾担任过办公室主任，两年前去了铁皮镇当书记。怎么好好的就想不开了，可二表弟的意思好像不是悲伤，倒像是庆祝。

这天，从邮箱中看到了表弟发来的一封邮件，内容如下：

一贤姐：你好。

无比兴奋地告诉你个事情，我哥上吊了。爹和娘买了许多鸡鸭鱼肉，买下了好几个小店的鞭炮，通告了所有的亲戚好友，准备大办一场。不知你能不能回来助兴。

全家人都卷入了欢乐的海洋，不能自拔。让历史记住这一伟大的时刻吧。

哥哥，万岁！

大表哥原在本镇上工作，曾担任过办公室主任，两年前去了铁皮镇当书记。怎么好好的就想不开了，可二表弟的意思好像不是悲伤，倒像是庆祝。

我忙给母亲打电话，我说，大表哥好好的，怎么上吊了？

母亲说，你怎么知道的？

二表弟告诉我的。我心里一紧。

这几天把你舅和妗子高兴的都不知道怎么办了。亲朋好友都跟着高兴。

大表哥人没事就好，是应该高兴。没留下后遗症吧。

什么后遗症？母亲反问我。

他不是上吊了吗？

嗨，你听差了，他是从铁皮镇升迁到县上城建局当局长了。

噢，我明白了。

二表弟只上过三年学，这封信我得重新解读。

吃包子

我是农民的儿子，知道粮食来之不易，看到浪费就心痛。过去也顾脸面，有了第一次，就不怕别人说三倒四了。

有一朋友，男性，四十多岁。是某大报的文艺部主任，也是全国很有名的情感作家。有一次一起参加活动，离城区比较远，接待方安排的住宿相信不错。最后一次聚餐后，见桌上剩的鸡鸭鱼肉实在太浪费。让服务员拿了饭盒，一下子打了两大包。

上车后，我向他投去赞许的目光。他对我说，有一次我进了一家包子店，刚坐下，邻桌的几个年轻人打打闹闹站起来走了。我用余光发现他们桌上剩下了半盘包子。我四周看了看，见没人注意，弓腰过去端了过来。刚想拿起筷子吃，另一边的一大桌子老老少少也站起身来向门口走，他们桌上剩的包子更多。我犹豫了一下，过去把包子拾掇到两个盘子里端了过来。我让服务员倒了杯开水，小碟子里放了醋和蒜末，有滋有味地吃了起来。吃饱喝足，给服务员要了个袋子，打包回家，一个人足足吃了三天。

我说，老兄做得对。佩服。

我是农民的儿子，知道粮食来之不易，看到浪费就心痛。过去也顾脸面，有了第一次，就不怕别人说三倒四了。

我说，这是美德，也不是什么人都能做到的。

女儿的逻辑

她用手捂着自己的小鼻子说，妈妈，这么冷的天，那个阿姨为什么不穿衣服，她笑的还那么甜，她不怕冻感冒吗？

娟子在车上给两岁的女儿穿戴整齐，才让她下了车。

正是寒冬，北方刮在脸上，像小刀子割。

在离银座大厦门口不远的地方，女儿好梦突然停下了脚步。

娟子催着说，太冷了，梦梦，快走，要不把你的小鼻子冻掉了。

好梦望着商场墙上的巨幅广告发呆。她用手捂着自己的小鼻子说，妈妈，这么冷的天，那个阿姨为什么不穿衣服，她笑的还那么甜，她不怕冻感冒吗？

娟子顺着女儿的目光向广告看去，那是一个影视明星，上半身是光着的，只是胸部被两只树叶挡了一下。

娟子想了想，不知道怎么回答女儿。

这商家也是，夏天你挂这广告还好些，大冬天的，你让那个明星这个样子出来见人，看了都使人替她感觉冷。

好梦看着妈妈的脸说,妈妈,你搞不明白吧,我告诉你,那个阿姨是勇敢,大了我也要向她学习。

不,大了咱也不学这个。这阿姨是演员,有功夫,她是在表演。她身上涂了防冻霜,感觉不到冷的。

嗯,你说的有道理,她要是感觉到寒冷,就不会笑得那么甜了。

娟子心里说,她是为钱才笑得那么甜。

李时珍迟到

来主席思考了片刻,清了清嗓子,说,李时珍今天肯定来不了啦。现在我们正式开会⋯⋯

六十年代,在一次全乡赤脚医生会上,主持会议的贫协来主席问:李时珍同志来了没有?

下面一片沉默。

见没人回答,来主席自言自语道:可能路远点,还没到。

先是从一个角落,像传染似的,继而全场都含蓄地笑出了声。

来主席也跟着笑了笑,接着说:这同志不错,针对农村缺医少药的问题,自己努力想办法,经常上山采点草药什么的,听说人家还写了个小册子《百草纲目》,到时动员他贡献出来,大家都抄抄。老师就在身边,不懂的可以去他村上,当场向他请教。我在这儿号召大家，都要向李时珍同志学习。但今天开会迟到这个事，不能跟他学啊。

乡里的秘书犹豫了好久，终于走向前去，在来主席耳边说了句什么。

来主席思考了片刻，清了清嗓子，说，李时珍今天肯定来不了啦。现在我们正式开会……

会还是不会

革委会主任红着脸严肃地说，你们想好了，让你们到农村来，是接受贫下中农再教育的，不是让你们来和革命群众唱反调的。

七十年代，一次开会时，唱过好多首红色歌曲后，乡里的革委会主任说：你们这些城里的知识青年，给我们广大革命群众唱段戏听听。

见知青们都摇头不语。

革委会主任生气地说：你们不会唱，骗谁呢，你们不都是什么中文系的嘛。

知青们听了哭笑不得，有位女知青大着胆子回答：按你这样说，外语系的知青，肯定都会唱外国戏，是吗？

革委会主任受到学生的抢白，红着脸严肃地说，你们想好了，让你们到农村来，是接受贫下中农再教育的，不是让你们来和革命群众唱反调的。

冼星海是哪儿的海

女选手吞吞吐吐回答道：冼星海到底是哪儿的海，不好意思，我真没去过。

八十年代，在一次歌手大奖赛上，屏幕上出的基础知识题是：冼星海听说过吗？

选手是一位女孩，发型很酷，头发都炸了起来的样子，脸上的妆化的也很有特点，眼睛下那两行绿色的泪看上去特别醒目。她刚才更是把一首流行歌曲，演唱的激情澎湃。

这时场上静得出奇。

三十秒的时间马上就要到了，最后五秒钟倒数，数到二时，女选手吞吞吐吐回答道：冼星海到底是哪儿的海，不好意思，我真没去过。

这时全场一片嘘声。

让座的尴尬

那女人吞吞吐吐，带着哭腔说，我浑身那儿都没不舒服，就是心里不舒服，人家今年才十八岁……

是金才 17 岁，来城里打工不久，感觉城里就是好，到处都能看到美女。

这天是休息日，他和工友坐公交车出去玩。他们刚上车时，车上人不多，没走几站，车上的人突然一下子多了起来。是金发现，刚上车的几个人中，有一个很漂亮的女人，她的眼睛大的像小核桃，脸很白很白。身体很丰满，还挺着个肚子。他想了想，站起身，红着脸说到，那个阿姨，您是孕妇，站着一定很累，到这儿来坐吧。

人们都把赞许的目光投向是金，那女人的脸片刻间也红了，但她并没有理会是金的好意，只是快速转了身子，低下了头。是金想，是不是人家没那么大，刚才喊人家阿姨，人家不高兴了。大姐，您是孕妇，站着不安全，还是到这儿来坐吧。

有身边的人提醒那女人，有人给你让座，过去坐吧。

那女人把头埋得更低了，接着竟然蹲在地上哭出了声。

是金站也不是，坐也不是，不知如何是好了。人们也都感到莫名其妙。

有位妇女走上前去问，你怎么了，是身体不舒服吗？

那女人吞吞吐吐，带着哭腔说，我浑身那儿都没不舒服，就是心里不舒服，人家今年才十八岁……

谁是谁的俘虏

越是容易得到的东西越没感觉,就喜欢你在我面前走过时趾高气扬的样子。你的一举一动时刻都牵着我的心。

新婚之夜。

梁天的朋友和香秀的死党们都走后,已经很晚了。

梁天满心欢喜地说,秀,你知道吗,我等这一天等的有多苦。

秀想了想说,我没有春燕长得漂亮, 也没有吕品家境那么好,你到底喜欢我什么?

梁天真诚地说,你和她们没有可比性,我喜欢你的小清高。

清高是贬义词吧。

在我眼里,清高是褒义词,是世界上最美最好的褒义词。梁天很认真地回答。

不明白。

梁天抱怨说,从大一我就暗恋你。才开始,我给你发短信不回,约你吃饭不去,送花不收,大二时我有挂科,都是你害的。

于我有一毛钱关系吗?

当然有,我把心思全用在如何征服你的心上了。

吕品,杨花她们不是都喜欢你吗,你为什么不答应?

梁天眼含深情地说,越是容易得到的东西越没感觉,就喜欢你在我面前走过时趾高气扬的样子。你的一举一动时刻都牵着我的心。

你的条件这么好,世上比我好的女孩多的是。

但我心中的天使就你一个。你知道吗,那天你答应和我处朋友后,当天夜里我从梦中笑醒了好几回。早晨同宿舍的几个人说,你小子是梦里想好事了还是恋爱了,梦里笑得像吃了喜鹊蛋。

香秀脸红了红,含情脉脉地说,人家不也是从大一就在心里给你留好了位置,在你之前有多少人向我表示过好感,我都回绝了。虽然才开始没答应你,但你一直是我心中的考察目标。现在我宣布,今天是我最幸福的日子,你转正了,可以正式上岗了。

说着两人紧紧相拥在了一起。

剩女是如何练成的

女孩母亲说,男孩没有独立住房不行吧,将来孩子再按揭买房,得苦多少年;原先那工作单位还不错,可现在辞职了,想自己创业,他有什么资本?

我们住进新购的房子没多久,就认识了右边的邻居。女主人对我夫人说,我们家姑娘 31 岁了,在一家猎头公司工作,大本学历,身高 1 米 76,没谈过恋爱。你和你家大哥操心给我们介绍个对象。

这么大了,没谈过恋爱,工作、生活中就从没遇到过谈得来的。我们家教严,女儿不敢。

夫人问,那要求对方什么条件?

你看我家女儿条件这么好。男孩子最少1米80以上,至少也要大本学历,别的也没有具体条件了。

她家姑娘我见过的,高挑个,戴副眼镜,很淑女的样子。

正好碰巧不久,在一个酒桌上,有位朋友让有合适的给他儿子介绍个朋友。我说了女孩的情况,他说,可以,你给约约,让他们见见面。

夫人告诉了邻居。这天他们两口子来我家,让我再了解一下,男孩有没有独立住房;品性如何;哪个大学毕业;现在在何处工作,收入如何。

我说,交换下两个年轻人的手机号,让他们自己交流去还不行?

绝对不行。大哥,我家就这一个女儿,一定得给她找一个条件差不多的,婚姻大事可是孩子一辈子的事。女孩父亲认真地说。

我又打电话给朋友,婉转问了对方提的这些情况。但孩子品性我没法问,但以我对朋友的了解,男孩也保证不会是个不着调的人。

我让夫人去汇报。女孩母亲说,男孩没有独立住房不行吧,将来孩子再按揭买房,得苦多少年;原先那工作单位还不错,可现在辞职了,想自己创业,他有什么资本?

很长时间,这个事我都没有主动给朋友回话。不是不想说,但不知道怎么说。

后来夫人给我说,在楼下听说的,女孩母亲托了好些在院里认识的人,给她女儿介绍对象。说了多个,没一个入两口子法眼的,也没一个男孩子能见上他们女儿的。

一双离家出走的皮鞋

夫人还说，他们是外省人，必须要找本地人，条件还这么多，哪有那么好条件的小伙，专给他家留着。

几年后在院子里碰到女孩，还是形单影只的一个人，只是镜片后的眼神有些迷离。

我就不明白了，猎头公司的人，怎么就不会为自己猎到一份爱情呢。

失踪之谜

大红，恨我吧，我这样做，就是想让你恨我，忘掉我。我前天去医院查出得了胃癌，已是晚期。这病治吧，没用，不治吧，你和孩子们肯定不愿意，你没退休金，那点积蓄还不如给你留着老养。

夏松突然失踪了。

听到这个消息，他的亲人和朋友都感到震惊。

他是个退休的中学教师，一辈子教书育人，与世无争。

他的爱人说，他早晨走时，还对我笑了笑，说自己出去走走。

他的手机也忘了带。晚上了，人还没回来，家人、朋友先是发动人四下里寻找，后又报了警。

警察帮助分析，他不带手机有两种可能，忘记带还是故意的。忘记带手机，证明他出门时思想是正常的，人可能出了意外；要是故意没带，证明他出门时就做好了打算，就是让人找不到他。

几年了一点信息也没有，生不见人，死不见尸。

你要是想离家出走,可既没有带衣服,也没有带钱。夫人想,你要是把银行卡拿走也好,知道你能活着,一个人在外也有钱花。钱少了再向里给你续。

女儿怕母亲一个人待着伤心和孤独,几次要接她去国外生活。她坚决不去,她说,万一你父亲回来了,我不在家,他会更伤心。

多年以后,母亲走后,孩子们在家里的相册里的一张母亲照片后面,发现了父亲写下的几句话:

大红,恨我吧,我这样做,就是想让你恨我,忘掉我。我前天去医院查出得了胃癌,已是晚期。这病治吧,没用,不治吧,你和孩子们肯定不愿意,你没退休金,那点积蓄还不如给你留着老养。再说,我不想看到你和孩子们为我痛苦的样子。你发现这几行文字时,我肯定已去了另一个世界。我在那边,为你和孩子们祈求老天保佑,你们平安健康。

父亲失踪这么多年,孩子们终于明白了父亲的良苦用心。

自行车丢人

媳妇一边扶他起来一边问,你的自行车呢?他回答:自行车把我丢了。

阿宝好酒。

他酒风好,在朋友圈里是出了名的。

每次聚会,有一人喝好,必是他;有二人喝好,他是其中之一;有三人喝好,肯定包括他在内……

这天很晚了他还没回家,媳妇着急打他手机,手机响了好久,他才接:你找谁?

找谁,找你。

你是谁? 找我喝酒呀。

找你喝。我是你老婆。你又喝成什么样了,你在哪儿?

是老婆大人啊,我在睡觉,被你吵醒了。

你在什么地方睡觉? 什么时候了还不回家?

阿宝望了望伸手不见五指的四周说,我也不知道这是什么地方。

你好好想想,你在什么地方? 我去接你。

阿宝拉着舌头说,不知道。

没办法,阿宝媳妇打电话问了和他一起喝酒的张三,张三说,下午五点他就骑车走了。问他,不能骑就打个车。他摆摆手,骑上车就走了。这样吧嫂子,我从复兴路向那找,你从那边向这找,他肯定在路上什么地方待着呢。

媳妇和张三在路边找到了他。

他想爬起来,两只腿好像不是他的,不当家。

张三问,阿宝哥,散场五个小时了,你才走到这儿?

媳妇一边扶他起来一边问,你的自行车呢?

自行车把我丢了。

张三也说,阿宝哥,你不是骑着车回来的,你的车呢。

阿宝使劲回忆,两天后才回忆起来:他那天从自行车上摔下来,就枕着自行车睡着了。后来一个人喊他:躲开躲开。他一边从自行车上移开身子一边对人家说,对不起。那人骑上自行车大摇大摆走了,他又接着进入了梦乡。

谁的家

里边有电视、冰箱插上电都能用。后来觉得走窗户麻烦，还怕人发现，就到街头找了个配钥匙的……

春海到广州发展，一年也回不了小城两回。这次回来前，特意给几个朋友打了电话。朋友把他从机场接回来，一起在外边喝酒吃饭后，把他送到了楼下。

朋友们走后，上楼时他看了下时间，已是凌晨 1 点。到了门口，掏出钥匙，却插不进去。他怀疑是不是自己喝酒喝多了，进错了楼门。他回到楼下，走到楼头上看了看，没错，是 6 号楼，自己刚才开的是自己家的门呀。

又回到楼上，钥匙还是捅不进去。春海摇了摇头，心想，是不是老不用，锁眼内生锈了。没办法，他打电话叫了开锁公司的人来。人家看了他的身份证，见身份证的地址写的就是这儿，才开始动手干活。锁还没撬开，门却从里边打开了，一个小伙子睡眼蒙胧地质问，深更半夜的，折腾什么，影响人家休息。

这一刻，春海脑子里一片空白。他努力回想，自己没有把这套房子卖掉呀。可没卖房子，里边怎么住着别人。

开锁的人白了他一眼，气哼哼地说到，有病呀，自己家人争房产，拿我开涮干什么。转头又小声对屋内的小伙子说，对不起，是他让我来撬锁的。

你是谁,怎么住在我的房子里。春海反映了过来。

你的房子,怎么能证明是你的房子?门内的小伙子质问说。

我这身份证上写着呐。

小伙子接过身份证看了看,想快速把门关上,他推门跟了进去。

小伙子向窗户那跑,他快步冲了上去。

后来那个小伙子在公安局里交代:我半年前偷这家时,没有偷到钱财。那天晚上也许累了,就在床上睡着了。第二天醒来已是上午,看满屋落满了灰尘,心想这个家好久没人住了。从那后,我晚上就偷偷从窗户进来住,里边有电视、冰箱插上电都能用。后来觉得走窗户麻烦,还怕人发现,就到街头找了个配钥匙的,给了三百元钱让那人给换了个门锁,从此就大大方方在里边住了。楼道里进进出出的人很多,才开始还有点害怕,可从来没一个人问过我什么,慢慢我就把那儿当自己的家了。没想到半夜……

亲　戚

人家都不拿正眼看我们,你不但经常和我聊家常,还送东西给我,我心里能不感激。

不光过年过节,就是平常的某个早晨,也时常会出现这样的情况——起来一开大门,门口放着两个袋子。里边或是几条鱼或是几样还带着露珠的菜。两边的邻居羡慕地不行,对夫人说,有个郊区的亲戚真好,什么都能吃上最新鲜的。

夫人只是笑笑,迟疑地把东西收进家。她心里知道,这又是小李子放在门口的。

夫人多次对小李子说,你老给我们带东西,给你钱又不要,多不好意思。

小李子总是笑着说,蔬菜是自家种的,鱼是爱人钓的,都不值钱。

那是刚搬来不久,正好赶上快过年了,夫人拿出一件没上过身,自己穿着又太瘦了的羽服给了小李子。从此后,小李子就经常向我家门口放东西。夫人觉得过意不去,就经常送一桶食油什么的给小李子。

有小孙子后,她送来了小衣服和 200 块钱的份子钱,请她去吃满月酒她说没空。夫人说了好几次,单独请请她。她总是说,不用的,这事不用放在心上。

小李子是我们那栋楼的保洁员。

夫人问她:你为什么对我们家这样好?

小李子真诚地说:人家都不拿正眼看我们,你不但经常和我聊家常,还送东西给我,我心里能不感激。

说到这儿,两个女人的眼睛都红了。

夫人说:你女儿结婚时,要不告诉我,那今后咱们就谁也别理谁了。

小李子说:行,到时再说。

夫人急了:别到时再说,今天说好了,到时不告诉我们,是你不够意思,我要生气的。咱是亲戚了,有事凑个人场,还不行?

买猪肝

在人家摊主跟前，我总不能说，我买了猪肝喂猫。

我正站在一个熟食摊前买东西，同一个院的童大叔在外边小声问：小尚，这猪肝做得好吃吧。

我说，应该好吃吧。

那也给我来一块。

没走几步，童大叔一边嘴里嚼着东西一边追上我说，嗯，这猪肝做的味道真不错。

我认真回答道：我没吃过。

那你买了是？

喂我家猫。

童大叔有些难为情地说：那刚才我问你，猪肝好吃吗，你说好吃。

在人家摊主跟前，我总不能说，我买了猪肝喂猫。

一条蛇

一位喷着唾沫星子说:那不叫一条蛇,妹妹,叫一条龙。

山子老实,从来不赌博。

过年了,几个女邻居三缺一,非拉她凑数。

她说,真不会。

三人都说,好学的很,头几圈不算,我们教你。

再说,过节了嘛,我们这不算赌博,一把一块钱的,随便玩玩。

没办法,山子坐在了牌桌前,几圈下来,真的学会了,就是出牌比别人慢些,偶尔还能胡上一把。她心里美滋滋的,我学东西还挺快的,证明我的脑瓜也不难使。

二个小时下来,山子输了三十多块,虽然她没说什么,脸色也不太好看。这时有人提议,打最后一把结束。

山子的运气来了。

牌好的没办法,还差一张就是一条龙了。

摸到了想要的那张牌。她哆嗦着手,使劲把牌拍在桌子上大喊道:一条蛇。

另外三个人慌乱地站起,惊叫着问,蛇在哪儿,蛇在哪儿? 不知谁有意还是无意,把桌上的麻将胡拉乱了。

山子见牌都合在了一起,遗憾地说:不是真蛇,是我抓了一条蛇。

那三人笑的个个肚子疼,一位喷着唾沫星子说:那不叫一条蛇,妹妹,叫一条龙。

豹　子

　　他利索地从五楼跳了下去。警察出现场时,从他的手里,看到了那个豹子,那三张 A。

　　李明好赌,特别喜欢砸金花。

　　这天,在一个饭店里,有人设了牌局。

　　李明很绅士的进来,信心十足地和大家打过招呼后,一起坐在了牌桌前。

　　李明的手气不好,一晚上下来,输了十多万。

　　因为赌博,老婆和他离了婚,父母也不让他上门。

　　这时,来了一手好牌,3 个 A,他把身边剩下的一万全部压上了,有人跟了二万。他心里明白,自己翻本的机会来了。

　　他对另几个人说,对不起,哥几个,我打电话让人送点钱来。

　　几个人笑笑,没说什么,开始吸烟。

　　要开必须四万。只要有钱,还可以向上叫。或许这几年自己的霉气,终于到头了。

　　他手里拿着那把好牌,给几个铁哥们打手机,要不没人接电话,要不就是说在外地。他打给姐姐说:姐姐,我最后一次求你,这次钱赢回来后,我向天保证,再也不赌了。你给我送二万块钱来,多了更好,我一会挣了钱,连同过去借你的一块给你送过去。

那头什么也没有,叹了口气,把电话挂了。

李明又打给弟弟,小弟,我最后一次求你,这次钱赢回来后,我向天保证,再也不赌了。你给我送二万块钱来,多了更好,我一会挣了钱,连同过去借你的一块给你送过去。

那头冷冷地说了一句:你打错了,我没有哥哥。

李明也冷笑了一声,突然向窗台走去。

他利索地从五楼跳了下去。

几个人反应过来,想上去拦他时没有拦住。

警察出现场时,从他的手里,看到了那个豹子,那三张 A。

一双离家出走的皮鞋

绝招失灵

他哼着小曲进去后,奔床而去,看见今天家里这么多人,正犹豫时,突然听到了一个声音:五棵松站到了。

正是冬天。张三喝多了酒,回到了院里。

在楼下,下了出租车,他像问自己又像问扶他下车的司机,我家住几层了?

司机把他扶到栏杆前站住了脚,笑着说,兄弟,你慢点,站稳当了,再好好想想住几层几号,深更半夜的,敲错了门,那可不好。

他也笑笑说，谢谢哥们提醒。

司机说，那我先撤了。

想了好大一会，终于想起来了，自己家住 5 门 407。

进了电梯，他靠在了墙上。电梯门关了，可电梯就是不走。

在里边呆了好大一会，电梯门开了，他又下来了。嘴里骂到，电梯坏了，物业干什么吃的，也不修。

他看了墙上的报修电话，打电话说，6 楼 5 门的电梯坏了。不一会，修电梯的人就来了，人家一摁，一切正常。看他喝多的样子，人家没计较不说，还问他住几层，把他送了上去。

修电梯的人走后，他晃了晃脑袋，开始敲门。

媳妇开门一看是他，喝成那个样子，气就不打一处来，想把门关上，他灵机一动，麻利地脱下了外套、毛衣扔进了家门，门关上不久，媳妇怕他冻着，开门让其进了家，嘴里呵斥到，别在外边给我丢人现眼了。

从此后，他这一招每每奏效。

这天他又如法炮制，快速脱下衣服扔了进去，等了没大会工夫门就开了，他哼着小曲进去后，奔床而去，看见今天家里这么多人，正犹豫时，突然听到了一个声音：五棵松站到了。

免费餐券

他使劲掏出钱包，哆嗦着手向外掏钱。心里却骂道：李四，你个王八蛋。这回坑死老子了。

阿三这天很高兴，同事加酒友李四送给了他两张百元的餐券。

头几天，他心里本来对李四有些成见的。有一次李四组织喝酒，没有叫他。后来他知道了，就觉得李四这小子还没真正拿自己当好朋友。

这天下班后，阿三对上二年级的女儿乐乐说：乐乐，晚上爸领你和你妈出去吃饭。

乐乐问：去哪儿吃。

阿三挺直腰板说：阿森鲍鱼。

爱人说：那儿太贵吧。

我这有餐券。

三人进了餐馆。阿三拿出餐券问一个服务员：这能用吗，服务员笑得像一朵花，回答：能用。

点了三份鲍鱼泡饭，一个海鲜汤，一个花生米，一瓶啤酒。

最后算账时，给了那两百元的餐券后，人家说：再交662元。

阿三咬着牙，想说什么没有说出来。

他使劲掏出钱包，哆嗦着手向外掏钱。心里却骂道：李四，你个王八蛋。这回坑死老子了。

（原载于《闪小说》2015 年第 1 期）

第三辑

错过的风景

默默无语的亲情，柔肠百结的爱情，气贯长虹的豪情，说不清、道不明的人情，恩重如山的师生情，生死与共的战友情，剪不断、理还乱的相思情。读这样的作品，就如果入口中，那丰满的果汁满口生香，那真正意义上的最美的人类情感立即渗透到你的五脏六腑，让你一次次忍不住为之怦然心动。

监狱里发芽的爱

他说，你就认我当哥吧。我说，那不行，你是自己送上门的，就束手就擒吧。他在我家待了三年，我出监狱后，我们就结了婚。

在一档"有爱，你就大声唱出来"的节目现场，女人深情地望着身边的丈夫说，我今天要为我的爱人唱一次谢霆锋《因为爱，所以爱》这首歌。

主持人说，你上一次唱这首歌是什么时候，和你的爱人有关系吗？

女人抬头想了一会，眼眶里有眼泪在转，她哽咽着讲道：那是五年前在监狱里举办的春节联欢会上，我唱了谢霆锋的这首歌，我感觉他的歌比较偏悲伤，也正好适合我当地的心境。

主持人转向男人问，大哥，你是不是听了大姐的这首歌后，一下子就爱上她了。你那时是警察，还是？

我不是警察，也不是犯人。

那您是？

我是去监狱教犯人《动漫设计与制作》课的老师，那年春节，监狱领导动员我们一起留下来和犯人们一起过节。我当时听了她唱的那首歌感动了，然后我就特别注意她。有一段时间，她情绪低落，好像有什么心事。有一次下课后，我小声问过她，她什么也不说，只是哭。

女人说，接下来我来说吧：不久后和家里通电话时，母亲说，家里来了个小伙子，他说是你过去的朋友，替你来侍候你父亲。你这朋友真是实在，不但给你父亲买营养品，还给家里买米买面。吃住在医院里陪着你父亲，端屎倒尿的，比亲儿子还好。我问母亲，我的朋友？他叫什么名字？母亲说，我问了多少次，他每次总是笑着说，阿姨，你是对我不放心吧，你看我像坏人吗？我说，不是。到时候我好告诉晓晓，等她回来了，好感谢你。他说，我们是好朋友，她不在家，我来替她尽孝是应该的，谈不上感谢。我把过去从小的朋友，在脑子里过了无数遍，也没想起他是谁来。

后来慢慢地，父亲的病情好转多了。

才开始我没想到那个人会是他，两年后从母亲的描述中，我才慢慢想到了他。后来和母亲通电话时，我告诉母亲，要求他讲话，不然就拒绝他去侍候父亲。没办法了，他才接过了电话，听到真是他的声音，我哭了。我说，你为什么这样做，我一个犯人，值得吗？他说，我没别的想法，就是想为你做点事，让你心里好过些。也让你在里边能好好改造，早日出来看到外边的天空和世界，过自由人的生活。我后来才想起来，他问过我有什么心事后不久，就再没见到过他。

主持人说，大哥，你好伟大。

当时我从她们同宿舍的狱友那儿了解到，她父亲得了糖尿病，很重，住院了。我想了三天两夜，耳边时常想起她那悲伤的歌声和可爱的模样。我打听到了她家的地址，毅然决定辞职不干了。我坐了三天的火车，来到她家乡那个陌生的小县城，然后找到了医院。

女人说，我出狱前就想好了，我是为情所伤，这次又为他的真情所感动，出狱后我就嫁给他。电话里我说出自己的想法时，他说,你就认我当哥吧。我说,那不行,你是自己送上门的,就束手就擒吧。他在我家待了三年,我出监狱后,我们就结了婚。

这时从后台走上来一对牵着手的儿童,男人说,这是我们的一对双胞胎儿女。

一家人相拥在了一起。台下响起经久不息的掌声。

女人用情唱道:

不是为了什么回报所以关怀

不是为了什么明天所以期待

因为我是一个人

只能够对感觉坦白

只是为了你一句话我全身摇摆

只是为了一个笑容爱就存在

那些想太多的人

有生之年都不会明白

因为爱所以爱

……

（原载于《百花园》2013 年第 12 期）

错过的风景

回城的路上,鲁一贤苦笑着摇了摇头,心里对自己说,人家说,相见不如思念。这话真一点不假。错过的风景已不再是风景。

鲁一贤退休后，看电视剧时，突然从心灵的一角扯出了一个人。自从那个人在脑子里第一次出现后，鲁一贤的心里再也不能平静。有时他看着已经满头白发的老伴，不免觉得心里有些亏欠。但那个人的身影跳出来后，就不回去了。

这一天晚上，他突然做出了决定。对老伴说，我想回老家待几天。

老伴迟疑地说，回老家，有事呀。

没事，就是想回去看看。他轻描淡写地说。

我天天得送孙女上学，不能陪你回去，谁照顾你？再说，家里又没亲人了，你住哪？老伴不放心地说。

鲁一贤笑了笑，说，我这么大人了，还照顾不了自己。我回到村里住远房侄子二柱子家就行，他还能不管我饭吃？

第二天鲁一贤就去坐火车了。

在县城的小站下了车，他没有直接找车回乡下。他想了想，给最好的朋友，自己高中时的同学初明打了电话。初明高兴地把他接到了家里，叫老伴整了几个菜，两个人一边叙旧一边喝了起来。喝完白酒，两人又喝了啤酒。晚上他要出去住旅馆，初明不愿意，初明说，只要你不嫌弃，就住家里，咱俩一起睡，好好和老同学唠唠。老伴，你去换换被罩床单。

晚上聊到眼皮打架了，俩人才上了床。

鲁一贤心里，那个人又跑了出来。她长得不高不瘦，脸很白，一说话就爱红脸，一笑脸上就现出两个很深的酒窝。她家住大队部北面，每次看电影或星期天，自己总是装着路过的样子，从她家门前走来走去。她和别的女孩子不同，很少穿花衣服，她爱穿格子衣服，什么衣服穿她身上总是那么与众不同，那么得体。她在自己心中，就是一处百看不厌的风景。

她的家景不错,父亲在临县工作,过年过节才回来。自己的家庭就相差多了,八辈子都是土里刨食的人。

鲁一贤若无其事地问了一句,记得咱们班有个女同学,好像叫梅花吧。

对,有。梳了两根粗辫子,特别爱笑。

后来嫁哪儿去了?

不知嫁了什么人。不过你说这世界说大也大说小也小,这么多年了从没见过面,头些天一个星期天,我去县西玫瑰小区给一个学生做家教。我问路时,觉得那人有些面熟。后来一问,还真是她。她好像是到那儿给女儿看孩子,你找她有事?

没事没事,随便问问。

第二天,鲁一贤说,要回乡下。初明说,那回来时,咱俩再喝。

鲁一贤说,好。麻烦你和弟媳了。

一贤,你这样说,就见外了。你能来,是我做梦都盼不到的事。

离开初明家后,鲁一贤招手打了个车,去了玫瑰小区。

进了那个小区,他心跳的厉害。

左右看看,见没人注意他,心才慢慢平静了一些。

碰上人,他总是低头走过。

转了整整半天,他笑自己太有点异想天开了。想离开时,不远处,一个老妇人抱着个孩子走了出来。

那人离他越来越近。她身材有些臃肿,腰也有些弓,脸上满是皱纹,一头灰白头发很是凌乱,像是几天没梳理过的样子。她哄着怀里的孩子,妮,别哭了,走,姥娘给你买好吃的去。

他心情有些紧张,鲁一贤从记忆里搜寻,这个人的声音怎么这么像她。

擦肩而过时,他鼓足勇气,抬头看了一眼,没错,真的是她。她的左脸耳下有颗美人痣。

鲁一贤拉低了帽檐,快步逃离了那个地方。

回城的路上,鲁一贤苦笑着摇了摇头,心里对自己说,人家说,相见不如思念。这话真一点不假。

错过的风景已不再是风景。

(原载于《百花园》2014 年第 2 期)

一块留在记忆深处的地瓜

他先是一声一声的哭着,后来脸上突然微微地露出了笑容,是不是在梦里,他的那块大地瓜,又回来了他的怀里?

满仓坐在自己公司宽大的办公室时里,想起了小时候的一件事情。

在老家鲁西南,地瓜也叫芋头,秋天收地瓜,也叫刨芋头。满仓吃得出来,这酒桌上经常吃的芋头扣肉,用的肯定不是家乡的地瓜,是南方的一种也叫芋头的植物。

那是他六、七岁时的一件事情,秋天的天气已经很有些凉意,队里在一个叫洪沟的地方刨地瓜,爹和男劳力在前面很远的地方,争先恐后地向前刨,娘和一帮妇女跟着分的在后边拾地瓜。许多像他一样的半大孩子,在翻出的新鲜土地里,寻找遗留在土下面的"漏网分子",如有人用小镰刀在土里找到一块拳头大的地瓜，像发展一块金元宝似的，会兴奋的偷偷笑着，放回自己的篮子或大人告诉的自己家分到的地瓜堆上去。

那天该着他发财，在搜寻了许久，只拾到了像小胡萝卜粗的几个小地瓜，天慢慢暗了下来，看着几个小伙伴的成果都比他的大，心里正感到有些失望的时候，在地边上，他伸到土里的镰刀像被什么卡住了，他使劲活动着，抽出了镰刀，他心里慌慌的，索性跪了下来，把上面的土刨松一层，用双手捧走或扒到一边去，再刨一层，再把土扒走，经过这样反复了几次，伸进土里的一双小手的触觉告诉他，这下面有"大东西"。当他从用手清出的坑里，看到红红的表皮露出来时，他的心跳更快了，呼吸也有些急促。我前后左右看了看，不管大人、孩子，没一个注意到他。那一刻，他一闪念间，向露出一点身子的东西上盖了一些土。但他又控制不住那东西的诱惑，用沾满泥土的小手，胡乱抹了把冒出细密汗珠的小脸，重新埋下头挖了起来。

那当东西被他从坑里请出来的时候，他都不太敢相信自己的眼睛，它足有自己的小枕头那么大，他环顾了一下周围，每家分得的地瓜堆上，也没有一块那么大的。那是有生以来，他见到的最大的一块地瓜。

许多年后，满仓还对那时自己的作为耿耿于怀。

他歇息了片刻，也平静了下自己心跳过速的心情。用沾满泥土的小手，又胡乱抹了几把冒出细密汗珠的小脸，然后站了起来，没有顾上拍打一下身上的泥土，用劲抱起那块地瓜，向不远处的娘走去。走到娘身边，他喘着粗气，自豪地对埋头拾地瓜的娘说：娘，你看。娘听到他的声音，回头一看，儿子灰头土脸地抱着一块大地瓜站在面前，娘说：哪儿来的？他昂着头，指着不远处的土坑说：我在那儿找到的。这时，娘的脸上现出了些微笑容。这时,正在负责分地瓜的队长山羊胡转过了脸,山羊胡盯着他手里的地瓜看了看,急步走上来,一只手从他手里把那块大地瓜夺了过去,山羊胡也没有想到这块地瓜会有这么沉,他一只手没拿住,那块大地瓜向地上掉去,不偏不斜,正好砸在山羊胡的脚上,山羊胡龇牙咧嘴的样子,险些把他和大家逗笑。山羊胡弯下腰,用双手把那块地瓜捡起来,狠狠地往前面没分的大堆地瓜上抛去,嘴里冷冷地吐出一句话:这么大的地瓜,你从哪里挖的,肯定是偷的。

　　见自己费劲找到的大地瓜,被那个可恶的山羊胡没收了,他看看远处躺在大地瓜堆上的那块地瓜,又看看无可奈何的娘的脸庞,委屈地哭了,先是憋着不哭出声,慢慢哭出了声,他越想越委屈,越哭声音越大。人们都停下了手里的活计,向这边看。那时他多想,爹听到他的哭声,快步走回来,从大地瓜堆上把那块地瓜拿回来,放在他的手里。山羊胡如再无理,爹上去给他两个响亮的耳光。但他泪眼中好像看到爹,只向回随便看了一眼,又埋头去干活了。娘劝他:小,走,咱那边有一大堆地瓜呐。他哭着断断续续地说:那真是我从后边地里,自己挖出来的,凭什么说我偷的,凭什么给我收走? 娘把他领到自己家分的地瓜堆前,对他说:小,你看看,咱们家有这么多地瓜呐,那一块破地瓜,咱们不稀罕,咱们不要了。听了娘的话,他的委屈更大了,他觉得娘不理解他,娘会不会也和那山羊胡一样,认为那地瓜是他偷来的。他大声哭着,把娘拉到自己挖出地瓜的那个土坑前,一字一顿地说:那——块——地——瓜——瓜,是我——从——这里——挖——挖出来的。他瘫坐在地上,哭得死去活来,灰天暗地,娘没办法,用袖子给他擦了擦眼泪,又用袖子擦了擦自己的眼睛,训他说:你再哭,我不管你的事了。他的哭声慢慢小了。娘怕耽误时间长了挨训,走回了干活的地方。

他可能哭累了,就趴在那个坑前睡着了。他先是一声一声的哭着,后来脸上突然微微地露出了笑容,是不是在梦里,他的那块大地瓜,又回来了他的怀里?

想到这儿,满仓的眼睛里盈满了泪水。

(原载于《新课程报》2015 年第 456 期)

爱你到地老天荒

我出国后还一直想着你,后来打听不到你的任何消息,就嫁人了。去年我老公死了,我们也没有儿女,他给我留下了一大笔遗产。

在一家民间最感人故事博物馆里,最显要的位置摆放着一件不伦不类的东西:一个小黑色齿轮上绑着一把又旧又破的蒲扇,下面的一个铁疙瘩上拴有链条,好奇的观众凑近去看标牌上的小字:特制风扇。

看到人们疑惑和不解的目光,解说员动情地说:别看它不起眼,它可见证过一段感人的人间大爱。

那是二十世纪六十年代的事情,一个年轻妇女去上班的路上被拖拉机撞了,送到医院时人已经快不行了,她怀有六个月大的孩子没能保住。医生当时让她的丈夫在手术单上签字时说,大人还救不救,这样严重的情况,救过来也是废人一个了。她丈夫没一点犹豫,哽咽着说,救,医生,你们一定要救活她,只要她活着,她成什么样我都接受。经过医生的努力,最后她的命虽然保住了,但却成了植物人。

两家的家人都生活在农村。

女方家的父母说:你还年轻,贪上这事你又拉了那么多饥荒,小玉又没能给你生下个一儿半女,你对她也算尽心了。她就这命,我们接她回去吧。

男方的父母说:亲家,是这样,过门一天,小玉也是我们老王家的媳妇了,志同有工作,我们把小玉接回家养着。

男人说:大爷大娘,爹娘,你们都别说了,小玉留在城里看病检查什么的方便些,厂子里已经答应我了,给我一间宿舍,我们搬那儿去住,我隔一两小时回去看看她,你们都放心吧,绝对舍不着她。

每天上班一两个小时后,男人就趁休息的时间,跑回小屋喂她些水,和她说上几句话,小玉,想我了吗? 小玉,等我一下了班,去给你买好吃的。虽然他知道,她什么也听不见,但他还是要说。

从早到晚,给她擦身子,换尿布,一天要给她日渐枯萎地双腿和双臂按摩六次,一年三百六十五天一次也没减少过。冬天太阳好时,男人用自制的轮椅推她出去晒太阳,晚上用自己的身子给她取暖,夏天,小屋里热得像蒸笼,男人皱起了眉头,他看着手里的那把蒲扇,突然笑了。这是小玉结婚时带来的,是她亲手做的。老家流行这样一首儿歌:"蒲扇本是一把草, 河西姑娘编得好;若说不是无价宝,家家户户离不了"。小玉就是个河西的姑娘。

第二天开始,他下班后就在屋外敲敲打打,大概是半个多月后的一天吧,他笑着搬回屋来一件东西,对躺在床上的小玉说:方,我给你造了台风扇,咱现在就试试。

绑在轮子上的蒲扇动了，转了。风是那么的轻，那么的柔。虽然小玉没有任何表情，男人心里却笑了。

男人用自己的爱心和奇思妙想，找了些废品，造出了这件举世无双的风扇。

那是小玉躺下后的第十个年头上，一个打扮得体、气质高雅的中年妇女打听着找上门来，留下了一万块钱和一张纸条。下班后的男人拿起纸条看，上面写着：

志同，还记得我吗？我是你初中和高中时的同桌小桐。这些年一直在国外生活，早就听说了你和你爱人的故事，这次回国特意来看看你们，我住城南宾馆688房间，希望能和你叙叙旧。

男人看过纸条，脸上有些不自在，他忙去看身边的小玉，见她没有任何反映，心才平静了一些。犹豫了许久，他装上那一万块钱，轻轻拍了两下小玉的脸，握着她的手说：小玉，请你相信我，我和那个小桐什么关系也没有，我把这钱给人家送回去，一会就回来。

到了宾馆，小桐吐露了这么多年压在自己心里的一件事：志同，你知道吗，从初中和你分在同桌，又想我们名字中都有一个同音的字，我就暗暗喜欢上了你。没想到的是上了高中，也许是老天的安排，我们还是同桌。我向你书包里放过许多次吃的，有一次，我向你书包里放了一支钢笔，没想到你竟交给了老师。老师在课堂上问谁的钢笔丢了，没人回答，我觉得脸上火辣辣的，生怕被老师和同学看出来，幸好最后躲过去了。

我出国后还一直想着你，后来打听不到你的任何消息，就嫁人了。去年我老公死了，我们也没有儿女，他给我留下了一大笔遗产。我打听了，你侍候了你老婆整整十年，也够意思了，我出钱给她请个护工，要不给她娘家一笔钱，我想带你去国外生活。

男人说：对不起，小桐，谢谢你这么多年想着我，谢谢你的好意，我离不开她，她也离不开我，我们现在这样的生活很好，我很知足。

直到安静地离开这个世界的那天，小玉在床上躺了整整十五年零一个月，也就是五千五百零六个日日夜夜，十三万二千一百四十四个小时，一个扣子大的褥疮也没得过呀。

听着讲解，像感染似的，不知从谁开始的，观众们一起抹起了眼泪。

解说员最后眼含热泪地说：这故事的男主人公不是别人，他就是我们馆长。

（原载于《文学港》2012 年第 5 期）

吝啬鬼

他这样悄无声息地走了，省下了一块坟地和一身衣服外，还省下了方方面面的不少开销。

到鲁西南采风，在一位好友安排的聚会上，见到了当地的一帮文友。大家互相寒暄后，开始进入正题——喝酒。

半个小时后，每人面前的一大杯白酒下肚了，从 20 多里外的村里赶来的小文脸红扑扑地说：一贤老师，恩华老师，我真不胜酒力，这样吧，我给你们讲个故事，算是表达表达我的心意行不行？

看他真诚地样子,我点头同意。

恩华兄说:讲得精彩,就放过你。

过去,我们村有个人,会过是出了名的。来了客人,倒酒时不小心洒桌子上一点,他赶紧伸头用舌头去舔,有一次,也是陪亲戚吃饭,他突然钻到了桌子底下去,在下面摸索了好一阵子,碰倒了瓶子和坛子,弄出了很大的动静,亲戚和家人不解地问:你找什么?

他含糊其词地说:不找什么,不找什么。

他夫人问:你到底想找什么?

他红着脸说:掉了一颗花生米,可怎么也找不到了。可能是滚老鼠洞里去了,便宜它们这些王八蛋了。

他穿的所有上衣都没有领子,他说:那块布放上也是浪费;他从来没戴过帽子,过了伏天就不剃头了,头发留下来冬天御寒;晚上光着身子睡觉;冬天不下地,没大活干,所以晚上从来不烧汤,有时小孩子饿的哭,他找出个过年时扔到一边的鸡爪子,用嘴吹吹上面的土,递给孩子说:这可是好东西,是肉,越吃越香。孩子高兴地放在嘴里,一会后又哭了起来,一边哭一边说:这是什么破肉,一点也吃不动。孩子在哭声中,嘴里含着个鸡爪子慢慢睡着了。

有一次出门,走在路上有点内急。他忙调转方向向自己家的地里跑,才开始还放开脚步跑,后来就夹着两腿跑,等好不容易踏进了自己家的地边,内急问题已经解放在了裤子里。

他的死更是一个谜。

初冬的日子,老爷出去一天了,很晚了还没回家。夫人忙吩咐伙计们:你们快分头去村外咱家的地里去找找老爷,他出去一天了,这么晚了还不回来。伙计们分头出去找,东边、南边、北边的人回来后都说:没找到老爷的一点是蛛丝马迹。正在大家焦急万分地时候,去西边寻找老爷的伊六,抱着老爷出门时穿的衣服和鞋子回来了。夫人问他:老爷呢。

他说:不知道。

夫人一边翻看衣服一边哭着问:你从哪儿找到的老爷的衣服?

在离黄河一里外的咱家那块地里。

夫人见老爷的衣服一个布丝也没少,心里好像明白了什么,哭得更厉害了。

有人说:是不是老爷被绑票了?

不可能,绑票他脱老爷的衣服干什么,还放在咱家的地里?

他是不是去黄河里洗澡被水冲走了?

那他把衣服脱那么远干什么,再说,天这么冷,不可能还去河里洗澡。

第二天,东家派人沿黄河两边寻找了上百里,也没有找到他的一点痕迹。

夫人突然想起来了,老爷这几天一直咳嗽,痰里还有血丝。他前天晚上还自言自语:说自己得了痨病,没救了。他是不是想不开?

失踪时,他刚六十多岁吧。

至今,他的故事在我们那儿广为流传,但他去了哪儿还一直是个谜。

听了这个故事,酒桌上清静极了。有人叹气说:世上会有这么会过日子的人,他这样悄无声息地走了,省下了一块坟地和一身衣服外,还省下了方方面面的不少开销。

(原载于《短小说》2012 年第 9 期)

漂流瓶里救美女

她说：谢谢你，阿姨。要不是你接了我的漂流瓶，这样耐心地劝说我，或许我真做傻事了。

看我退休了闲着没事，女儿给我申请了个 QQ 号，从网上给加了不少陌生人进来。

我忙说：听说现在骗人的特别多，我可不想去上当。

女儿笑着说：妈妈活着时，你想上我们也不敢给你申请 QQ 号，万一叫哪个狐狸精把你这个老帅哥"勾"走了，老妈不和我们拼命？现在妈妈"走"好几年了，你要给我们"钓"回个漂亮年轻些的阿姨来，一来你老了有个伴，一起去散步、旅游多好，二来我们工作忙，也都省些心。

现在就嫌弃我了？你们忙你们的，我自己能照顾自己。听了女儿的话，我有些生气，但心里理解女儿的意思。

见我不高兴。女儿过来搂着我说：爸爸不讲理，爸爸不识好人心。

每天上网看看新闻，看看图片，感觉时间过得挺快。每次 QQ 闪时上去一看，女儿不是问：爸，今天心情好吗？就是问：你那上面一点动静还没有？我给你加的可都是 40 岁以上 50 岁以下的阿姨。

我说：我没事，你好好工作吧。我不上一当，你心不甘是吧。

这天,我看右下角 QQ 标示出了一行字:你收到了一个真话瓶。我心跳有些加速,像干什么坏事似的,按提示一步步打开,是个什么漂流瓶。里边写着这样几句话:除了吃安眠花、喝农药外,请好心人告诉我:还有什么不太痛苦的死法。

我心想,这不是骗人的吧,但人命关天呀。思索了一下,我回复到:不论你遇到了什么事都要想开些,人一辈子什么事情都可能碰上,没有过不去的坎。你要相信我,心里有什么不痛快地事,可以给我讲讲,我绝对给你保密。

一天我也没有下网,盼望我的回话能使那人回心转意,可直到晚上也没一点动静。我把这事告诉了女儿,她说:网上的话,你也别太当真,也许对方只是那样说说,发泄一下情绪而已。

第二天一上网,果然收到了对方回复的漂流瓶。里边写道:我男朋友移情别恋了,我活着还有什么意思,我真的不想活了。

我回复到:或许你们没有做夫妻的缘分,天下好男人多的是,何必在一棵树上吊死,世界上肯定有个角落里,藏着你的白马王子,祝你早日找到他,找到自己的幸福。

对方很快回复:首先谢谢你,好心人。要甩也应该是我甩了他,长相、家庭条件从哪方面论,我的条件都比他好,所以我咽不下这口气。

这应该是个刚失恋的女孩子。见她的态度有了些转变,我心里很高兴。

我回复:我也失恋过,而且不止一次,最后那次我真得是全身心地投入了,可对方偷偷办了出国手续走了,听到那消息,我几乎要疯了,像你一样,心情灰暗到了极点,心想这样活着还有什么意思,喝醉了两次,睡了三天三夜,最后还是挺过来了,套用现在一句时髦的话:我们互不是对方的菜。

对方回复了几个爆笑的图片。

我们互相加了好友，一连几天，我们聊得很投机。她突然问：你多大？思想这么成熟，做什么工作的？

我想了想回答：我是个退休女教师。

她回了个鬼脸：我说呢，你要是个男的，没有女朋友的话，我想和你交朋友。

我回：我们已经是好朋友了。

她答：谢谢你，阿姨。要不是你接了我的漂流瓶，这样耐心地劝说我，或许我真做傻事了。

我回：不用谢，只要你想开了就好，阿姨为你感到高兴。

我想了又想，怕再聊时露了马脚，下线时删了对方的 QQ 号。

（原载于《青春》2012 年第 9 期）

夫人的儿子叫我爸

龙龙高兴地说：我替你考查了，这个人可以收编了。

安先生，恭喜你，从今天起，你被列为我们家的正式编了。夫人宣布到。

龙龙是我们家的公子哥。七岁，上小学二年级，长的虎着虎脑，时常睁着一双清澈的大眼睛问：妈妈，这事为什么呀。

我买衣服、买玩具、买好吃的，使出了浑身的解数，想尽了一切办法，却一直没有感化他。

出差一个星期了,这天晚上我给家里打电话,是龙龙接的,我说:龙龙,你好吗,妈妈好吗? 我很想你们呀,你猜我是谁?

龙龙迟疑了一下,哈哈笑着说:你是想我妈了吧,我知道你是谁,你不是那个"喂"吗?

龙龙猜对了,我就是那个"喂"。

我俩在电话里大笑起来。

出差的日子里,我一直在思考如何改变对他的策略。

这天晚上,我正在客厅里看电视,他走到房间门口喊我:喂,你能不能来一下。

好,没问题。我赶紧答应随他进了房间。

你给我讲一下这道题行吗,我怎么也弄不明白。

好。我像个小学生似的听话。

他做完作业,又出来问我:喂,我的作业做完了,趁妈妈没回来,我可以玩回电脑吗?

可以。

你会玩魔兽世界吗?

我用求知的眼神望着他:不会。

他盯着我的脸说:你想学吗?

我思考了下,一本正经地说:当然想呀。

我带你玩,你不许告诉我妈行不行?

我保证不告诉你妈,但你必须保教保会。

那咱俩拉钩好不好?

我使劲点着头伸出了右手。

拉钩算数,一百年不许变。

我生日那天,夫人点上蜡烛,对龙龙说:你不是说要送人家东西,快把你的神秘礼物拿出来吧。

那你合上眼。

我听话地合上了眼。

龙龙怯生生地说道:爸,祝你生日快乐!

我和夫人对视了一眼,都怔住了。

谢谢龙龙。这是我有生以来,收到了最最重要的礼物。我有些激动,这份礼物太意外了。

夫人看看龙龙,又看看我,用眼神问我:你是怎么把他拿下的?

我笑而不答。

夫人惊奇地转向龙龙:什么情况?

龙龙高兴地说:我替你考查了,这个人可以收编了。

安先生,恭喜你,从今天起,你被列为我们家的正式编了。夫人宣布到。

我把夫人和龙龙一起搂在了怀里。

(原载于《贵港日报》2012 年 2 月 13 日)

加了保险的婚姻

我是这个家的一个成员,为什么上面没有我的名字,这不公平;我是你们俩的女儿,名字就应该写在你们俩的中间,这是理所当然的事,这个还用问吗?

我生日这天晚上,丈夫买了大包小包的好多东西,早早地回家给我过生日,我好感动。

晚上上了床,我说:人们都说婚姻有七年之痒,我怎么还感觉特幸福呢。

洪林说,怎么,好日子,过烦了?

去你的,你的脑子退化得太快了吧,连好赖话都分辨不出来了。我嘴上从来不吃亏的。

洪林转身开台灯去看报纸。我伸手过去关了台灯,撒娇说:今天不让你看报纸了,陪我睡觉。

黑暗中,他什么也没说。过了一会,他深深叹了一口气。我刚才还是热血沸腾,这样一来,我的心情也凉了下来。他是不是外边有人了,装模作样地回来给我过生日,脑子里却装着别的女人?越想越觉得委屈,刚才我还自作多情地以为自己很幸福,原来他早就心怀鬼胎了。我越想越伤心,眼泪不由自主地掉了下来,他静静地躺在一边没有一点反映。我慢慢哭出了声,他竟还是没有一点反映。我的哭声越来越大,他才瓮声瓮气地说:你怎么了?是不舒服吗,要不送你去医院?说着上来摸我的头,我打掉他的手说:不用你管。

不可理喻。他冷冷地说。

我是不可理喻,你嫌弃我不好,去找好的。

有病!

我是有病,我有神经病,那你还跟我过什么?

那天晚上,他去了客厅的沙发睡的,我哭着哭着睡着了。

第二天他没回来。晚上女儿问我:爸爸呢。我说:出差去了。

第三天他也没有回来。我心想,都说女人有第六感觉,还真是,我猜到他心里去了。我要和他离婚。

第四天晚上,他回来了,回来就翻箱倒柜,我想他是找不到

一双离家出走的皮鞋

自己什么见不得人的东西了。一会,他喊刚上小学第一年级的女儿:笑笑,这是你写上去的?

是我。笑笑理直气壮地说。

不一会,他悄悄溜进了屋,轻轻关了屋门,从后边抱住了我。我一边努力挣脱一边大叫:你放开我,我和你没关系了。咱们俩离婚!

他低三下四地说:美美,都怨我,是我不对,那天工作上有点事心烦,不该对你那么冷淡,原谅我吧。你多想了,我的心里真的只有你。再说,我们两个想离婚也离不了啦,我们的婚姻上了保险,你看看这个。

我接过他手里的结婚证一看,他和我的名字中间写着:笑笑,女,6 岁。

我们问笑笑:你写这个干什么?

我是这个家的一个成员,为什么上面没有我的名字,这不公平;我是你们俩的女儿,名字就应该写在你们俩的中间,这是理所当然的事,这个还用问吗?

（原载于《江海晚报》2012 年 2 月 17 日）

正话反说

到时,车在门口一停,母亲、爹会不解地望着我,心想:这不是做梦吧。不是昨天晚上还说,不回来过年的吗?

过节前,母亲主动打来电话说:我们一切都很好,你们忙,路上也挤,过年你们就不用回来了。

我理解母亲的意思是:我们岁数大了,身体各方面出点问题是正常的,你们再忙,路上再挤,也应该回家来过年吧。

我说:我知道你和爹的心思,再过几天,看看情况,能回去,我们一定回去过年。

母亲说:西边你春树大爷家的几个孩子都过来了,还有后边你旺根哥家,儿子和姑娘也都带着小家回来了,一家家那个热闹。

母亲的心思:看人家一家家多好,儿子、女儿都知道提早赶回来过年。

离春节越来越近了,晚上爸爸又打来电话:家里的年货都治办齐了,你们上班劳累了一年,放假了好好歇几天吧,不用挂念我们的。

我听懂了爸爸的话:买好了你们爱吃的食物,你们到底何时动身呀,不想我们啊。

我回答说:谢谢爸爸、妈妈的理解,我们真的很忙,过年可能真的回不去了。你们不会怪我们吧。

爸爸停顿了一下说:没关系的,真回不来拉倒,我们不松的上,不用惦记我们,人家过年,咱也一样过年,你们一切好好地就行。

父亲的心思:真不回来了呀,我们能不松的上嘛,家人不团圆这年过的还有什么劲。你是不是不好说,要去老丈人过年吧。

实际上我两个月后就决定了春节回家的,只是不想告诉父母太早了,不然他们早就睡不踏实觉了。今天我已保养好了车,加满了油,买好装好了带回家去的大包小包的礼品。第二天早晨就出发。我这样说,就是想给两位老人一个惊喜。

到时,车在门口一停,母亲、爹会不解地望着我,心想:这不是做梦吧。不是昨天晚上还说,不回来过年的吗?

（原载于《羊城晚报》2012 年 1 月 2 日）

惊喜,惊吓

媳妇说:我想给你个惊喜。他心里想:这哪是惊喜,简直就是惊吓。但他还是张开怀抱,给了老婆一个实实在在地拥抱。

齐文学正在忙着工作,有人敲门,齐文学说:请进。

漂亮的前台小周笑着站在了门口说:齐主任,有人给你送花来了。

您是齐文学先生吧,这是有人给您定的花。小周身后的一个小姑娘说。她的怀里抱着一大捧红得发紫的玫瑰花,中间还有几棵百合。

顷刻间,办公室里花香弥漫。一个男员工进来签字:哟,齐主任,今天是什么好日子,有人送花,而且还是玫瑰?

啊,那个什么。齐文学打着哈哈。

小周离开时,好像向他做了个鬼脸。

他问送花的小姑娘:多少钱?

小姑娘说:定花的人已经付了。

是个什么样的人?

老板安排我送的，别的我不知道。

他接过花，对小姑娘说了声谢谢关上了门，手里的这捧鲜花像一块烫手的山芋，放下也不是，捧着也不是。他脑子里过起了电影，今天是我的生日没错，可谁能知道呢。

不一会，账务的几个女孩子也寻着花香跟了进来，齐主任平常颇有好感的笑笑说：齐主任，谁送的玫瑰呀，是不是有桃花运了。

齐主任被笑笑说的脸上有些火辣辣的。自己的初恋跟人去美国了，不可能是她；是女儿的小学老师楚楚，也不可能。那是谁呢，说不定就是站在面前的笑笑。两人偶尔相遇时，她经常向他飞媚眼的。要真是她，下班后请她请饭去，说不定一下子两人的关系能向前一大步。

下班前，他犹豫了许久，还是给笑笑发了个短信：晚上有时间吗，我请您吃饭。

一个小时后，齐主任拉开门，公司的人都走完了。

笑笑一直没回短信，他有些扫兴，同时又有些庆幸。

回到家，媳妇问：空手回来了？

你没让我买东西呀。

鲜花呐。

啊，噢。

一切都明白了。他笑着说：看我忙的，忘记带回来了，放办公室了。

媳妇说：我想给你个惊喜。

他心里想：这哪是惊喜，简直就是惊吓。

但他还是张开怀抱，给了老婆一个实实在在地拥抱。

（原载于《羊城晚报》2012 年 1 月 30 日）

绝色美女后遗症

迈出那栋住了两年多的别墅时,万红心里想,再找男人,一定先告诉他,自己不是原装的。

坐在自己宽大、豪华的办公室里,宋恩原眉头紧锁,心事重重。他在心里找了一百个理由,觉得这事都不能成立。

这些年,凭着自己建立起的不错的人脉关系和多年的打拼,他的生意做的是顺风顺水,现在每年的贸易额都在三千万以上。但应了那句老话,商场得意,情场失意。头一任夫人跟他一起创业,生意刚有些起色,人出车祸就走了。最后悔的是,俩人连个孩子都没留下。和第二任夫人结婚后,他接受教训,把要个孩子列入了首要任务。不然将来这么多家产谁来继承。可努力了两年,夫人的肚子一点动静也没有。动员她到医院一检查,结果令人难以置信,她没有生育能力。思前想后,他做出了痛苦的选择,给了女方一大笔钱,两人协议离婚了。

朋友们又给介绍了无数的女孩,其中有学贸易的,有学企业管理的,都没有打动宋恩原的心。这第三任夫人是他千挑万选才定卜来的。

他现在的夫人叫万红,身高一米七八,细腰长腿,长的用漂亮,美丽,大方,惊艳,都不能形容。只有一个词叫风情万种,用在她身上才算合适。她那双忽闪忽闪的大眼睛,好像会说话似的,看一眼能醉人半天。

　　只从认识后,宋恩原好像也年轻了十岁。经常推了朋友的聚会和商场上的应酬,想方设法去讨万红的欢心。从第一次见面到结婚不到半年的时间,朋友们都笑他,说他的魂,被万红勾走了。

　　两年前,万红给他生了个儿子。孩子的百天酒和他们的婚礼办的一样隆重,把他高兴的,睡觉都能笑醒。奖励了万红一辆奔驰不说,光保姆又请了两个。

　　可现在,宋恩原却很少回家了,就是去住酒店也不想回家。他看到儿子,就头痛,心里难受。也不是孩子有什么先天性的毛病,能吃能喝,也会喊爸爸,妈妈了。

　　这天他进家后,让保姆把孩子带出去。叹了口长气说,万红,咱俩坐下好好谈谈。

　　万红拉着脸子说,谈什么?追我时你甜言蜜语的。现在我给你生了儿子,你却连家也很少回了。是不是嫌我老了,还是外边又有小狐狸精勾搭你了?

　　我想给你说的,也是儿子的事。我承认,这一年来我回家少了。但我还真没外心,实话我告诉你吧,我怀疑儿子不是我的。

　　你胡说什么?万红站起来高声质问。

　　你别激动,你是不是怀的是别人的孩子?终于说出了积压在心里的疑问,宋恩原心里反倒好受了些。

　　你有什么证据,怀疑这孩子不是你的。你这简直是污辱我。万红脸都气白了。

　　这孩子刚生下来,就像个外星人似的。我心里想,小孩子可能生下来都这样,长大点就好了。可现在孩子都两岁了,还是这么丑,小塌鼻小眼睛的,还没有下巴。我怎么会和你生出他来。我看到这个孩子就头痛,将来怎么带的出门,怎么告诉别人这是我的儿子？要真是别人的孩子，我给你们一笔钱，咱好合好散行不行？宋恩原索性把心里话都说了出来。

姓宋的，你还是不是个人，竟说出这样的话来。万红抹着眼泪说。但想了想宋恩原提到的事，声调降了一些下来。

你要心里没鬼，咱们一起带儿子去做亲子鉴定，你敢去吗？

我坚决不同意去。你这样污辱我，我凭什么听你的，去做亲子鉴定。

那你心里，还是有鬼。

要孩子是你的怎么办？

你说怎么办就怎么办。

好，那咱们写下协议，孩子不是你的，我带孩子净身出户。孩子是你的，离婚，孩子归你养，所有财产一人一半。

宋恩原想了想，站起来说，行，我答应你。我回去写了协议，让律师送你手上，不许反悔。

结果出来，儿子真是自己的。宋恩原不太相信，又动员万红带儿子到上海做了一回，结果和上次一样。

两人离婚后，万红得到了宋恩原所有财产的一半。

宋恩原不知道，万红大学毕业后，十年挣的钱，她全用在了整容上。先是在国内整，后条件好点了去韩国整。她垫鼻、磨骨、隆胸、吸脂、文眉，校牙等，共做过 20 多次手术。

迈出那栋住了两年多的别墅时，万红心里想，再找男人，一定先告诉他，自己不是原装的。

（原载于《当代小说》2013 年第 6 期，《小小说选刊》2013 年第

9 期转载）

全家福

鲁老汉儿孙满堂,应该宽慰的享受天伦之乐,在别人眼里,他家也是个美满的家庭,可他心中有个普通的愿望,就是能全家一起照张全家福。他盼了多年,这个愿望终于实现了,是他在灵床上了等来了所有的儿女。这是一张不一样的全家福,这是一张带泪的全家福。作品从一个侧面,反映了现在经济社会下亲情的缺失。

别说在全村,在四邻八乡人眼里,鲁家都是个令人羡慕的家庭。

这天早晨刚起床一会,鲁老汉对来送刚拔回的鲜菜的二儿子鲁章说,二小,我有点不撑劲,快找出我的身份证和医疗本,不行就送我去医院吧。

二儿子忙过来扶他坐下,急切地问,爹,您觉得哪儿不舒服?

头晕,两条腿也有点不当家了。

老二说,爹,您坐下别动。稳稳神。说完。鲁章赶紧给大哥和村里的医生打了电话。

鲁老汉趴在了床边。

片刻工夫,村医和大哥鲁文进了家门。

村医喊了声,大爷,我给您看看。他拿起鲁老汉的一只手摸了下脉搏,然后又摸了另一只手的脉搏。两个儿子一起扶起老人时,老人好像全身散了架。医生又试了试鼻息,长叹了一口气,摇了摇头说，大爷走了。给老人家准备后事吧。

不可能，我爹他不可能就这样走了。兄弟，快打电话叫救护车。老大着急地说。

老二哆嗦着嘴唇说，是不是叫车来不及了，我去找车，咱先去镇医院吧。

大爷今年八十八了吧，走，没受罪。两位哥哥节哀吧。村医又摇了摇头说。

鲁老汉有八个儿女，都很有出息。老大建有水果罐头厂，厂子里人多时有一百多人在干活。老二是村主任，包了村里的几十亩地，每年种的花生和核桃都能卖个小二十万。剩下的子女，上大学的上大学，当兵的当兵，都在外边城里成了家。老六和老八，一个在北京，一个在南京。父亲虽然每次去他们家待不上一个月，但每次回来，脸上总是带着高兴和满足，走在街上，腰也好像直了一些。有时晚上梦里都会笑出声。

每年过年，鲁家鞭炮放的最多，从外边回来的人也最多，老老少少，男男女女，几十口人说说笑笑，好不热闹。年后来的客人也最多。

前年老爷子过生日，门口一下子停了十多辆小汽车。

再过三天，就是老爷子的八十八大寿。大部分儿女们这次都准备回来给老爷子祝寿的。说在三亚的四女儿已经动了身，晚上就到济南。

老二说，大哥，老六头两天打电话不是说出国考察去了嘛，还给不给他打电话了？

老大说，打。这事不告诉他，过后他会埋怨我们俩的。

果然，老六答应倒飞机向回赶。

鲁老汉躺地灵床上，面色安详，没有一点痛苦的样子。任凭子孙们怎么哭，怎么劝，就是不肯合下眼。

有人说，他是在等老六回来。

门外搭起了灵棚。

问事的总理根据主家的要求，请了戏班子和吹手班子。那戏班子唱的也不全是苦情戏像《忠孝全》《窦娥冤》等，也有喜庆的，如《凤还巢》《拾玉镯》等。那乐器班子不但吹《送亡灵》，也吹《百鸟朝凤》。那曲调或悲或喜，在天空中传得很远很远。许多邻村的人都赶来看热闹，在农村，好多年没有这样的光景了。

三天上，老六终于赶了回来。

老六哭，爹，你不合眼是在等我回来呀。爹，我回来了，您就放心走吧。

老六哭过。本家叔叔一边说一边去合鲁老汉的眼睛，大哥，儿女们都到齐了。您就安心的上路吧。但他的眼睛还是合不上。

快到入殓的时间了，老人不合眼，怎么办？全家人都很着急。这时坐在轮椅上的老姑姑示意老大过去，耳语了几句。老大说，能不能行？姑姑低声说，试试吧。老大说，鲁家的直系亲属留下来，别人先出去一下。

按照姑姑的意思，找来相机，几个儿女把鲁老汉扶坐了起来，一家人照了一张全家福。

合影上，除鲁老汉外，所有人的表情都很严肃，甚至说是沉重，只有鲁老汉的面容很坦然，似乎还夹带着一丝笑意。

放下他时，儿女们惊奇地发现，他的双眼自然合上了。

姑姑给老大说的是：昨天晚上，你爹给我托梦了。他说这些年了，不论是过年还是过寿，儿女们就没到齐过。你娘活着时没办到，他今年过寿本说都回来的，老六又出国了。看来他想照个全家福的愿望，这辈子可能要落空了。

一双离家出走的皮鞋

实际上，八个儿女昨晚上都收到了父亲的这个托梦，只是没人好意思说出来罢了。

鲁老汉的死是喜丧，办得既热闹又红火。看着长长的送葬队伍，许多老人投来羡慕的眼光。

（原载于《山东文学》2013年第5期，《小说选刊》2013年第7期转载）

一个眼神与两条生命

临刑前，他在监狱里想，这一辈子，就这样结束了？好多人生的滋味，我还没尝到哪。不过，这样走了，也少受不少苦。再说，一命抵一命，也是应该的。

旺根想了三天两夜，自己都26岁，连个提亲的都没有。前后走几个村，连个女娃子都看不到，都进城打工去了。自己再在山里靠下去，这辈子真的要打光棍了。

旺根狠狠地看了一眼家乡的大山，先是坐汽车到了县城，又倒汽车到了成都，然后坐火车来到了石家庄，在城里转了几天，去了几个建筑工地，人家看着他矮小的个子，单薄的身板，没问话，就摇头让他离开。找不到活，旺根一天只肯吃一顿饭，还好，五月的天气已经不是太冷，他晚上就睡在在广场上的石座上。

旺根心里想，还是北上吧。从北京找点差事，挣够路费，再转车去东北，听说那儿人少地多，还有煤矿，好讨生活。他比较了一下,坐汽车要比坐火车便宜二十六块钱。这天早晨,他坐上了开往北京的长途汽车。

在北京长途汽车站下了汽车,他就漫无目地的在马路上走。北京给他的感觉是人好多,楼好高,城好大。

走了好半天,他随人流走进了一家大商场。里边真可以用金碧辉煌来形容,里边的女人一个比一个漂亮好看。他靠边脱下左脚的鞋子,坏了,身上仅剩的一百块钱不见了。他又脱下右脚的鞋子找,也没有。他记得清清楚楚,上车前他把买完票剩下的那一张百元大票折了几折,在厕所方便时,放左鞋里了。又把身上的几个兜翻了个遍,也没有找到那一百块钱,他几乎摊在了地上。这可怎么办,是路上被人偷走了,还是丢了。他欲哭无泪的在地上待了许久,周围没一个人看他一眼。他站起身,走进厕所,用水洗了把脸,又向头上浇了些水,想让自己清醒清醒。

旺根没有了再逛下去的兴致,他随人流向外走。刚出商场大门,外边的天已经黑了下来,路灯下的人们来去匆匆。这时一个人的肩膀和他的肩膀重重地撞了一下,他还没反应过来是怎么回事,那人转身大声吼道:你他妈瞎眼了,不看路,向哪儿撞。

他抬头看那人,那人用斜视的目光看着他,那眼光里满是冷淡、不屑、凶恶、狠毒。

他怒火中烧,哆嗦着嘴唇喊叫道:妈拉个巴子的,是你撞的我,你还给老子横。他好几天没和人说话了,终于得到了释放的机会。

哪儿来的乡巴佬,弄脏了我的衣服,你赔得起吗?

你是城里人,有什么了不起? 要不是老子们种地,你喝啥吃啥。两人打着嘴仗,他四下里找东西。他从挂看自行车的绳子上抽了一根铁棍出来,那和他发生口角的男青年,晃着留着个心样的时髦发型,摇着宽大的膀子说,怎么了,你孙子还敢打我不成?

旺根说不过他，急红了眼，举起手中的铁棍，用尽了平生的力气向那小子抢去，一下，二下……他心里想，你们城里人，都不拿正眼看老子一眼。老子也是人，生来也不是就让你白白欺负的。

那身高在一米八以上，体重足有 200 斤重的城里青年，没来得及反抗，就倒了下去。

有人喊，出人命了。

见地上的那人头上流出了血。旺根没有跑，也没有害怕，只是呆呆地在一边站着。

据公安局的人讲，那和他发生口角的小伙子，是着急去见女朋友的，但人被送医院后。没抢救过来。

临刑前，他在监狱里想，这一辈子，就这样结束了？好多人生的滋味，我还没尝到呐。不过，这样走了，也少受不少苦。再说，一命抵一命，也是应该的。但如果那小子当时不是用那样的目光看自己，或许最后不会是这样的结局。

但没有如果了……

（原载于《小说月刊》2013 年第 6 期）

有关鸡头的故事

在吃肉是件奢侈的事的年代，有关一个鸡头的尊严深深埋在了一个少年的心里，或许那也是他现在事业成功的动力。那个山羊胡如还活着，会如何想？

多年以后，在城里打拼的旺根，终于有了自己的公司。

旺根坐在自己公司宽大的办公室时里，刚放下朋友胡闹的电话，胡闹说，南方来两朋友，晚上请人家在鲍鱼王吃饭，请你去陪陪客。

天天鲍鱼、鱼翅的吃，他都吃烦了。他不由地想起了20世纪70年代的农村，几个月能吃上一次肉，那已经是很奢侈的事了。

他和保长、春海去地里割草，说起天下的美味，保长说，春节时去姥娘家，舅舅从城里带回来的那烧鸡最好吃了。春海说，我姨夫从部队上带回来的胶皮糖才好吃呐。他说，唉，你们真是没见过世面，人家苏联人多有钱，想吃什么就吃什么，从中国进口鸡舌头，一火车一火车的拉，你们想想，一车皮得装多少个鸡的舌头。

这天，近门顺子的姑奶奶死了，老太太活了八十六岁，说是喜丧。顺子家摆了三个大供，一个盒子里是一个猪头，一个盒子是一只鸡，一个盒子里是一条大鱼。爹晚上从顺子家回来说，旺根，明天你去给顺子家抬盒子。他小声嘀咕说，我不想去，我怕死人。娘说，有什么好怕的，这么大岁数了老死的，又不是年轻的。再说，能吃上一顿好吃的。

顺子的姑奶奶家在刘庄，离他们村有六七里路，没多大工夫就到了。他们抬的盒子被主人那边的人接过去，一起来到死者的灵前，捂着眼装哭了一会，磕了三个头。

这就是喜丧，他头一次见，主家请了吹鼓手，不但吹悲调，还吹《百鸟朝凤》，喜洋洋，亲人和亲戚也没有几个真掉泪的。村里出来看热闹人，也分外的多。

发送死人上路，倒好像送女人出嫁。

从坟上回来，开始吃饭。

八、九个人一桌，每上一个菜，轮不到一人夹一筷子，盘子里几乎见了底。每上一个荤菜，大家眼里都放出光来。这时一盘鸡端了上来，盘子还没放稳，有人的筷子已经伸了上去，盘子转到旺根跟前时，里边只剩一个鸡头了，他想，这鸡头到底吃不吃，上面虽然可能没肉，但毕竟里边还会有一个鸡舌头，正当他犹豫着的时候，后边的几个人，已经举着筷子有些迫不及待了。他果断地下意识的夹了回来。他刚想用筷子向嘴里送，坐在上首的山羊胡说，没家教，这鸡头是你吃的，这应是桌上辈分最大的人吃的。山羊胡比他大一辈，山羊胡的声音虽然不大，但一桌上大半部分人肯定都听到了，他觉得无地自容，脸上火辣辣的。手里的鸡头放回去不是，吃又吃不下去，他慢慢放在了面前的小盘子里。他心里狠狠地骂：你山羊胡算个什么东西，老婆死了多年了，村里人都知道，趁没人时，竟敢调戏人家年轻的小寡妇。再说，我又不是吃的你家的东西，你管得着吗？他向外桌看了一眼，幸亏爹坐的比较远，没有看到这边所发生的一切。

那时他就暗暗发誓：将来自己一定要混出个人样来，使全家过上好日子，天天能吃上肉。让山羊胡这个老东西，为伤过一个少年的自尊，良心不安一辈子。

阴错阳差

几年后，已是秘书科长的鲁国仁在我和女孩的婚礼上才知道，女孩的母亲是上级机关的董副局长。董副局长笑着小声对他说，小鲁，你不知道，我女儿当时看上的可是你哟，可你们没这个缘分啊。

这是我和好朋友的故事。

那时我们都年轻，我和鲁国仁刚分到机关财政部门不久。那天是星期天，我们俩在食堂里刚买了晚饭要吃，进来一个个子高挑的女孩，留着长发，模样俊俏，鲁国仁的两只小眼都看呆了。他小声嘀咕，这个姑娘不错，我去送材料时见过，是咱局里的秘书。

我鼓励他，你去跟着她，看她去哪儿，没人时给她要个电话。

我的个人条件比鲁国仁好，我一米八，他一米五八，我五官端正，他五官好像都不在自己的位置。但他比我有才，会画画和写诗。他是我们单位小有名气的诗人。

这时那姑娘从窗口买了几个馒头放进包里，回身向外走。鲁国仁脸上有些为难地说，这样不好吧。人家不理我怎么办？

你还诗人哪。追女孩，脸皮就是要厚。过了这村，就没这个店啦。这话我是从杂志上看到的，现学现卖。

女孩出门时，好像是向他们这边看了一眼。我接着说，兄弟，别犹豫不决了，快，跟上。

鲁国仁咬了咬牙，站起身，我使劲拍了两下他的肩膀，算作给他加油。

女孩在前面走，他在后面跟着。女孩转弯，他也拐弯，女孩出了院门，他也出了院门。女孩到了公共汽车站，他在不远处站着。来了一辆车，看女孩的脚步动了，他跑了几步，到车前时司机已经关了门，他拍了两下车门，司机又开了一次，他才上了车。售票员让大家买票时，他掏遍身上所有的兜，坏了，忘带钱包。这时，他机中生智，指了指站在不远的女孩小声说，和她一起的。售票口走到女孩跟前说，买票，两张。女孩问，为什么？售票口用嘴巴示意，那位不是和你一起的？女孩向这看，他向女孩笑着点头。女孩替他买了一张票。

这事肯定砸了。他心慌得不行。

女孩下车后，他跟着下了车。他本不想再跟下车的，可兜里没一分钱，回不去了。

女孩问他，你跟着我干什么？

我，我没别的意思。看天黑了，怕你回家路上不安全，就想偷偷送送你。没想到兜里没带钱，不好意思，还让你给我买票。

女孩突然笑着说，你来送我，我给你买张票，也是应该的呀。看他囧在那儿，很尴尬的样子，接着说，刚才没吃饱饭吧，我也饿了，能不能陪我去吃碗面。

太能了。可我……

没事的，还是我请你。女孩笑得很甜。

两人一起走进了一家小面馆，一人要了一碗面。女孩说，我知道你，你不是环保科新来不久的那个诗人嘛。

鲁国仁心里暗喜，你知道我。我回去连夜就写首长诗送给你。

吃完饭出来，女孩说，我前面就到家了。你回去吧，给你十块钱，回去坐车。谢谢你送我。

鲁国仁接过钱说，我明天还你。

女孩说，不用还。但你别把今天送我的事说出去，我男朋友可是个小心眼。

鲁国仁回去的路上想，就我这条件，怎配得上人家这么漂亮的姑娘。

几年后，已是秘书科长的鲁国仁在我和女孩的婚礼上才知道，女孩的母亲是上级机关的董副局长。董副局长笑着小声对他说，小鲁，你不知道，我女儿当时看上的可是你哟，可你们没这个缘分啊。

（原载于《百花园》2014 年 12 日）

怀念生命中的一只鸟

　　要不是那只不知名的鸟提醒我，我自己在山上睡到半夜去也说不定。家人着急也没办法，这么大的山，他们不可能找得到我。还有，万一有狼、虎出现，我的小命就这样不明不白交代了。

　　坐在城市里高楼的办公室里，时常想起生命中出现过的一只鸟。

　　小时生活在农村，那是 11、12 岁时候的事情。

　　是个夏天，应该是星期六或星期日，那天没去上学。由于天热，半下午才出门，没有找到伙伴，挎着篮子自己独自上了东山。爬到半山腰，开始蹲下割草。割一会儿，出一身汗，找个树荫歇一会。歇一会，身上的汗下去了，再去割。割了草就放在身后，也不去收。太阳快落山时，累了坐下歇会，没想到困意这时上来了，索性找了个平整的地方躺了下来，脑子里想的，躺一会赶紧起来。

　　不知过了多久，我被一块小石子不偏不斜砸在脖子上惊醒，我睁眼一看，天已有些暗了下来，这是谁用这颗又圆又滑的小石子打的我？我环顾四周，一个人影都没有。我再仔细向天上看，一个比拳头大一点的鸟在我躺的上空盘旋着，我看不清它身上羽毛的颜色，只听到它像有些着急样地鸣叫着。我心里明白了，是它用两只爪子抱起了小石头，飞起来对准我砸了下来，它是提醒我，天晚了，快起来回家吧。

一路走我一边后怕，要不是那只不知名的鸟提醒我，我自己在山上睡到半夜去也说不定。家人着急也没办法，这么大的山，他们不可能找得到我。还有，万一有狼、虎出现，我的小命就这样不明不白交代了。

我的生命中曾有一只贵鸟出现。它肯定不在这个世界上活着了，但我经常会想起它。

（原载于《昌吉日报》2014 年 7 月 8 日）

同　学

两个同学郑见，聊得热火朝天，喝着小酒忆旧，互相都念对方的好。但当结账时出现了尴尬局面，两人都没从兜里掏出一分钱来。最后是被感动了的女老板免了单，凑巧的是，她是他们的小小学妹，也算是同学吧。

在镇里开车的老马，这天，在街上碰见了在县城工作的老同学鲁一贤：你小子什么意思，回来也不打个电话了，是怕我管不起你饭是吗？

看你老马说那里去了。我只是回家看看老人，没别的事，就不想打扰老同学了。

走，咱去喝点。老马拉起鲁一贤就走。

你不怕领导有事，用车什么的。

我马上要退休了，车都交了两个月了。现在是自由身了。

真快呀,我们都该退休了。这么多年没少给你添麻烦,说好了,今天我请你。鲁一贤真诚地说。

我请你请还不是一样,主要是想和老同学好好聊聊。

两人一边说笑着一边进了街边的一家小酒馆。

两人坐定,点了两凉、两热四个菜,一瓶当地产的老白干。一人一大杯倒上,瓶子里只剩了一个底。

两人聊得十分投机。

还记得不,高中时,那时咱都吃不饱,一起去偷学校菜地的茄子吃。好像就是不多年前的事,算算,30多年过去了。鲁一贤感叹说。

是呀。那时过年才能吃上一次肉呀。肉吃到嘴里那才叫香,吃一块肥肉片子满嘴流油啊。老马回味道。

来,马超哥,我恭恭敬敬地敬你一杯。这些年我家的事没少让你操心。

说那干啥,谁让我离家近来。

特别是那次老爹晚上犯了心脏病,我怕等我赶回来误了事,半夜里给你打电话,你二话没说,就赶过去了。要不是你去的及时,把老人送医院抢救,老人说不定那晚就走了。那晚老人手术后,人家郑医生对我说:老人再晚送来一会,说不定就抢救不过来了。

鲁一贤说起这事有些感动,眼眶里有泪光在闪。

不说这些,都是过去的事了。要说,大小子在县里读高中,大事小事还不都是你管,他能考上好大学,也有你的一份功劳。马超说。

那是兄弟我应该做的。

马超拍了下鲁一贤的肩膀,来,兄弟,喝酒。

两人喝完了白酒,余兴未进,又一人喝了五瓶啤酒。

等过两年我也退休了,就回村里陪老人住。到时就时常来找老兄喝两杯,你可别嫌烦啊。鲁一贤红着眼圈说。

那感情好,哪会呢,老同学能经常相见,我高兴还来不及呐。

三个小时过去了,起身结账时,鲁一贤翻了几遍背包,不好意思地说:马哥,今天这饭还真得你请了。我带的钱不多,除给老人买了点东西外,都给老人留下了。下次一定由我来请。

马超翻遍了身上的所有兜,也没掏出一分钱来。他抱怨自己:嗨,我怎么出门忘了装钱包呢,这样吧,你在这等一下,我回去拿。

饭店的中年女老板走过来说:哥俩聊得这么情真意切,这么忘我,我们都感动了。我也是那个中学毕业的,你们都是我师叔级的校友。这样吧,今天这顿便饭我请了,希望你们的同学情谊万古长存。

两人都不好意思地笑了。马超说:这多不好意思。那这样吧,今后我们经常相聚的地方,就放这儿了。

鲁一贤接着说:好。好。这儿的菜做的口味真是不错,一点不比县城饭馆的质量差。就按哥说的,就这样定了,只要相聚,不去别的地方,就来这儿。

两人相扶着出了门,回头对女老板说:谢谢了,谢谢!

（原载于《小说月刊》2014 年 2 月）

两张面孔

　　每个人都有两个面孔，出门带上一张，那是对外边所有人的，邻居、同事、领导、路人等，回到自己家里摘下假面孔露出自己的真面目后，可以随意地放松自己，不管是身体还是思想。

　　鲁一贤进家门时，把一张面孔摘下来放在了门外。

　　进了家，脱下外套，嘴里哼着小曲，进了厨房，开了冰箱门，从袋里拿起一颗葡萄，扔进了嘴里。烧水下了一袋方便面吃了，算是晚饭。

　　打开电脑，看媳妇在线，发了个奴仆请安的图像。媳妇回了个亲亲的动作。调好了视频镜头，他开始和媳妇视频。

　　老婆，你和孩子都好吧。你快回来吧。你看都把我饿瘦了。

　　都好。这回知道老婆的重要性了吧。

　　我想你了。

　　哪儿想？

　　这儿，这儿，全身哪儿都想。

　　没出息。

　　孩子呢？抱过来让我看看。

　　睡下了。晚上你吃的什么？

　　方便面。

　　天天吃那垃圾食品，你不会自己出去吃点好的，改善改善。

　　亲爱的，我哪肯呢，我答应攒钱给你买钻戒的。

那也不能以牺牲健康为代价。媳妇心痛了。

你看看我这肌肉，没问题的。他举起胳膊秀了下肌肉。

星期天开车来接我们娘俩吧，我也想自己的家了。

真的？太好了。那说好了，星期天我去接你们娘俩。老婆，你休息吧，我去跑步了。晚安！梦里一定要有我。

晚安！

跑步回来，洗完澡，鲁一贤穿着大裤衩子躺在沙发上看电视，他被电视里的幽默节目逗得前仰后合，后又看电视剧，看着看着就睡着了。睡梦中他竟然笑出了声。

早晨一出门，鲁一贤又戴上了那张昨天摘下来放在门外的面孔。

进了电梯，向脸熟不脸熟的邻居微笑、点头。到了写字楼，听到和回复了几十遍早晨好。因在单位是个部门经理，晨会时，一本正经的安排工作。打电话时，一边和客户寒暄一边记录着什么。参加老总主持的中层会前，先到卫生间整理了领带，用手梳理了一下那几根不肯随大流躺下的头发，从办公室上挑了两支笔，夹在了笔记本里，在会议室外捂嘴轻咳了两声才走了进去，自己想了想，按自己的职务，找了个既不显眼也不是离老总座位视线范围太远的地方坐下，老总说话时，认真做笔记，老总目光扫过来时，按照老总脸上的表情，做出适当的反映。轮番表态时，首先说老总讲话的重要性，然后代表部门表示决心和态度。散会时，怕弄出声响，小心搬动椅子。主要领导都离开，再有几个部门的经理离开后，自己才离开。时刻提醒自己，在楼道里走路的步子要轻。和部下说话要和颜悦色，向领导汇报工作要一脸认真。叹气和发愁时，要关上办公室门。女下属送来秋波时，要视而不见。

下班前，天已经有些暗了下来，他没有开灯。鲁一贤坐在办公室里正在思考，这时放在办公桌上的手机发出了震动声，他下意识地拿起了电话。

喂，是鲁一贤吧。一个女人的声音。

是我，请问，您是哪位？

你猜猜？

鲁一贤停顿了一下，忽然说：你不是那个谁吗，是不，你就是那谁。

我是那谁？

鲁一贤没敢再搭话，真没听出来是谁。

说呀，我是谁？猜不到吧，那我告诉你呗，我是你大学的同学，咱俩同桌，想起来我是谁了吗？

鲁一贤站起来去关了门。他心里仔细琢磨，静雅？不可能，听说她毕业不久就出国发展了，两人也从来没联系过。

快别开玩笑了，求求你了，老朋友，快自报家门，我还有事，要不我可挂电话了。

好呀，鲁一贤，昨晚上还跟我甜言蜜语的，现在连我的声音都听不出来了。坏了，是老婆。

你不讲理，你刚才是不是在按住鼻子跟我说话？

是又怎么了？

老婆，别闹了。我要按住鼻子说话，你也听不出我是谁来。对了，这不是你的电话号码？

本想给你来个惊喜的，看我到家再怎么收拾你。我手机没电了，这是我弟弟的手机，今天他过来办事，把我们娘俩捎回来了。

晚上我请弟弟吃饭。你们到家了，还是在哪？

他还有事，一会要走。我们在丰台路口，你来接我们吧。

好,亲爱的,在那等我。我马上过来接你们。

这一刻,鲁一贤提前摘下了出门时戴上的那张面孔。

(原载于《精短小说》2014 年 2 月《小小说选刊》2014 年 5 月
转载)

走向枪口

母猴在面对人类的猎枪时,先是喂饱怀里的小猴,然后又用树叶给小猴留下了些奶。为了自己的孩子,她勇敢地走向猎人的枪口。母猴身上体现出的母爱,让人类汗颜。

这是一位动物保护专家讲的故事。

我小时候就生活这片大山里,过去大山里人穷,但山上有很多动物,打来猎物,不但全家人能吃肉解馋,皮子还能换钱。所以每家几乎都有一杆猎枪。

特别是冬闲时节,男人们就三三两两约在一起上山打猎。山里人还有个规矩,如谁打到了大的猎物,要么叫上一起上山打猎的人来家大吃一顿,要么就分一些好肉给同伴。

那是一个寒冷的冬日,老天刚下了一场大雪,原野里白茫茫的,看的时间长了,刺的人眼晕眼疼。山里人明白,这是打猎的好日子。

一位中年人在半山腰上发现了一只猎物,他的心里有些激动,儿子上学的新书包有着落了。那家伙鼻孔大,上仰。唇厚,无颊囊。看那毛发,那模样,特别的可爱。它的尾巴和身子差不多长,瘦长的身体上长着柔软的金色长毛,有近三十厘米长,披散下来就像一件金黄色的"披风",十分漂亮。没错,这是一只失群的金丝猴。

她的怀里抱着个刚出生不久的小猴。

母猴也同时发现了不远处的猎人。她的眼里闪出了一丝不安,母猴把小猴紧紧得抱在胸前。

她先是低下头给怀里的小猴喂奶,嘴里嗯嗯呀呀地说着什么,像是对怀里的小猴说,孩子,别怕,有妈妈保护你。

见不远处的猎人在向这边瞄准,黑洞洞的枪口对准了自己,眼里放射出一丝乞求的目光。她伸出一只前爪指了指怀里的小猴,接着频繁挥动着爪子向猎人示意,千万不要开枪。

猎人见她没有跑的意思,端着枪又走进了一些。分明看到她的眼里有泪光在闪。

她怀里的小猴子好像睡着了。她看猎人没有离开的意思,眼光变得有些绝望。她紧紧抱了下小猴子,又低头亲吻了小猴子的全身,然后轻轻地把小猴子放下,从附近找了片大大的芭蕉叶子,向上面挤了些奶,小心地放在小猴的身旁。

她长长地叹了口气,深情地向地上的小猴望了一眼,勇敢地站起来,向着枪口走去。

这时,那个猎人泪流满面的在那儿。

他下意识地放下枪,退出子弹扔得远远的,然后高高地举起枪,使劲向巨石上摔去。

动物保护专家说,那个举手摔枪的猎人不是别人,是我的父亲。

（原载于 2014 年 3 月 20 日《国际日报》,《新课程报》2015 年第 5 期）

彼此彼此

全民微阅读系列

山花委屈地抹着眼泪回敬道:你天天这样说我,咱俩彼此彼此,你不是也不会……

儿子结婚五年了,儿媳山花的肚子还是平平的。他们刚结婚时婆婆脸上露出的是笑容,后来脸色就越来越难看了,再后来说话就指桑骂槐了。

只要山花在家,她经常在院子里叹着气,对养的鸡数落:唉,养你有什么用,好几年了,就知道吃吃,连个蛋都不会下。

山花先是忍着,有时实在听不下去了,就出去走走。儿媳心里想,你儿子外出打工了,一年在家待不了几天,我和谁去生孩子?

山花有时夜里哭着给丈夫打电话:你快回来吧,别在外打工了。人家在家种地的也没有饿死的,都过得挺好的。

看到比自己结婚晚的妇女,孩子都满地跑了,山花心里有多难受,只有她自己心里知道。村上的人说三道四山花只能装哑巴。可婆婆是自家人,不应该这样对自己。

这天婆婆又在院子里喊:养你这个不下蛋的鸡有什么用,养个公鸡还能给打个鸣。

山花实在忍无可忍,出了门口对婆婆说:娘,你说够了没有?你儿子一年在家待那两天,我和野汉子去生娃呀。

婆婆声调很高:生为女人,你不会生孩子还有理了?

山花委屈地抹着眼泪回敬道:你天天这样说我,咱俩彼此彼此,你不是也不会生养。说完这话,山花哭得更厉害了。

你,你……婆婆脸都气白了。

原来山花的丈夫也是抱养的。

神　算

右边的妇女下意识地把左脚收了回来,在众人的目光下,又伸了出去。她的脸上红一块,白一块。两只手都不知如何放了。

集市上,两个妇女厮打在一起,两人都说对方是小偷。有人把她俩拉到盲人的卦摊前。

有人对盲人说:你算命不是准吗,你算算她俩谁是小偷?

盲人眨了下眯着的双眼,摇着手里那把四季都拿在手里,只有 3 根鹅毛的扇子,思索了片刻,又思索了片刻。

你们俩分开 3 米远,都站好。

众人按盲人说的,把两个女人分开了距离。

盲人摇了几下扇子,嘴里说道:我的扇子扇一扇,小偷头上冒青烟。

右边的妇女站着低头没动, 左边的妇女扭头向右边的妇女头上瞟了一眼。

众人好像看出了点什么。互相议论着。

盲人停了一会，深思片刻，又摇起了扇子。

你俩把左脚伸到前面来。

俩人不知盲人什么意思，但还是照办了。

盲人问：伸出来了没有？

众人齐回答：伸出来了。

盲人突然拉下了脸：把小偷的左脚砍了。

右边的妇女下意识地把左脚收了回来，在众人的目光下，又伸了出去。她的脸上红一块，白一块。两只手都不知如何放了。

站在左边的妇女脸上从容自得，一动没动。这时她说：我的十吊钱还在这人的身上。

众人一起大喊：把人家的钱拿出来，拿出来。

右边的妇女很不情愿的从兜里掏出了一卷钱，有人夺过来一数，果然是十吊钱。

众人高喊：侯半仙神了，真是神算。

说着众人一起动手，把右边的妇女押向了衙门。

另类爱好

她心里想不明白，我吃喝嫖赌抽一样不沾，爱好收藏个包也有罪了，现在的男人都怎么了？

这天深夜，一个小偷从没关好的窗户里，潜进了这家的客厅。他摸索着翻了挂在门口的两个包包和几件衣服的兜，没找到钱和有价值的东西。他用小手电照了照，走向了一个卧室的门口。他支起耳朵细听，断断续续听到里边有人在说话：宝贝们，我爱死你们了。一天了，你们都想我了没有？一个个来，让妈亲亲。

小偷想，幸亏我小心谨慎，没闹出大的动静来。这城里计划生育怎么搞的，这女人的孩子好像不是一个两个呀。

里边的女人慢条斯理地说：孩子们，听话，别着急，妈妈一个个给你们搞卫生。

今天运气不好，还是撤吧。小偷走向进来的窗户，原路返回。

这家的主人是个剩女，38 岁了，还单着。她月收入两万，可能有点心理变态了，几乎所有的钱都买了包包，对包着迷到疯狂的地步。

她把包当成孩子，每天回到家再累，也要拿出来擦一擦，看一看，和它们说会话。

柜子里的一个红色的爱马仕，是她的最爱，九万多块钱买的。里边还有 LV、古琦、芬迪、夏奈尔、巴宝莉，歌诗姬、稻草人、黑眼睛、浪美、猫猫、梦特娇、漂流木、千姿百袋、雅诗丽、伊米妮、伊之恋、啄木鸟、沐鱼等。她的收藏简直可以办一个名包展览会了。

谈了几个男朋友，才开始进展都挺好的。一看到她的两柜子名包和她看包们的眼光，都找理由离开了。

她心里想不明白，我吃喝嫖赌抽一样不沾，爱好收藏个包也有罪了，现在的男人都怎么了？

哭错了

有人提醒到:你小子哭错了,死的是你二奶奶,你哭你二爷爷干什么。

年根,旺根从外地打工回来,从村边下了车,看到不远处村里有出殡的队伍过来。细一看,带头的是本家已出五服的二爷爷家的子女们,他忙把行李放在路边一家村人的大门口,加入了哭丧的队伍,他跟着队伍走一会,跪下哭一会。

许多人听出了异样,谁也不便说什么。

送了好大一程,他想自己赶上了,也算对老人尽了心意了。四周一看,除跟着看热闹的村人外,送葬的队伍并没人注意他,他抹了把红肿的眼睛,转身向回走。

有好奇的村人问他:旺根,你刚才哭的什么?

哭的我二爷爷呀。旺根记得,去年回家时二爷爷就下不来床了。

有人提醒到:你小子哭错了,死的是你二奶奶,你哭你二爷爷干什么。

旺根一下子待在了那儿。

(原载于《当代闪小说》2014 年第 3 期)

极品美女的爱情独白

剩女是个流行词,剩女都是白富美,剩女几乎都是有思想、有品位、有气质的女人。本文的主人公就是这样一位。她的白马王子不知不觉走进了她的内心,他不是高富帅,只是一个懂得浪漫、会写情诗的保安。

我是个唯美主义者,虽然身高、模样、工作都很不错,但眼看要进入到剩女的行列了,至今还没有把自己嫁出去。

父母急、亲戚急、朋友急,说心里话,我也着急。

但想象一下,要和一个大男人睡在一张床上,我就害怕。我有洁癖,家里的房间,别说别人,连母亲都不许进去,对父亲更是雷区,那是我一个人的领地。

我早晨出门上班前,要花一个半小时的时间化妆,一根头发不顺溜也要修理一番。天天要换内衣,日日必须洗澡。我注意自己的一言一行,笑要到位,但不能露齿,和别人说话,语气平和,不得张扬。走路每步之间的间距,不得大于 5 毫米,腰要直、胸要挺。我努力在培养自己心目中的淑女形象。

在大学生活中和单位里,也有很多男孩子对我表示过好感,但没有一个人真心向我表白过。我也从没有对哪个男人动过心,我觉得,自己生命中的白马王子还没有出现。

最近,有个人的影子走进了我的世界,它很模糊,离我很近,又好像很远。大概一个月前吧，我邮箱里收到了一首爱情诗，诗是这样写的：

等你一万年

我也不嫌长

因为

你是我心中的女神

看到你第一眼后

我就告诉自己

我的女神出现了

我愿用我这颗心

托起你轻盈的脚步

愿用我这条生命

浇灌你脸上的笑容

只要能靠近你

甘愿做你终生的奴仆

我上网查了查，这诗网上没有，好像不应该是抄来的，但写诗的人是谁呢。从那天起，这人一个星期给我发一首情诗过来，才开始，我并没太把这当回事，觉得对方只是我的一个崇拜者，但时间一长，竟然感觉这诗慢慢滋润了我的生活，进入了我的内心，这天晚上，我失眠了，我突然有了想见见这个写诗人的想法。

整整两年了，我收到了九十六首诗。

我起床打开电脑，给他回了第一封邮件：

雅士，你好：

谢谢你两年来为我写了这么多诗。经过认真思考，我想见你。也许你很平凡，没关系，我就想找一个平凡人，过一种平凡的生活;也许你没有多少钱,也没关系,我们一起来共同建构未来。我的 QQ 号是:**9876543**,我的手机号:**13682807XXX**

见面时间和地点你来定,我随时准备赴约。

几天了,那人没有回邮件。

这天,我的 QQ 在闪,有人要加我好友,那人网名有点怪,叫仆人寻找主人,我有些激动,心想,会不会是那个坚持给我写诗的"他"。我过去从不加陌生人为好友的,这次没多加思考就加了。

冬冬,你好。我是你的奴仆。

他还知道我的小名,果然是那个"他":你在本市吗?

是的,在东方市。

咱们是同学?

不是。

是同事?

不是。

咱们认识吗?

咱们天天见面,但我认识你,你不一定认识我。

我感到奇怪,怎么也想象不到他是谁,他还很神秘。

我给你发邮件好几天了,你为什么才出现?

因为我总是感觉自己配不上你,所以一直在犹豫,到底见不见你。才开始,我只是想在心里偷偷暗恋你,但后来我想,爱一个人应该让她感觉到, 所以才给你写诗,哪怕我一辈子都是单郑思。

你多大?

比你小三岁加三个月。但我没房子没好工作,怕不能给你幸福的生活。

我们都有双手，一起努力，只要两情相悦，再苦的日子也能过出乐趣来。我们什么时间能见面？

容我再考虑一下，好吗？

好的，我等你。

那天聊天后，情诗照常发过来，但他再没有上过网。我问他什么时间见面，他总是说，再等两天。他越神秘，我越想见他。

这天，我终于盼到了他的短信，短信说：冬冬，经过激烈的思想斗争，我决定见你。明天是星期六，晚上六点请到区文化宫找我。

那天，我打扮地像个新娘，怀着忐忑不安的心情去了文化宫，路上我还想，到那儿怎么找他。开车快到文化宫门口时，很远就看到门外站了很多人，停下车走近一看，一个大红条幅从楼上悬挂下来，上面写着：冬冬，你是我心中的女神。

我红着脸走进去，里边一个会议室里有很多人在忙，看到墙上挂着：我心中的女神诗歌朗诵会。

朗诵会上，我几次感动得落泪。

原来他是我们单位的保安队长，身高 1 米 88，是个退伍军人，脸上的表情，阳光而刚毅。

他就这样征服了我。

（原载于《百花园》2014 年第 7 期）

大雁的质问

这是一篇环保小说,当我们大力发展经济的时候,请注意一下环保问题。这是和我们共处一个地球的其他生命的代表大雁,含着悲伤发我们人类发出的呐喊!

初冬,北方已有些万物萧条的感觉。生息在北京密云水库的大雁们,也感觉到了身下的水温快到了结冰的临界点。几只头雁们围在总头雁威大的身边在开会,最后威大总结说,明天如果天气容许,太阳出来我们就上路。但因为这次回南方过冬,我们今年新添了 20 只小雁,所以路上我们要保护好它们,让它们各自飞在自己妈妈的前面,速度我在前面控制,不易过快。路上该休息时休息,该吃饭时吃饭。老三、老四你们责任重大,一定要照顾好全局,特别要警惕我们的天敌老鹰的偷袭,争取全部家族成员平平安安地回到南海过冬。

第二天是个好天气,威大一声令下,雁群秩序井然的上路了。几只头雁按照分工各负其责,除有几只小雁看到身下陌生的一切,感到新奇、兴奋偶尔会偏离队伍而被威严的头雁老三、老四赶回队伍外,飞行中一切正常。到了德州南的水库,队伍停下来休息了一阵,母雁到水里为小雁们打了些吃的后,雁群又一次上路了。

两天后,队伍经过几次休息和吃饭,终于快到达长江时,出现了意外。在经过一片工厂的上空时，几十个大烟筒有的冒着黑烟，有的冒着白烟。这时头雁威大心里犯了嘀咕，过去几次来回飞过这儿时，都没有这些。它让老三叫过来几只头雁一商量，大家一直认为，距离不是太大，闯过去也许没什么事。

但到了跟前，威大还是头一个闻到了一股刺鼻的味道，它咬了咬牙，向后传话，屏住呼吸加快速度飞过去。

雁群刚飞到工厂上空的一半时，有一只小雁摇摇晃晃向下掉去，它的母亲哀鸣着跟着俯冲下去，想把它救回来，老四箭一般射了出去，赶到小雁母亲身旁，喘着粗气说，这样太危险了，救不回孩子，你也会送命的。先飞出这个地带再说吧。

下面的味道简直要使两只大雁窒息，它们飞回了雁群。这时，又有一只，两只……十多只小雁相继坠离了队伍。雁群里响起一阵阵的哀鸣声。这声音充满绝望和悲伤，响彻云霄。

等雁群冲出这片天空，许多雁像摊烂泥一样落在了地上。威大自责地说，对不起各位，特别是失去孩子的母亲们，我判断失误，造成了这场悲剧。

几只头雁说，人类真是太可恶了，这样破坏生存环境，将来他们也会得到惩罚的。再说也不全是你一个的责任，这决定是我们一起做出的。

老三、老四一清点，共有 18 只小雁和一只大病初愈的大雁没有出来。

带着雁群回到海南不久，威大一直郁郁寡欢，一天夜里，它撞墙折胫而死。

再从南方回来或从北方回去，一路上头雁们总是格外小心，特别是到了长江北这块地方，雁声齐鸣，那声调甚是悲切，一是对在这儿失去生命的那些同伴的悼念，二是提醒着同类，这儿是禁飞区。头雁们带着雁群,绕了很远,就为了躲过这片散发着刺鼻气味的天空。

人类啊,你们嘴上说,要保护大自然,要保持生态平衡,要和包括我们大雁在内的鸟们做朋友,但在利益面前,你们是怎么做的呢,让我们怎么能相信你们说的话呢?

(原载于《山东文学》2014 年第 8 期)

一锅窝头的故事

　　这是一个饥饿时期的故事。锅里蒸着的是一锅用黄泥做成的窝头。一双孩子在对食物的渴望中,满足地死去。女主人像超脱了一切似的,喝下了半碗砒霜水,而此时老天终于下雨了。这是一个催人泪下的故事。

　　一九四二年天下大旱,老天两年了几乎没下过雨。人们吃光了家里的粮食,树上能吃的树叶,连地里的草根都挖了回来煮了吃。村子里没有了一只鸡的叫声,一只狗的影子。

　　地里种的庄稼苗还没长出地面,就全被烈日晒死了。村里的老人们天天执着地到庙里烧香磕头,乞求老天能下场大雨。老天好像有感觉似的,天真的阴了好几天。大人脸上有了一丝笑容,孩子们好像一下子也有了精神,高喊着:要下雨了,要下雨了。

　　最后雨终于还是没有下。有人找了个算命的瞎子算了算,瞎子想了好大一会说:老天嫌我们心不诚,没有给他供猪头,馒头什么的。年月都这样了,上哪儿给他找猪头、馒头上供。村里的很多老人都得浮肿病死了。

村西的一户人家,男人闯关东走了,公公、婆婆相继饿死了。一双儿女,大的六岁小的才三岁多。两个孩子饿得哭都没了力气。女人这天出门时对六岁的女儿说:妮子,你在家看好弟弟,我出去给你们找点吃的。妮子想着马上就有了吃的,舔了舔嘴唇说:娘,要是找来点吃的,就先给弟弟吃吧,我不饿。

女人抱了下女儿说:我的好闺女,真懂事。

女人挎着个篮子出了门,她走了好多村子,到处看到的都是饥饿的眼神,到半天西了也没要到一口干粮。她舔了舔自己干裂的嘴唇,欲哭无泪地向回走。该死的孩子他爹,自己出去享福去了,不管一家老小的死活了。她一想,自己这样说丈夫的不是也不对,他去年不是还向回捎过 10 块钱嘛。再说,他下井挖煤多不安全,人出了事家里也不知道。

她也想过带两个孩子去关东找丈夫,可自己一个字也不识,关东在哪儿? 她到哪儿去找孩子们的爹。

向回走的路上,她的脚步越来越沉。到家后,两个孩子给她要吃的她可怎么办? 她不敢再去看孩子饿得难受的眼神。她甚至想,谁要给两个孩子口吃的,我把身子给他都行。

到了村子外,他再没有勇气往家走。她走到了村北的地里,她望着死气沉沉地原野,眼里闪出一丝绝望的神情。

她仔细地从地里、地埂上像探宝似的寻找着什么。

天慢慢黑了下来,她还是没有回家,她就呆呆地坐在黑暗里想心事。

天很晚了,她终于挎着沉甸甸的篮子进了家门。一双儿女跑上来,要看篮子里的东西。她笑笑说:你们两个小饿鬼托生的,先上床等着,娘给你们做好吃的,等做熟了,娘喊你们来吃。

两人有些不甘心地上了床。姐姐说:一会我们就有吃的了,看娘带回来了不少东西,我们都能吃得饱饱的。

弟弟说:姐姐,你说娘带回来的会是什么吃的东西?

姐姐想了想说:只要能吃饱肚子,管它是什么呢。

娘在厨房里忙碌着,趁弟弟合眼的工夫,姐姐偷偷下床轻手轻脚来到厨房门口,姐姐看到娘在烧锅,锅上的热气在屋里弥漫着。她悄悄地退了出去,那一刻,她甚至吐了下舌头产,她得意地想:幸亏没让娘发现自己。要让娘看见了,得觉得她多不懂事。

回到弟弟身旁,姐姐看到弟弟是真的睡着了,他的脸上还露出了笑容,姐姐想,他是不是梦到自己吃饱了肚子。

要是娘看到弟弟睡着了,不肯喊醒他,那我就能先吃锅里的东西了。我可不能睡着,我肚子里的饿虫都要爬出嗓子眼了。但自己也不能吃太饱,今后的日子还长着呐。想着想着她也进入了梦乡。

女人的手被柴火烧疼,她在厨房里哭红了眼睛。不知这是晚上什么时候了,她望着锅上冒出的朦胧蒸气,回到了现实当中。她想起了两个孩子,她想站起来,努力了几次,才扶着墙站了起来。

来到两个孩子身边,望着他们脸上浮现出的笑容,女人的手不可遏制地颤抖了起来。他们已在对食物的渴望中,满足地死去。她一遍遍地摸着儿子的头,摸着女儿的脸,眼泪无声地淌下来。

她长长叹了口气,像马上就超脱了一些似的,喝下了半碗砒霜水。

不知过了多久,外边下起了大雨。雨里的街上站满了人,人们兴奋地高喊着:呵呵,老天终于下雨了,我们有活路了。

锅里蒸着的是一锅用黄泥做成的窝头。

(原载《小说月刊》2014 年第 10 期,《小小说选刊》2015 年第 15 期转载)

爆　料

那次香港之行花光了我的所有积蓄,如果那次没成功,我不知道自己现在会是在干什么,会不会还在唱歌?

这天,我接到了香港一家唱片公司老板的电话,对方说,要是有意,让我飞过去谈一下合作的事。

我停顿了一下说:好吧,我安排下手头的事情,后天飞过去。

对方说:好的。

放下电话,我长叹了一口气,站起来大吼了一声。

我买了后天飞香港的往返机票,订了香港有名的半岛酒店的房间,并花一千港币让酒店代订了一辆接机的豪华奔驰轿车。

头天晚上,对方老板助理来电话说:明天上午公司有事比较忙,就不安排人去机场接您了。您先找个宾馆住下,老板再和您联系。

我很绅士地说:没关系的,我已经在半岛酒店定好了房间,并有车接,到时再联系吧。

到了香港,一下飞机就坐上了接我的车,没多大一会,就到了酒店。这么短的路程,花我一千港币呀。要知道对方没人接,我定什么车,坐的士就可以了。是不是富人都会这样摆谱,有钱就会这么任性。

下午对方来电话,说晚上老板过来谈事。

晚上对方老板来了,房间会客厅里放着五六杯没喝完的咖啡,显得有些凌乱,老板说:来客人了？我不好意思地表示歉意:对不起,刚才环球唱片公司的几个人来过,刚走,还没不得及让服务小姐收拾。

合作谈得出奇的顺利,当天晚上双方就签订了合约。他们是台湾的一家唱片公司,想在台湾推出我的个人专辑。对方先付了我一笔定金,半年后,我的唱片在台湾引起不小的轰动,两年内我的唱片发行到了二百万张。命运给了我一个机会,我抓住了,我成功了。

虽然那时我已经小有名气,在华语歌坛也得过几个奖。但那几年事业上不温不火,日子过得捉襟见肘,有些狼狈。果然天无绝人之路,正在这时,我接到了上面那个电话。

那个老板进我房间前,哪有什么环球唱片公司的人来,是我冲了五六杯咖啡,坐在每个杯子前搅拌了一阵子,又喝了几口,作出了多人来过的假象。

那次香港之行花光了我的所有积蓄,来回飞机票买的是经济舱,可机场到酒店的车却租的是好车,住的酒店和房间也是比较高级的。如果那次没成功,我不知道自己现在会是在干什么,会不会还在唱歌？

志扬是华语世界成名很早的歌星。在一档访谈节目中,为了鼓励一个残疾朋友坚定创业的信心,他爆料了刚出道不久发生在自己身上的这个故事。

（原载于 2015 年 9 月 1 日《国际日报》）

地下来电

关于小偷的故事，小偷用从坟墓里盗得的手机敲诈死者的丈夫，做丈夫的心里有鬼，以为是妻子的阴魂在找他算账。

阴朋在美梦中笑出了声，女友起夜回来正好听到。黑暗中女友推了推他说，梦到什么好事了，是捡了钱包还是勾搭上了别的女人。

这时手机铃声突然响了，寂静中这声音显得格外惊心。女友忙过去拿起手机来看，她"啊"了一声，手机掉在了地上。她摸索着拉亮灯，使劲推醒阴朋说：快起来，吓死我了。叫你删掉你不删，你媳妇来电话了。

阴朋猛的坐起，半信半疑地看着女友。他下地捡起还在唱着歌的手机一看：董小花。他的脸也吓白了。他哆嗦着双手挂断了来电。

结婚三年了，他嫌媳妇小花不生孩子，在外打工勾搭上了现在的女友。他回家和小花谈离婚时，知道他在外边有了别的女人后，小花想不开喝了农药。处理完妻子的后事，他忙赶回打工的城市，向现在的女友"报喜"。

两人默默无言坐了半天，刚躺下不久，手机铃声又惊心动魄地响了起来。阴朋拉开灯，咳了两声，给自己壮了下胆，按下了接听键，电话里没人说话，他也不说话。僵持了好大一会，他试探着说：你是谁？不说话我挂了呀。

我是谁，你看看是谁的手机号？我走了又后悔了，这样正好成全你和那个不要脸的小婊子了。电话里传来有些瓮声瓮气地女人声。

对不起，老婆，是我不对。我不该在外边找别的女人。我罪该万死，看在咱们夫妻一场的份上，你放过我吧。阴朋在电话里求饶道。

放过你也行。你不能这样就把我打发了，你答应过我的，挣了钱给我买戒指、项链，限你一个星期内给我送一万块钱来，我在这边门口等着，阎王爷嫌我穿戴得太寒酸，不收。

我回去多给你烧点纸钱，绝对让你满意。

别想再糊弄我了，不要纸钱，要真钱，这是你上辈子欠我的。

一万太多了，少点行不行？

你别给我玩心眼，告诉你，一分钱都不能少。你要再骗我，你一辈子也过不安生的，我会天天跟着你。

……

第二天醒来，阴朋发现女友不见了，连同她的所有东西。打她电话一直是关机。

一个星期后，午夜里电话声又响了起来。

他听到里边说：不给我送钱，你和那个小妖精也不得好过。我天天晚上会来看你们的。

思虑再三，阴朋终于回家乡报了案。

破案的结果谁也没想到：给阴朋打电话的是他们村的二流子懒汉刘娃，他偷了给阴朋妻子一起下葬的手机，冒充女人的声音打电话，内容都是听村里人嘀咕和想象的，是想骗阴朋点钱花花。

倒霉的小偷

小偷的故事,小偷竟被自己无意中碰响的儿童玩具上的警笛声吓瘫了,看了让人哭笑不得。

英子下班后,从幼儿园接了儿子壮壮回到家时,天已经暗了下来。她用钥匙打开大门,一进家,感觉有点不对劲,家里好像有种陌生的味道。

她小声告诉儿子,你站这儿别先动。她先打开了所有屋子的灯,一个个屋去看。她看了厨房,没什么异常;看了厕所,没什么异常;她又去看客厅,这时儿子壮壮从卧室跑出来说:妈妈,有个叔叔在咱家睡着了。

听了儿子的话,英子既紧张又害怕,小声对儿子说:叫你别乱跑你还乱跑,快到大门口那边去。

英子本想打110的,手机已拿在了手里。可她还是小心地走近了卧室,她从门口探头向里看,所有柜子的门都开着,抽屉也都拉开了,地上和床上是一片狼藉。床旁边真有一个小伙子趴在地上一动不动。看到这一幕,她觉得自己的心马上就要从嗓子眼里跳出来似的。她退到大门口,拉上儿子,小心地关上门,用钥匙锁了。儿子问她,妈妈,那个叔叔怎么会在咱们家睡觉?她示意儿子不要说话。她怕在门口打电话,小偷会突然醒了跑出来。她拉着儿子离开楼门口好长一段距离后,才定了定神,拨通了110。

警察来了后,英子让邻居给看着儿子,跟警察回了家。她打开门,三个警察在头里进了她的家,她示意人在卧室里。警察让她在外边等一等。说时迟那时快,别动,我们是警察,话音没落,两个警察就摁住了地上的那个人。地上的那个小伙睁开睡眼蒙眬的眼睛,乖乖地被警察戴上了铐子。

你叫什么名字?

……

哪里人?

……

两个警察把他架了起来,可他站不住。

能站着吗?

小伙子摇了摇头。

我就不明白了,你是个瘫子,怎么进的人家家。

到了派出所,他终于开口说话:我是外地人,到城里想找活打工,可身上的钱花完了,也没找到活。我下了很大的决心,才进了人家的家,我告诉自己,只这一次,只偷二百块钱,够回家的路费就行。可我还没找到钱,却听到了刺耳地警笛声,那声音一阵紧似一阵,我害怕极了,一下子瘫软在了地上,我再怎么想站也站不起来了,两条腿一点也不听使唤了。我怎么着急也没有用,最后又累又渴,竟睡着了。

这小偷进的是一层,他躺下的地方,离他进去的窗口只有两米。要不是那突如其来的警笛声,他肯定就跑掉了。可他盗窃的那栋楼在小区中心,哪儿来的警笛声呢。

警察在现场发现了一辆儿童玩具警车,算他倒霉,是他自己碰到了上面的开关。

(原载于 2015 年 2 月 12 日《西南商报》)

庄园老板前传

五年后,宋恩源参加了县里的先进人物表彰大会,又一次上了电视和报纸。宋恩源比过去活的自在和踏实多了,他脸上的笑容发自内心。

一

看,那不是原先的宋局,宋恩源吗。

不是吧,他什么体型,这人什么体型,监狱的伙食能有这么差?

是他,没错,刚才从这过去时,还冲我们点了下头。

几个熟人在小区门口议论到。

这家伙,没专车坐了,改 2 路公共汽车了。

宋恩源原先是农业局的一把手,上面拨下来的扶贫款虽然没进他个人的腰包多少,但他敢吃敢送。听说光他吃和送出去的黄河鲤鱼得有十吨之多。

东方县靠近黄河,这黄河鲤鱼是当地的一大特产。因黄河里水流急,这鱼活动量大,所以肉质极佳。

那时他天天有车接送,天天花天酒地。他的肚子像气吹得慢慢大了起来。大家私下里给他起了个外号,叫宋大肚子。他不到一米七的身高,体重得有 250 斤向上说,土话说:那真叫一个福态。

他那时也发牢骚:天天去陪吃陪喝你们看到了,装孙子的时候,你们谁看到了? 我不偷不抢不贪,睡着后就没做过噩梦。

他老婆私下里皱着眉头抱怨说:他这身体可怎么办? 这几年每次到医院查体,血糖、血脂、尿酸三高不说,还有高血压,还有冠状粥脉硬化,浑身都是病。真有个什么意外,我和孩子可怎么办?

从被约谈、进学习班、进去到出来,三年多时间过去了,宋恩源像换了一个人,从体型上看,又回到了多年前他大学毕业刚进农业局的时候那个样子。

他老婆皱着的眉头舒展开了,这三年他减了肥,戒了酒,出医院一查体,什么毛病都没有了。

二

痛定思痛,宋恩源想,日子还得过,生活也还得继续。

说干就干,他在县城边上租了三十亩地,招了二十多个人,建起了一片片果园外,还修起了二十个蔬菜大棚。为庄园的名字他没少费了脑筋,最后定名为宋局庄园。

除四季可来采摘外,他在庄园里开了个生态园餐厅,休息日领着孩子、家人自己进棚摘蔬菜后,厨房给现场加工。现在生活水平提高了,人们都想吃的健康。酒桌上、闲聊中人们总会有人说,城南有一家好地方,一年四季都能吃到自己采摘下的最新鲜的瓜果和蔬菜,而且价格很平民,那地方叫宋局庄园。你们知道是谁开的吗,这还猜不到?就是原先的农业局宋局长。一传十,十传百,宋局庄园的顾客越来越多。人们来此消费除以上目的外,还想看看,现在的宋局是什么样子。

来了客人,不管男女老幼,宋局只要在,总要走到桌前陪个笑脸:谢谢各位赏光,吃得好,把满足带走;吃不了,把东西带走;不满意,把意见留下。有认识的就喊:宋局,坐下一起喝一杯吧。他摆摆手说:不好意思,酒我戒了。

见客人的桌上没点鱼,(如有孩子他就不说了),他就说:我向大家隆重推荐一款我们这儿的特色菜,那就是黄河鲤鱼。这鱼都是野生的,活动量大,他把声音放低了些接着说,吃了能滋阴壮阳,比什么药都好使。你们看看,哪个桌上没点这道菜,这话不能明说,很多人都是奔这道菜来的。

既然宋局都推荐了,我们也加一个。

客人和他就都心照不宣地大笑上一阵子。

他是农学院的大学生,没毕业时有个想法,如考不上公务员,就在老家包上二十亩地,搞规模种植。自己当庄园主。没想到,毕业后他顺利地考上了公务员,仕途一路还挺顺。要不是这次出事,恐怕想当庄园主的梦这辈子就没戏了。没想到老天给了他一次圆梦的机会。

五年后,宋恩源参加了县里的先进人物表彰大会,又一次上了电视和报纸。

宋恩源比过去活的自在和踏实多了,他脸上的笑容发自内心。

他和老婆都这样想:普通人的日子一样过,过普通人的日子也挺好。

李时珍学医

青年心里知道，师傅说不记得有送自己出去这事是装出来的。他是想让自己走掉，他不想累赘自己。

这天，鲁一贤正坐在自己破落的院子里闭目养神，有街上走过的人窃窃私语：老人家现在真够可怜的，过去他可是这方圆几百里有名的老郎中，家底殷实，开着大药铺，光伙计家里就顾着四个。

他是个好人，昨天我给他送过来了几十斤米。

鲁先生给看好病的许多人家听说他家出了事，经常有人来送点吃的用的。

这时一个年轻人急步走了过来，他的身上背着一包东西。他问身边走过的人：鲁家大药铺呢？

你是从外地来找鲁先生看病的吧，鲁家大药铺头两年着了把大火，烧没了，那不，就剩下鲁先生一个老人自己了，他看不了病了。

青年听到这儿，两眼含泪，高喊着"师傅，我回来了"向鲁先生扑了过去，他跪在鲁先生面前，哽咽着说：老爷，我回来晚了，不知您竟遭此大难，学生不孝了。

鲁一贤艰难地睁了下眼睛，有气无力地问道：你是哪个？

青年紧紧拉住先生的手说：我是几年前您拿钱送出去找药

的那个小学徒呀。

先生沉默了片刻,心平气和地说:我不记得有这事,你认错人了吧。

青年的思绪回到了十年前。

在荆门镇那条主街的中间位置,有一家大药铺,坐堂的是一位留着长长胡须的老郎中,他的名字叫鲁一贤。由于他的医术高明,在方圆百里,没有人不知道他的。在当地百姓眼里,他就是神医,几乎没有看不好的病,许多被别的先生判了死刑的疑难杂症,到他这儿都能看好。他收费适中,对家庭贫寒的病人还多一份照顾,所以慕名而来的病人越来越多。

这天,从门口进来一个少年,看上去弱不禁风的样子,柜台前的伙计问:请问您是看病还是拿药?

那个少年两眼好奇地打量着偌大的药房,走向伙计身边,赔着笑脸说:我一不看病,二不买药,问声哥哥,你们这儿还招学徒吗?

伙计打量了一下少年,看他嘴这么甜,就把他领进了先生看病的房间。

他看到童颜鹤发的老先生,走向前去,深深地鞠了一躬。鲁先生笑着说:这位小先生免礼了,你有什么事找我?

少年站直了身子,面带微笑对鲁一贤说:先生,久闻您的大名,今天能到府上拜见,晚辈真是三生有幸。

呵呵,你这少年,小小年纪,就这么有礼貌,我非常喜欢。你有什么要求,就尽管说来。

我想先到先生这儿打杂,您看我是不是块学医的料,如得到先生认可,我想拜先生为师学医。

鲁一贤用手慢慢捋了下胡须,接着问道:那你为什么要学医呀。

晚辈从小立志，一生要为民众解病除痛。

你家是什么地方的？家里老人是做什么的？

我家在离这儿三百多里外的蕲州镇，父亲也是个郎中，但没有您这么高的医术。

好小子，是想到我这儿偷医吧。

先生不必多虑，想来您这学医，家父根本就不知道，是我自己的想法，如先生对我不放心，我可立下字据，一生决不离开先生门下。

好样的，我先收下你，看看你到底是不是块学医的材料。

少年勤快、聪明、好学、吃苦，鲁先生慢慢观察他的一言一行，经常捻着胡须频频点头。

三年后，少年长高了不少，也长壮了不少。这天，他对老先生说：先生，我想到外边走走，走远一点，也能收些新药回来。

先生想了想，让账房给他支了一千银两。

青年想到这儿，已经是泪流满面。

青年心里知道，师傅说不记得有送自己出去这事是装出来的。他是想让自己走掉，他不想累赘自己。

他先借房安顿下先生，在鲁家大药铺的老地方找人盖了两间房，简单布置了一下，小药铺就开张了。他从黄河中游一个叫东阿镇的地方，背回了一种叫阿胶的神药，特别是对妇女病疗效特好。

讲起这神药的来历，青年对先生说：每年春季，当地人选择纯黑无病健驴，饲以东阿镇狮耳山之草，饮以狼溪河之水，至冬宰杀取皮，浸狼溪河内四五日，刮毛涤垢，再浸漂数日，取阿井水，狼溪河水，用桑柴火熬三昼夜，去渣滤清，再用银锅金铲，加参、蓍、归、芎、橘、甘草等药汁再熬制成胶。其色光洁,味甘咸,气清香。

几年后,像原来一样气派、一样布局的鲁家大药铺在旧址上重新站立了起来。

重新开业那天,鲁先生打扮一新地坐在轮椅上,透着红光的脸上满是慈祥和笑意。

那个青年就是历史上走遍神州大地,编写了《本草纲目》的李时珍。

别和一头驴较劲

饲养员发现时一切都已经晚了,这天柱子又被驴车送去了昨天去过的那个地方——火化厂。

三孬是村人给柱子起的外号,柱子从小脾气就不好,有一次他把别的小孩的鼻子打破了,回到家,他爹训他两句,他蹦着高喊:你别多管闲事,惹急了我,老子我谁都敢杀。为此,村里很少有人敢惹他。

柱子上学不行,干活倒是一把好手,他吃的多,长的壮,就是爱睡觉。那时在生产队干活,每次大家一起在地里干活休息时,他找个平稳地方一躺,半分钟不到就能打上呼噜。有次他赶着队里的驴车去送公粮,回来时躺在车上就睡着了。等他被尿憋醒,睁开眼一看,天都黑了,他下车方便后,看这地方不熟,他问另一个拉驴车的人:大哥,这是什么地方? 那人指指车上的一个小黑盒,没说话走了。这时从外边又进来一辆驴车,暗光里他看到车上好像躺着个人,他走进了问人家:两位大哥,这是什么地方,是医院吗?

一个说:你没喝多吧,这是什么地方,你真不知道?

真不知道,我刚才在车上睡着了。

另一个说:这可不是什么好地方,是送人上天堂的地方。

上天堂?

那两人一起说:这是火化厂。

柱子赶紧拉驴车调了头,使劲打了驴屁股两个向外走。嘴里骂道:你个驴日的,竟把老子拉这儿来了,晦气死了。看回去后,我不扒了你的皮。

回到家时已是半夜,饲养员揉着双眼,不高兴地发牢骚道:人家半下午就都回来了,你用生产队的驴车去干私活了吧。再怎么也不应该干到这么晚,不是你家牲口,你不心痛。柱子想骂人,想发脾气,可嘴张了几下,终于什么也没说出来。回去后柱子越想越气,大早晨的他就跑到牲口棚,一边骂着:驴日的,你回来睡得好吧,我可一晚上没睡着。他一边骂一边用皮鞭去抽打那头驴。驴被打急了,嘶鸣着挣脱了僵绳,抬起后腿,一只蹄子正好踢在了柱子的头上,柱子"呀"了一声倒在了地上。

饲养员发现时一切都已经晚了,这天柱子又被驴车送去了昨天去过的那个地方——火化厂。

(原载《百花园》2015 年第 11 期,《微型小说月报》2015 年 12 月转载)

一双离家出走的皮鞋

第四辑

官场百态

作家的笔触很深刻，他在小说中为我们所描绘的官场可谓是一个演员的培训基地，每个人都学会察言观色、卑躬屈膝以谋求权利或经济上的利益。他时时刻刻像一个潜伏在阵地上的神枪手，用鹰一样的眼睛，观察着社会、关注生活、关注民生。现实生活中存在的不公问题、道德滑坡问题、环境污染问题、社会腐败问题……这些问题，一旦进入他的视野，就一定会成为他写作的靶子。枪枪中的，切中时弊，以文学的形式给无情的批判或温情的批评，为社会和生活源源不断地输送着正能量。

领导得了抑郁症

他的眼中立马有了神采,直了直身子说,新领导真是独具慧眼,我回来当政,一切都会有大的改变。

我正在看材料,有人推门进来,我抬头一看,一眼没认出来,他喊:小黄,不认识我了,我是你的老领导陈社长。

我站了起来,一年不见,这人怎么成了这副模样,脸瘦得成了一条,腰也弯了,背也驼了,眼神暗淡、游离。我心里想,你老东西也有今天。

老领导了,我哪能不认识,快坐、快坐。我找了个杯子,给他倒了一杯茶。

我坐回桌子后的座位。他在位时没少给我小鞋穿,会上点我业务能力差;向上级打小报告说我这人清高不能重用;春节放假让我值8天班,美其名曰是安排我代班,说你是领导,责任重大,实际是欺负我老实……

我口是心非地说:陈社长,你有事打个电话就行了,没必要还亲自跑一趟。

小黄,我是向你取经来了。他声调还是那么高。

向我取经?不会吧,您这么大领导,站得高,看得远,还有什么事能不明白。

他一本正经地说:我也抑郁了,脑子里天天装满了事,你看那个邻居阴副社长，见了我神气什么，老子在位时，你才是个部门的小主任；还有司机班的老陆，我要用个车，我刚休息时还犹犹豫豫地给派，现在要五次车六回说没有，真是狗眼看人低，我要在台上他敢这样吗，要敢这样，我早把他开了；还有后勤科的皮什么玩意，分给我家的冬储白菜没有心，萝卜个最小，我要在……有时真不想活了。保姆天天在后边跟着我，不知道的人还以为她是我后娶的小老婆。记得你也抑郁过，你是怎么治好的。

我心里想，噢，你也抑郁了，你也有今天。这还不好办，从这窗户跳下去，什么病都好了。可我不能那样说，有病的人什么事情都能做得出来，万一他真从这跳下去了，我哪能脱得了干系，你说自杀，人家会怀疑他杀，那样的话，我就是跳进黄河也洗不清了。

你一定要按时吃药，这是最关键的。剩下就是要适时调整自己的心理和情绪，多参加活动和聚会，少一个人待着，及时转移思想的注意力。我想了想说，还有，要使自己经常感到高兴和快乐！多做善事。

你前面讲的那些，你不说我也懂。这做善事，什么叫善事？他用不解的目光看着我。

善事吗，你要到生活中去找，比如看电视、新闻，哪儿发大水了、地震了向那个地方的人捐钱；给流浪人买饭；扶盲人过马路；去广场上捡垃圾；到敬老院和精神病院做义工。生活中处处有善事，就看你去做不去做了。

我的钱也不是大风刮来的，再说，我的身体也不好。还有没有别的善事，不需要钱和力气的？

我使劲想了想说：那你只能出家去念经了，那儿白吃白住不说，坐在那念经也不需要力气，那是唯一符合你条件的积德行善的事了。

那我的老婆怎么办？儿女怎么办？房子怎么办？存款怎么办？这么多怎么办解决不了，我去了心也静不下来，也待不下去呀。

陈社长，大家私下里都在传说，新上任的上级领导对现任班子不满意，说你要官复原职，您是不是微服私访来试探我的。我一本正经地说。

他的眼中立马有了神采，直了直身子说，新领导真是独具慧眼，我回来当政，一切都会有大的改变。

陈社长，到时候别再给我穿小鞋就行了。

小黄啊，革命工作没有贵贱之分，一定要端正工作态度。

陈社长，对不起，我要出去办事，您看？

和您聊了聊，心里感觉轻松多了，你有事去办事，明天我再来……

（原载于《山东文学》2012 年第 5 期，《微型小说月报》2012 年第 7 期，2012 年 7 月 15 日《国际日报》转载）

拼酒趣闻

南局长说，她是财政局的卧底吧，要不怎么会对付自己人呢。他把玩着那半截钥匙说，这把钥匙，我要永久保存，留作纪念。

小文是个清秀的大学生，爱说爱笑的性格，着实让人喜欢。城建局和财政局都抢着要她，最后还是去了城建局。

正好赶上年底，各部门都忙着聚餐。城建局南局长吩咐办公室华主任，去年我们败给了财政局，今晚一定要把面子找回来。全体人员都得参加，不许请假。

领命回来，华主任挨着办公室通知。当告诉小文时，她说，华主任，我刚来，谁都不认识，我能不能不去参加。

局长说了，这是工作，任何人、任何理由都不许请假。再说了，你们来时的欢迎会上，你表现得还不错。关键时候，你指望你这个秘密武器发挥神威哪。

想起那次喝酒，小文后怕的不行。刚来单位，为了给大家一个好印象，那回真是把自己豁出去了。怎么回的住处，都想不起来了。第二天醒来，感到头痛欲裂，想起来怎么也起不来，没办法又整整睡了一天。

主任，你就饶了我吧，那次差点把我喝死。

不参加肯定是不行的。这样吧，你去了，我让你负责去倒酒，绝对让你喝不多。

华主任，你可要说话算数。

晚上两个部门的人热热闹闹到了华厅宾馆，满满坐了四桌。

喝了一阵子后，领导们开始互相敬酒。

华主任说话果然算数，吩咐小文去倒酒。他悄声告诉小文，你左手瓶子里的酒倒给财政局的人，右手瓶子里的酒只倒给咱们城建局的人，千万不要倒错了。

不一会，华主任示意小文上。小文一遍遍默念着主任的嘱咐，面带微笑，重重点了点头，上阵了。不一会儿，手里的两瓶酒就都见了底，她旗开得胜地走了回来，华主任脸上露出了满意的笑容。让她坐下吃了些菜，又把两瓶酒递到了她手里。

活动结束时，南局长拉着舌头说，今年不算，明年再比。走，回单位。

出了门口，他摇晃着去开自行车，开了半天没打开，华主任接过钥匙一看，钥匙只剩了一半。赶紧派人把南局长的自行车扛了回去。

回到单位，南局长打着酒嗝，质问华主任，你，你不说有什么锦囊妙，妙计，保证让对方喝输吗？为什么我们又输了？

华主任吞吞吐吐地说，我让小文给对方倒的全是白酒，给咱们领导倒的全是矿泉水呀。

不可能吧，我们怎么好像一杯白水也没喝到。几位领导都说。

可能是小文记错了。

南局长说，她是财政局的卧底吧，要不怎么会对付自己人呢。他把玩着那半截钥匙说，这把钥匙，我要永久保存，留作纪念。

没多久，小文莫名其妙真被调去了财政局。

（原载于《小说月刊》2012年6月）

散　步

这题目看是随意，实是作者的匠心独运。作者写的是官场，但没有直接表现，只是从生活的一个侧面切入。三个既是同乡又是同学的男人，大学毕业后一起进了机关，平常过年过节三家总是一起聚聚。节假日回老家时，也总是一起走一起回。三人晚上出来一起散步更是家常便饭。但自从储满仓当了副局长后,情况就变了。同学相约一起回家时,说不回了,但在老家的聚会上,邓原竟然碰上了他。后来几个人的聚会也不参加了,本文结尾更妙,邓原和恒天散步时,虽然没说原因,说起的话题竟是储局长"走了"。不知是在官场工于心计"累"倒下了,还是大吃大喝太勤,身体提前透支了?

晚饭后,机关家属院的花园里。

邓原说:满仓这小子,最近晚上不见他出来散步了?

恒天接话说:人家现在当副局长了,不出来了,正常,一是应酬多,而是和我们这处级一起溜达,会显得有失身份。再说,人家和我们走在一起聊些什么?

邓原好像回过味来:嗯,你分析得有点道理,但满仓还不至于吧。

恒天笑了笑说:你说这当官,有好处不假,但也无形中限制了自己的人身自由,想出来散个步,前后思量,都不方便了。什么不至于,你等着瞧,年后的聚会就是验证。

邓原、恒天和储满仓三个人是老乡,大学毕业后一起进了机关,三人虽然在不同的部门,但都是平级。平常过年过节三家总是一起聚聚。节假日回老家时,也总是一起走一起回。三人晚上出来一起散步,一边走一边说笑,说说机关的人和事,社会上的热点新闻,发些感慨,很是融洽。

不知不觉真到了年底,这天恒天找好了一辆面包车,装腔作势地给满仓打电话,他拿起电话;喂,你好,是储局长吗?

我是储局长,请问,您是哪位?

我是您的一个老乡,想请您吃个饭。您放心,我没别的意思,就想认识认识您。

对不起，我很忙，没时间。没别的事，我挂了？

别，别，满仓，我是恒天，和你开玩笑的，我找好了一个面包车，今年还是回家过年吧，明早我过去接你们。

对不起，我们今年不回了，你们回吧。沉默了一会，满仓在电话里说。

恒天感觉满仓的口气好像有些冷。

从家回来，轮邓原安排聚会，他给满仓打电话：满仓，我是邓原呀，明天晚上没事吧，聚仙楼，咱们三家一起聚聚。

满仓停顿了一下：噢，是邓处长呀，明天晚上，明天晚上我有事，可能去不了。

别，后天就上班了。有什么事，比我们聚会更重要，推了。

工作上的事，肯定不能推，也推不掉，身不由己啊。满仓想了想，说：这样吧，我争取去，真来不了，也没办法。

晚上散步时说起这事，邓原说：恒天，你真有先见之明啊。

我说件事，你更想不到，这事我一直没好意思和你说。过完年后，我战友在县里请我吃饭，我就去了。到了饭店，一进屋我傻眼了，你真猜不到谁在那儿？储满仓储大局长坐在哪儿。我们显得都很尴尬，他见我忙解释说，三十那天处理完工作，连夜赶回来的。我装 B 说：理解理解。那天那酒喝的真他妈别扭。

邓原说起明晚聚会给储打电话的情况，恒天说，正常，正常，太正常了。

恒天接着说：原先我还想，他到了教育局任职，明年姑娘上实验高中的时候去找他帮帮忙，现在看，也别张这个嘴了，找了也是自讨没趣。我告诉女儿了，你有能耐自己去考，考上就上，考不上就别上。

晚上的聚会，储满仓没来，但他夫人和儿子还是来了。但气氛再没有过去那么融洽。大人间说话,每一句话都注意着分寸,生怕说出什么不合适的来。孩子们一个个规规矩矩地坐着,好像一下子都长大了许多。

再一年的聚会,轮储满仓安排了,他没有行动。

晚上散步时,恒天说:明天晚上咱两家聚会,我安排。

邓原说:好。

几年后,晚上散步。恒天和邓原一起走着。恒天说:老储要不当那个破局长多好,都退休了,我们还能一起散散步,说说笑笑的。

邓原说:是呀,今天在他追悼会上,我心里好难受。他原先身体比我俩都好的,可现在比我俩谁都走的早……

(原载于《北京文学》2013 年第 3 期,《小小说选刊》2013 年第 9 期转载)

父亲的眼光

娟子,告诉你个事情,别太吃惊,吕秘书长今天到我们那"报道"了。父亲是市监狱里的一个普通警察。

娟子下班后,紧赶慢赶从幼儿园接上儿子,又去菜市场买了些菜,回到家时,天已经黑了。

刚进家门,保成打来电话;娟,我晚上加班,回不去,不用等我了。还没等她回话,电话就挂断了。

这事太正常了。他要是正常下班回家,那才是不正常呢。

她的生活本应该是另外一个样子的。

局长那天把她叫去,她想,谈工作也不用局长亲自和她谈,是不是自己工作上出了什么纰漏?局长笑容可掬的让她坐下,说,娟子啊,工作上还顺利吧。她说;挺好的,谢谢局长关心。局长接着问:有对象了没有?她红着脸说:还没有。局长高兴地说:是嘛,你今年 25 了吧,也该找了。娟子说:我今年 26 了。局长接着说:咱们市长办公室的吕秘书,今年 32 岁,结婚没几年,前妻得癌症死了。他对你印象挺好的,我介绍你们认识认识。她本想拒绝的。局长说:这婚姻的事谁也不能勉强,你们相处试试。人家吕秘书什么条件的找不到,多少人挖空心思想接近他,他都不感兴趣。也许这是你的福气。她心跳的不行,紧张地说:局长,这事再让我想想行不行? 局长绷着脸说:这个面子还不给我,我还会害你? 晚上下班后,他约你,你们出去谈谈,听说吕秘书马上要提副秘书长了,他前途无量啊。娟不记得当时自己怎么走出的局长办公室。

第一次见面,吕秘书给她留下的印象还算不错,看上去年龄并不像局长说的那么大,脸上很清瘦,架着付眼镜,很斯文的样子。

时间一长,慢慢地,在吕秘书的强烈攻势下,她招架不住了,被俘虏了。

由于母亲去世得早,父亲对她的管教很严。所以她思前想后考虑了几天,才吞吞吐吐对父亲说了这事。没想到父亲很高兴,笑着说:我姑娘看上的男人,肯定错不了,什么时候带回来,让我见见这个准姑爷,我也好给你参谋参谋。

她把这事告诉了吕秘书,吕秘书兴奋地跳了起来。

就在周末,吕秘书安排在市府宾馆见面。一进吃饭的房间,父亲就皱起了眉头,房间里金碧辉煌,偌大的餐桌足可以坐下 20

全民微阅读系列

个人。吕秘书笑着说：伯父，您看咱喝什么茶好？

父亲答非所问地说：今天咱多少人一起吃饭？

吕秘书赔着笑脸说：就您，我，娟娟咱们仨。

那用这么大的地方多浪费，咱们从外边小桌上吃就行了。说着站起来就向外走。

这——，服务员，让你们熊经理给我换个小点的房间。

换了房间，吕秘书没再问父亲要什么茶，对服务员说：上一壶台湾冻顶茶。

菜品实际是太丰富了，光凉菜就上了二十多道，什么鱼翅、鱿鱼、燕窝、海参都上了。父亲只对着吕秘书让他点菜时，自己点的那盘花生米较劲。

回到家，父亲严厉地告诉她：这个男人不可靠，你们俩的事我坚决不同意。

她问父亲：为什么，你说出理由来？

没有为什么，他和咱家不是一路人。

没办法，后来她和父亲的徒弟保成结了婚。

有时候她甚至想，自己是不是不是他的新生女儿。她觉得父亲太霸道，太武断。

想到这儿，她叹了口气，准备起身去做饭。这时手机响了，是父亲。

父亲：娟子，告诉你个事情，别太吃惊，吕秘书长今天到我们那"报道"了。

什么？

父亲又说了一遍。

父亲是市监狱里的一个普通警察。

（原载于《北京文学》2013 年第 3 期，《绝妙小小说》2013 年第 5 期转载）

你摊上大事了

有人告郑县长的状，说他在县中学的教学楼工程上拿了施工方的回扣不说，在中学老师里还发展了一个地下情人。纪委和组织部的人找他谈话，结果竟是这样……

听说这次领导班子换届，财政局的郑局长能到市财政局干个副职。一是他在县财政局的任期已满，口碑不错，二是他的家本在市里就没向县上搬，夫妻分居了好几年，也该团聚了。

在这节骨眼上，传的风言风语，有人把郑局长告了，说他在县中学的教学楼工程上拿了施工方的回扣不说，在中学老师里还发展了一个地下情人。

县纪委的人下来调查，果然有不少人承认，晚上在一所镇中学外和郑局长的宿舍里，经常见到过他和一个年轻的女同志在一起散步或聊天，甚至有人听到了他们聊到了离婚什么的问题，看来俩人的关系真是非同一般。

有人给郑局长捎话，你摊上事了，你摊上大事了。

纪委的人在县中学的教学楼工程问题上，通过查中投标方案、合同等没发展任何问题，走访县里和学校的有关人员，并没发现郑局长有什么经济问题。

倒是有人说出实情，学校的施工方原先是中学的花校长联系的，花校长让对方弄了两套投标方案。方案报到郑局长那儿，他让有关部门进行了评估，感觉报价太高，对方又不肯让步，又进行了重新招标，结果总造价下来了五十多万。

这天，纪委和组织部的两个人找郑局长谈话，纪委的人问，南阳中学的英语老师邢燕子，你认识吧？

认识。

是过去就认识，还是她来镇上教书后认识的？

过去就认识。

你们算什么关系？

也不算什么关系，也就一般关系吧。

组织部的人接着问，一般关系是什么关系？郑局长，有人反映你和她的关系不一般，今天，我们是代表组织和你谈这件事，希望你能认真对待。

你们都已经谈到了离婚的问题，是吗？

郑局长笑了笑说，谁提供的情报这么准确，是，我们谈到了离婚的问题。

你们俩的关系真到这一步了？

郑局长叹了口气说，既然组织找我谈话，我就如实说了吧，我本不想让别人知道的。她是我女儿，是我找教委把她调过来的，当时这儿正好缺英语老师，我们这儿偏僻没有人愿意来，我给女儿做工作，让她自己申请来的。最近她正和爱人闹离婚，情绪特别低落，我怕她想不开，所以一有空就过去开导开导她。

可你姓郑，她怎么姓邢？

她随她妈的姓，不信，你们可以回去查查我们家的户口。

换届名单一宣布，郑局长自己都有点不敢郑信，他被任命为主管财政的副市长。

那次调查，成了组织对他的一次考查。

没几天，更是传出了爆炸性的一条新闻，花校长因侮辱罪被抓了起来。

（原载于 2014 年 4 月 9 日《梧州日报》）

报　销

不查不要紧，一查真是花样百出，有人报的出租车票是前年的，有人报的公共汽车票是外地的（本单位人员没有出差事务），更传奇的是，还发现了一张外国车票……

局里下了文件，为了节约开支，除有特殊情况领导特批外，今后凡正科以下的出门办事，一律坐公交车，坐公交车不方便时可以打车。车票一个月报一次。

这天，正好是头个月报销车票的日子，财务室里站了不少人，大家说说笑笑很是热闹。张彬报了四十块钱，听有人说，本科的柴副科长竟报了二百多块钱。张彬想，这不可能，俩人在一个办公室待着，他一个月出去几趟都数得上来。但人家领导签字、财务核算都过了关，钱已领到了手。

回到家，张彬除告诉家人今后把坐车和打车的票都留着外，出门还多了个习惯，爱向地下看。看到公交车票或出租车票，看看左右没人就弯腰捡起来。又快到月底了，他数了数自己攒下的票只才有七十多块钱的。这个星期天他骑车来到离家很远的一个公共汽车中转站，把车子放在一边，进了车站。他每发现一张车票或一个纸团,总是先环顾一下四周,再弯腰去捡。有一次,他刚看到一个纸团,想弯腰去捡,女同事胡晓喊他:张彬,你要出门去哪儿?他尴尬地向漂亮的女同事一笑:我去舅舅家,你也出门呀。他心里好后怕,好险啊,让她看到自己捡车票,那今后在单位还怎么做人。

找领导签字时,领导什么也没说,只是随便翻了翻就签字了。领导一边签字还一边表扬他,小张,最近工作表现不错,要继续努力啊。这个月车费,张彬报了一百二十元钱。

这天,司机打电话回来说,柴副科长被车撞了。

被撞的理由在单位传得沸沸扬扬:车在一个路口等绿灯时,柴副科长打开车窗向车外看,好像发现了什么东西,他想开车门下去捡。司机忙说,柴科长,不能下去,这样危险。

柴科长又向地下看了看,终于没有听司机的话,打开车门下去了。有人说,他从地上发现了一个戒指;也有人说,他的手机掉下去了。事实是,他看到了一张出租车票,那天风很大,他下去捡时,出租车票被风吹跑了,他去追,结果被别的车撞了。听说他的左腿保不住了,得截肢。

领导通知财务,仔细查查报过的票据里有没有什么问题?

不查不要紧,一查真是花样百出,有人报的出租车票是前年的,有人报的公共汽车票是外地的(本单位人员没有出差事务),还有人报的票中,两次坐出租车时的时间是相同的,有的上面沾有痰迹,有的揉得千疮百孔,更传奇的是,还发现了一张外国车票……

（原载于 2014 年 7 月 31 日《台湾好报》）

二把手

有些单位和人求到的事，他以鲁县长的名义打个电话就解决了，再大一点的，他自己亲自出面跑一趟。他没想到，自己一个秘书……

兰草是鲁县长的秘书，是鲁县长上任时从外地带来的，他跟着鲁县长已经七八年了。兰秘书是北京大学毕业的高才生，经过这么多的官场历练，写得一手好材料不说，还温文尔雅，穿着得体，深得鲁县长喜欢。

这天，他接了一个电话：是兰秘书吧，您好，我是城建局的潘世厅。

兰秘书忙说：您好，潘局长。

我知道鲁县长去省里开会了，这次您没有去。我们局不是在筹备城建系统改革座谈会吗，给鲁县长准备的讲话稿，有些地方拿不太准，晚上如您有时间，想请您给指导指导。

你们写完，报过来我看看不就行了。

那怎么行，我们想请您见面亲自指导一下。就这样说定了，六点我去市委门口接您。

晚上，潘局长接上兰秘书，车直接开到了西郊的顺风楼。城建局的孙副局长已在门口恭候多时，见局长的车来了，忙上去迎接，开车门。仨人在一个高档雅致的小包房落座后，潘局长递给兰秘书一份材料说，这个给带回去费心给改改。今后晚上好不容易把您请出来,咱们喝点小酒。

席间,潘局长说,兰秘书,您可是咱们市里赫赫有名的笔杆子,尽人皆知。

孙副局长附和道,兰秘书的名声那是如雷贯耳! 东昌市没人敢说不服气。

兰秘书说,二位局长言重了,我只是区区一个写材料的小人物,那有你们说得那么厉害。

真的,我们不是说瞎话,在东昌所有机关,您的口碑,那是狗撵 鸭子——呱呱叫。潘局长拍着兰秘书的手说。

送兰秘书回到他家门口,孙副局长从后车后备厢里提出了两个包,潘局长说,这是我们局的一点小意思,算对您给我们润色材料的回报,还请您赏脸。

兰秘书说,这样不好吧。

鲁县长对城建局起草的,他在城建系统改革座谈会上的讲话很满意。在一次局长会议上,对城建局的工作给予了表扬和肯定。潘局长听了心里那叫舒坦。

从此后,城建局通过兰秘书报到鲁县长那的批文,基本上是一路绿灯。

城建局的做法不知怎么走漏了风声,大家都到兰秘书那儿攻关,兰秘书也是乐善好使,谁的忙都帮,来者不拒。

有些单位和人求到的事,他以鲁县长的名义打个电话就解决了,再大一点的,他自己亲自出面跑一趟。他没想到,自己一个秘书,还能办这么多事,起这么大作用。

私下里,大家谈起兰秘书,都称他是二把手。

（原载于 2014 年 7 月 31 日《台湾好报》）

自投罗网

能成为家乡县委书记的座上宾,应该是多有面子的一件事,没想到结局竟然是……

这天晚上,在有名的滨河美食城一个包间里,被宴请者陆续到场,大家认识的不认识的郑互寒暄着,互郑介绍着,场面好不热闹。

两天前,在此地发展的江海老乡中传出这样一个消息,到此考查的江海县楚耀明书记,要邀请在福建发展事业有成的老乡们吃饭。

楚耀明书记一行人一出现,场面一下子安静了下来。在当地外事办工作的吕晓伟拿着份名单,向家乡的领导们介绍今天赴宴的所有人员。大家依次上前和家乡来的各位领导一一握手致意。

落座后,一致没有上菜倒酒。一会儿外边又走进来了三个人,大家的目光都投向了他们,桌边有人不自在得低下了头。高个中年人环视了一下全桌,开口说,哈哈,今天真是高朋满座呀。宋恩源、王恩祥你们都来了。跟我们回家乡一趟吧。我自我介绍一下吧,我是咱江海县法院的院长,叫皮大成。这两位是咱们县刑警队的。宋恩源想溜,被警察摁在了那儿。

宋恩源是贷款 200 万多年不还的老赖;王恩祥是在家乡集

资400多万跑出来的。这一刻，宋恩源肠子都悔青了，他本是去西藏开一个订货会的，机票都买好了，心想能受到家乡领导的宴请，过去的事肯定就过去了，各级领导都换了好几拨了，没人会知道自己的事的，别的好处没有，将来吹牛也是个资本；王恩祥也恨死了自己，他本在外地改名换姓了做拆迁，别人说有这么个宴请，他主动要求参加，开车火速赶过来的。俩人都没想到，是这结局……

歪打正着

那个与本事件无关的小华在省城法制日报社实习结束后，就去了国外发展。

旺根的饭馆开在小镇的湖边上，几个雅间窗外都能看到清澈的湖水。加上旺根从省城学过厨师，有几道拿手菜，所以镇里的许多宴请都会放在这儿。

这不年底了，晚上财政所的谭悟所长又领来了一拨客人，他们喝的天翻地覆，旺根却是愁眉不展。一帮人闹腾到半夜，个个喝的红光满面，大声喊叫、说笑着离开时，旺根对走在最后的大胖子说，谭所长，到年关了，咱今年这账，还有前年的一些也还……是不是该结一下了。

旺老板，你什么意思，怕我财政所结不起账，是不？实话告诉你，镇里哪个部门花钱，也得从我这儿走，我要那什么一点，你这不早关张了。

谭所长这话不假。旺根想笑没笑出来，刘培和白芒的两个饭馆都郑继开不下去了，都是你们的功劳。

我知道谭所长是实权派的。可谭所长，我们这小本买卖，到处欠着人家货钱，您也理解我一点，实在是不好意思。

别废话了，快拿本来，我签字。谭所长扶着柜台，有些头重脚轻的样子。

这时从里边传来一个女人的声音：姚现金。接着断断续续传来的是臭来劲，包晓杰……

谭所长听着听着，脸上红一块白一块，突然没有了血色，他拉下了脸，咬着嘴唇，翻了下白眼，瞪着充血地眼睛说：你老婆什么意思，有话明说，别背后胡说八道。

我老婆去学校接孩子了。

那里边说话的是谁？

孩子他姨。

她是做什么的。谭所长的声音低了些问。

是什么法制报的什么记者。谭所长你别多想，她是顺道来看她姐姐的。

谭所长冷笑着说道：旺老板，什么也别说了，我明白了。明天我让会计小黑来，把账全结了行不行？

谭所长，我们没有别的意思。还望今后还和过去一样常光顾。

谭所长哼了一声，脸不是脸色不是色的走了。

旺根也没有像往常一样向门口送。

他的眉头皱得更紧了。他没好气地喊道：小华，你出来。你刚才都说了些什么，什么要现金，交纪委，我都听不下去了。把谭大大肚子气成那样,今后再不可能来这消费了。

嗨,我刚才是给同学打电话商量聚会的事,那都是我同学的名字,只是那个来劲不姓臭姓来,但他经常无理辩三分,我们就都喊他臭来劲了。这谭所长心里要没鬼,心虚什么。

不来就不来吧,再这样下去,我这也快撑不下去了。旺根心里对自己说。

第二天一开门,果然财政所的小黑站在门外。她痛快地结了过去所有的账,还预付了五百块钱,说是下次消费用。

结局有两个版本。

一种说法是,谭悟消沉了一阵子,自己到县纪委主动交待了问题,虽然进了监狱,但受到了从轻处理。

那个与本事件无关的小华在省城法制日报社实习结束后,就去了国外发展。

一种说法是,谭悟几年后在县财政局长位子上因贪污、挪用公款被抓后,坐在监狱里搜肠刮肚地想,是不是法制报的那个小姑娘告发的我……

(原载于 2015 年 10 月 9 日《中国纪检监察报》)

虚惊一场

一张无意中发现的夹在名片中间的购物卡,折磨的主管经济的宋副县长心神不宁,上面写着一个惊人的数字:100 万。为此宋县长先是请假休息,后来病倒住进了医院。当组织部长告诉他:您交上来的那张购物卡里只有一元钱时,宋副县长竟一骨碌下床站了起来。

最近机关里议论纷纷,人们发现宋副县长的脸上没有了往日的和气,添上了一份严肃。两个眼泡有些浮肿,肯定是最近没有休息好的原因。年底就应该退下来的人了,是得到了要被提升重用的信号,还是感觉了自身有问题,被"有关部门"盯上了,心事重了。

宋大成分管县里的经济好些年了,几个引资项目都是在他任职内完成的,他在干部和群众中的威信和印象还是很高的。

这天,他终于踏进了县纪委书记的办公室,见他进来,南书记忙迎上来说:宋县长,您有什么事,打个电话我去您办公室就行了,您那么忙,有什么重要事,还非要亲自跑一趟。

宋大成长长叹了口气,从兜里掏出一张购物卡扔在桌上说:妈的,我倒霉透了,清白一辈子,临到退休了,摊上了这事。

南书记忙关了门。小声说:宋县长,您先别着急,到底怎么回事,您说说。

我整理办公桌时,从抽屉里的名片中发现了这么张卡,真不知道是谁送的。我也没送人情给人办过什么违犯原则的事。不知这是哪个王八蛋要加害于我。

南书记咬了下嘴唇,看着宋县长说:我以为出了多大的事,不就一张购物卡吗,你扔了不就算了。

你看看上面用铅笔写了数。

南书记拿起宋县长扔他桌上的购物卡仔细看:上面写着:100万。望着卡上的这个数字,南书记也怔在了那儿。

宋县长又长长叹了口气说:你也别为难,我来就是向你们纪委投案自首的,你们该怎么调查就怎么调查吧。我一会再去组织部交代一下情况，然后就等候组织处理了。

宋县长先是请假休息，后来病倒住进了医院。

这天，纪委南书记和组织部部长来到医院，进了宋副县长的病房，宋大成努力了好几下，也没有坐起来。他脸上蜡黄，没有一点血色。组织部部长说：宋县长，您就放心吧，什么事也没有。你一说我们就认为您不是那样的人。您知道吗，您交上来的那张购物卡里只有一元钱……

什么，你再说一遍。宋县长一骨碌下床站了起来。

组织部长重复了一遍：您交上来的那张购物卡里只有一元钱……

（原载于 2015 年 8 月 1 日《南方农村报》）

意外之财

有一天他到商场购物，随意掏出兜里的那张卡查看了一下，收银台的服务员说：你卡里存了整 10 万块钱。

这天县里工商联召开企业部门会议，工商联办公室的华主任一进会场大门就碰到了情况，几个企业领导纷纷围了上来，有的点头寒暄，有的跑上来使劲握手。有一个陌生面孔也跟着走了上来，他操着很难听懂的南方话说：华主任，您好！我是新到贵地办皮鞋厂的福建人毛旺福，今后还请多多关照啦。说着向华主任的兜里塞了点什么。

我们欢迎所有的有识之士到本地投资兴业。华主任嘴上这样说着，身子没来得及躲开那南方人伸进自己兜里的手。那人的手很快退了出去，华主任自己的手接着跟了进来。

华主任笑着说：毛老板，你给我装了什么？

毛老板也笑着说：您回去看看就知道了，一点小事情啦。

华主任思考片刻，手从兜里摸索了半天，终于掏出一张卡片塞给了毛老板。华主任提高声调说：哈哈，咱们这儿不兴这个，只要一切符合政策，手续齐全，合理合法，我们工商联都会全力支持大家的，我们要做所有企事业家们的坚强后盾。

毛老板还想说什么，华主任说：时间差不多了，咱们都进去开会吧。

散会后，毛老板起身想赶到门口向华主任说点什么，没等他到门口，华主任已经不见了人影。

回到自己的车上，他掏出华主任塞他兜里的那张卡看，原来是张普普通通的购物卡，上面用铅笔写了 10 元的字样。

有一天他到商场购物，随意掏出兜里的那张卡查看了一下，收银台的服务员说：你卡里存了整 10 万块钱。

他有点不郑信自己的耳朵，让服务员再说一遍。

你卡里存了整 10 万块钱呀，数字不对吗？

毛老板一下子待在了那儿。

他那天塞给华主任的只是一张写明要工商联协办几件要紧事项的卡片。

他想把这张卡给华主任还回去，想了又想，怎么说都不合适。他摇了摇头，心想，还是算了吧。

（原载于《喜剧世界》2015 年第 7 期，《工会博览》2015 年第 8
期）

一条破烟的归宿

一条送来送去破了口的香烟，最后落到了养鱼专业户实更手里，他打开一盒烟,发现一支烟就是一张百元大票……这条烟像块烫手的山芋,谁也不要……

临近春节，柳林镇的副镇长铁柱从县民政局当秘书的表弟处了解到，主管组织的副县长吉镇木要调往临近的大河县当县长,铁柱好几天心神不定,他终于下决心去一趟吉副县长家。

一个星期天的晚上,铁副镇长摁响了吉副县长家的门铃。开门的是比吉副县长年轻十几岁的一个少妇,铁副镇长想,这肯定就是吉副县长最近换的老婆。

"吉县长在家哪。"铁副镇长一边说一边把手里提着的王八递给那个少妇。

"你是哪个单位的……看上去这么面熟。"吉副县长笑了笑,并没有站起来。

"我是柳林镇的小铁,县长你不记得我了？"铁柱使劲看着吉副县长,笑着自我介绍。

"记得,记得,小铁快坐。"

那少妇倒了一杯茶放在铁柱面前，又给吉副县长杯中添了些水,走出客厅。

"快过节了,又听说吉县长要高升,特来祝贺一下。"

"我是快走了，咱们县人民不收留我，出去讨口饭吃。"吉副县长笑着打趣道。

"吉县长说话就是幽默。"

沉默了片刻，又沉默了片刻。铁柱欲言又止的样子。吉副县长说话了："小铁，找我有什么事吗？趁我还没走。"

"也没什么大事，上次领导班子改选，我们镇的镇长是从渡口镇调过去的。我给您的那信封……"

"噢，噢，想起来了。"吉副县长拉开身边的柜子，随手拿起一个信封，用手掂了掂，扔在了铁柱身边的茶几上。那一刻，铁柱看到了一叠厚厚的信封放在里面。"小铁，你还年轻，要想进步，主要要干好工作。这个你拿走，咱们共产党的干部不兴这个。今天拿来的甲鱼我留下了，这条烟你拿上，你知道我不抽这烟的。"

铁副镇长不好意思地收起信封告辞出来。

回到招待所，铁副镇长迫不及待地掏出钱来数。数了一遍，又数了一遍。铁副镇长高兴得跳了起来。手里的钱整整比送给他的三万元多了二万元。这钱放领导家里比存银行利息高多了。

几天后，石碾村胡主任来铁副镇长家串门，用自行车驮来了一只剥皮后的整羊，还有半片猪肉。

"儿子到派出所干合同工的事全指望铁镇长您帮忙了，咱农村也没啥好送的，大过年的，送点羊肉，您补补身子。您一年从早到晚为我们群众操心受累，糟蹋坏了身子，我们群众决不答应。"胡主任边搬肉边说。

铁副镇长拍了胡主任一巴掌。"你小子，净给我胡贫，小胡在派出所干得不错。"

铁副镇长老伴手脚麻利地弄了几个菜，两人对饮起来，临走时，铁副镇长从柜子里拿出吉副县长给他的那条有些破损的烟让胡主任带上。

胡主任哼着小调回到家，见村西的养鱼专业户实更坐在家里。胡主任老婆说："你看，他叔一下给你孙子2000块钱的压岁钱，这多不合适，有个意思就行了。"

"大哥、嫂子，我这可是给孩子的，你们要让我拿回去，那是打我的脸。"

聊天喝水到深夜。实更走时，胡主任拿起铁副镇长送他的那条烟。"这是胡副镇长给的，你拿上吧。"

"不要，不要，您老哥自己留着抽吧。"实更推托不接。

"实更老弟，嫌烟不好？"

"哪能呢，这是领导级别吸的烟。"实更没办法，接过胡主任塞过来的那条烟回了家。

回家一看，那烟一头像是破了，用透明胶条贴了。实更打开，拿出一盒，见封口也像用胶条贴了，撕开胶条，抽出一支，实更心跳加速起来，他哆嗦着打开，一支烟就是一张百元大票。每盒20支，共是两万元。实更看着眼前的一切，不知如何是好。

实更思虑再三，把烟给胡主任送了回去，胡主任迟疑半天，让他先把烟放下了。胡主任给铁副镇长送去，铁副镇长又去了趟吉副县长家，结果那条烟最后还是转回了实更的手里，这条烟像块烫手的山芋，实更也不敢留在自己的手里，没办法，他前思后想了不少日子，人一下子消瘦了许多，最后他下决心把烟交给了县纪委……

（原载于《小说月刊》2016年第3期）

异样的眼光

国仁刚退休就赶着回家看父母,谁也没有告诉。村人看他的眼光都有些迷离和游移,父母的日子过得更是胆战心惊。原来这些都源于他理的一个光头。连父母都认为,他是刚从监狱里被放出来的,把他晚上穿的睡衣也当成了囚服。谁理光头都没什么,就他不行。因为他在市里当处长,和县委书记一个级别。

正是夏天,国仁想,这次退休前的最后一次休假,就回老家陪父母待一段时间。

说走就走,这天下午他轻装上阵,随便向背包里塞了几件衣服就去了车站。坐动车一个半小时就到了济南,要过去得坐 5、6 个小时的车。在济南倒车坐上了去鲁西南山里老家的长途汽车,在县城他没有下车。他也没有提前给任何人打电话,想给父母一个惊喜。在车上听着家乡人说话的口音,闻着汽车窗外飘进来的熟悉空气,他的心早已提前回到了村里。

那时在公社上高中,每个星期六回家拿干粮,虽然才离开家一个星期,确切说只有五天,但每次回到家里,总是感到新鲜的不行,就连房顶也要爬上去站一站。

可自从上大学留在了外地工作,才开始每年还回去一次,后来就几年才回家一回。父母虽然也到城里来,但每次待不了多长时间,总是闹着要回去,说再住下去就要闹毛病了。

努力工作,娶妻生子,一晃自已都到了退休的年纪。这么多年了,家一直藏在他的心里,多少次梦里回到家乡。想到这里,他的眼睛湿润了。

他在村边下车时已是黄昏,一想到马上就要见到年迈的爹娘了,虽然多半天没有吃饭,他一点也没有饥饿感,脚下的步子也轻快了许多。

快到家门口时碰上了一个邻居,他打称呼:二爷爷,您出去了?那人迟疑了一下说:哟,是国仁呀,这是回来看你爹娘?

对,回来看看。

好大一会,爹才听到动静,走到门口,在门里问:谁呀。

爹,我是国仁,我回来了。

爹开了门,有些不郑信似的揉了揉眼睛。

关门这么早,你们没做晚饭吃?

做了,吃了,没事就想早点睡觉。

进到院里,娘也迎了出来。娘说:是二小呀,你怎么这个时候回来了,也不打个电话。快进屋吧。

坐下,爹吸了两支烟,对他说:你还没吃饭吧,给你下碗面条吧。

他笑笑说:行,我还真饿了。

爹、娘齐动手给他做饭。

当爹颤抖着双手把一大碗面条端进屋时,他忙站起来去接。娘在后面端了一多半碗面条进来,对爹说:二小吃不了这么多,你吃这碗稀点的吧。

那娘你呢。

娘的腰快弯成了一张弓,她笑着说:我今天晚上不饿,你爷俩吃吧。

看点他狼吞虎咽的样子,爹说:这碗也是你的。

娘转脸抹了把眼睛说:慢慢吃,不够咱再去煮,看你饿成这个样子。

吃完饭,说了会话,娘爹给他铺好了床,就躺下了。

灯灭了好大一会,他还听到睡在里屋的爹娘还在小声说话。

第二天早晨醒来,爹娘已经做好了饭,大早晨的还炒了菜。他昨晚上想好的,本是要早起给父母倒一次尿盆的,没想到自己的尿盆爹娘已经给倒了。

他心里涌上了一股暖意,又一次享受到了父母的爱。

这几天他没有出门,就在家里陪爹娘。爹娘也没有太出门。倒是有不少村人来家借东西或来家转转。

前街的东升吞吞吐吐地问他:刚出来?

他没太听清,回答:刚回来,前天晚上回来的。

回来就好,在家多待些日子吧。

他在市里当处长,和县委书记一个级别。过去回来,加上县里派的,还有他的同学朋友什么的一下子会来好几辆车,他带的车后备厢里的东西每次都装得满满的。

有不少人晚上还来串门。

见了面,人们看他的眼光都有些迷离和游移。

几天后的一个晚上,爹郑重其事地喊他坐下说:二小,你在外犯了什么事,给爹娘说说。不行就回来,咱地里打的粮食够咱们全家吃。别什么事都自己闷在肚子里,想开些,谁一辈子不犯个错误。

娘擦着眼泪说:你爹说的对,不行就回家来,爹娘还能养活你。

听爹娘这样说,他有些感动,说道:爹、娘,我没出什么事呀,我很好呀。就是想你们了，回来陪陪你们。

爹叹了口长气说：你就别瞒我们了，村里人都在传：说你从监狱里刚出来，没脸回城里的家，或许事情还没完，这不监狱里发的衣服都没给你收回去。

嗨，我这头皮老是痒，好多年了，去过多少大医院看过，说是脂溢性皮炎导致的，没好办法，用了不少药也不见效果，人家医生说：经常理理光头可能会好点。过去上班不便理光头，这不要退休了，又是夏天，就索性理了个光头。我这穿的是睡衣，是晚上睡觉穿的衣服，不是囚服，没想到……

他起身走到爹娘跟前，两膝跪下，深情地说道：对不起，爹、娘，让你们跟儿子受惊了。

爹娘忙一起搀起了他。

爹说：没事更好，我想我儿子也不是那样的人。

娘说：今儿都高兴，我去整点菜，你们爷俩好好喝两盅。

（原载《山东文学》2015 年第 8 期，2015 年 11 月 27 日《中国纪检监察报》）

旺根外传

写一个叫旺根的民工在工作和生活中碰到了人和事，从一个小人物的视角看待社会和人生，一个既质朴又有些无知的形象跃然纸上。故事引人入胜，语言风趣幽默。使人看了或心酸或会心一笑。在反映普通人的生活状态时，不仅写日常生活，也有精神层面的揭示。

认错人

在一个新装修完的办公楼里，和工友们正在完成收尾工作的灰头土脸地旺根，望着金碧辉煌的大厅和一个个装饰气派的房间，心里偷偷地想，要是我儿子大学毕业后，能到这样的环境里来工作，该有多好。

在三层头上的一个房间里，一个中年妇女正蹲在地上，费劲地捡拾散落在地上垃圾中的钉子，她的身边已经放了一小堆。旺根走进来看了她一眼，她向旺根笑了笑，继续捡。嘴里轻声说道：这么多新钉子，丢了多可惜，太浪费了。

旺根又看了她的后背一眼，粗声大气地说：你，别光顾着捡东西，捡完了，听明白了，可得把这些垃圾清理干净了。

中年妇女回过头，指着自己，好像有些不解地说，你是说我吗？

旺根说：不是说你，还是说别人。

中年妇女环顾了下四周，这儿只有他和自己，不是说自己，还能是说谁。

旺根心里想，这些做保洁的，就想着占点小便宜。

他咽了口唾沫，指手画脚地说：把前面这几个房间的窗台再擦一遍，一定要擦干净了，另外，把楼道里的垃圾也清走，听明白了没有？

中年妇女又回头向他笑了笑，嘴里说：听明白了，保证干好，请您放心。

一个小时后，旺根正躲在大厅外吸烟，看到那个中年妇女走了出来。看到她走向了门口的那辆宝马车，上车前，好像还向旺根这边看了看，并又向他笑了笑。这一刻，旺根待在了那儿。

她是谁，不是做保洁的呀。

不明白

由于看旺根为人老实，干活实在。黄经理说，我一月给你四千工资，管吃管住，你跟我去上海，到我家当管家行不行？

管家，这是什么工种？我没干过。旺根望着黄经理说。

管家不是什么工种，我上海的院子比较大，你去种花养草加看家。

就这些，没别的事干了？

就这些，没别的事干了。

那不太轻松了。

轻松了还不好？

旺根以为黄经理和他开玩笑，就没当回事。这天，包工头通知他，旺根，你小子走狗屎运了，黄经理让你去上海工作，坐下午的飞机去。我这一辈子都还没坐过飞机呐。

旺根想了想，认真地说：秦队长，要不和黄经理说说，你去吧。

秦队长哈哈大笑着说：我去了，这帮人你领着干活？别干了，准备准备下午走吧。

旺根想了想说：一个人去他家待着多没意思，还不如在这吃苦受累，大家在一起开心些。要不，让更年轻的人去吧。

你想什么呢,你说谁去就谁去? 年轻的去,黄经理还不放心哪。人家看上你了,只有你有这好机会,活不累,吃得又好,还是大上海,你就去享清福吧。

旺根又想了一会,说:我真的不想去。

不想去也得去,不是你自己答应人家黄经理的?

我当时以为他说着玩的,根本没当真。

你自己拦下的事,我也没办法。去上海不是坏事,适应了就好了。

旺根后悔死了,那天真不应该乱答话。

下午,旺根被车送到飞机场,迟迟疑疑上了飞机。

飞机升天后,空姐问他:先生,这儿有多种饮料和点心,您想用点什么?

他环顾了一下四周,许多人要了咖啡和冰点,他使劲咽了口唾液,摇摇头说,中午吃得很饱,什么也吃不下了。

行程中,空姐又几次端着点心和饮料过来,问他,需要点什么? 他摇了摇头,还是什么也没要。

下了飞机,出了机场口,他偷偷问身边一个穿着朴素点的人:刚才在飞机上那吃的喝的东西,一定比地面上买的贵很多吧。

那人小声对他说:在飞机上吃什么喝什么都不用付钱的。

他一怔,不解地说:天底下还有这样的事,飞机上吃东西会不要钱?

搞不懂

旺根干得不错,黄经理每次回来都感到很满意。

这天，黄经理打电话告诉他，你明天坐飞机去昆明一趟，把我患病的舅舅接到上海来治病，你到昆明住酒店后，会有人和你联系的，所有费用都由我出。另外，住酒店不要太次了，别让老家的亲戚笑话。

旺根又平生第二次坐了飞机，这次他有经验了，在飞机上，空姐问他需要点什么时，只要是映入眼帘的，他都要了。下飞机时，竟感觉肚子有点撑。

到昆明后，进出了几十家酒店，旺根才确定住进了一个打折后二百多块钱一晚的酒店。第二天早餐他去酒店餐厅吃的自助餐，那早餐实在是太丰富了，热菜、凉菜应有尽有，包子、油条随便吃，光汤就有好几种。交了一张票，吃多吃少由你自己。早餐他吃的又有些撑。

待在酒店里看电视，一上午也没人和他联系，中午饭时，他拿起餐券又放下了，眼睛看到了房间里放着的方便面、火腿肠等，他想这应该是算在房费里的吧。那自助餐太丰富了，肯定很贵。他动手烧了开水，吃了一碗方便面和三根火腿肠，吃后感觉不太饱，又吃了两根火腿肠。晚饭亦如此。

到三天后走之前，他剩下的吃饭问题都是在房间里解决的。

结账时，除了房钱，前台服务员竟报出，你房间的物品消费共三百元整。他好像没听清，问道：房间里的东西还要钱？再说，就那点方便面、火腿肠怎值三百块？我吃的那顿早餐得多少钱？

对不起，先生，您告诉我，哪里酒店房间里的消费品不收钱，再说，放在酒店里的方便面、火腿肠，你不能和批发市场的价格比。您那顿早餐是免费的，只要住店，所有餐费都是含在房费里的。

旺根听了，后悔极了。

这城里人，真是让人搞不懂。

名牌上衣

旺根是春节前一天回到家的。

大年初三，他去舅家串门，在县里开家具厂的表弟正好在家，一进门，表弟盯着他身上的西服说，表哥，在城里混的真不错，都穿上鳄鱼西服了。旺根笑笑说，兄弟，你就别笑话老哥了，这样说话，是不是怕我向你这个大老板借钱。表弟拍着他的肩膀说，看表哥说的，咱弟兄之间，还说这样的话，你真用钱，随时说话，多了没有，十万二十万的兄弟还借得起。

聊天、喝酒。表弟表现真不错，拿出了两瓶好酒喝不说，还让弟媳整了不少硬菜。老舅说，难得你弟兄俩在一起喝次酒，这回可喝尽兴了。走时，表弟死活又给带上了两瓶酒，不拿不愿意。

第二天酒醒了，穿衣服时，旺根发现有点不对劲，他掏了下兜，里边的钱包和手机都在，他掏出钱包看了看，没错，是自己的，里边有自己的身份证。

犹豫了好久，他又骑车去了趟舅家，表弟回县上了。他给表弟打电话：兄弟，昨天我是不是喝多后穿错衣服了，我那件上衣好像没这么新。

是表哥呀，我倒是也有一件那个牌子的西服上衣，今天穿着呢。咱穿错了吗，没有吧。错不错的没旁人，真错了，咱就这样换着穿吧。

旺根红着脸说：兄弟，我那件没你这件新。你什么时候回来，到时咱俩还是换过来吧。

电话那端，表弟停了停说：哥，咱是一家人，都别客气了。我最近还要去一趟南方,你走之前肯定回不来了。

那我明天来一趟县城,咱俩换过来。旺根真诚地说。

表哥,咱哥俩谁和谁,你就不用跑了,不换了,就这样了。我过年后应酬多,天天在外喝酒,你来了也找不到我。

旺根想,这表弟真大方,也真够意思。

回到城里后,没多久,在工地门口买服装的小贩们都被抓了,有人举报,有两个小贩便宜卖的都是正宗的名牌货,服装和皮鞋都是。有人怀疑,他们的货是不是偷的。经审,他们说,是一个人主动给他们供的货,每次开一个没有牌照的车来送货。让他们打电话联系,说是要货,那车来后被扣下了。问那人,这些名牌货哪儿来的,为什么批发这么便宜。那人最后吞吞吐吐地交代,他是在附近一个县城进的货,是有人从火化场倒出来卖给他们的。

听到这个消息,旺根心里好像明白了表弟不换回衣服的原因了,可他心里又想,也许是自己小心眼,误会表弟了,表弟真不知我那件是真牌子的。可现在出了这情况,如何和表弟说明白这事?

夫妻夜话

晚上,旺根正在院子里溜达,手机铃声一响,旺根一看电话,是媳妇桂花打来的。他一笑,接通了电话:旺根,你在干啥?

旺根捂着电话,小声说:没干啥,在想你呀。

在大城市里学会油腔滑调了是不?

没有,你放心。媳妇,你老公是什么样的人,你还不知道?

反正你在外边可注意点,大城市是个花花世界,别人的床好上,可不好下来。要从外边得了脏病回来,死了都进不了你家祖坟。桂花说的话一点也不受听。

人家城里人个个穿得那么光鲜,细皮嫩肉的,谁能看得上我这个老粗男人,你就把心踏踏实实放进肚子里吧。自从来了上海,桂花有事没事经常打电话来。

爹娘都好吧,儿子这个学期学习怎么样?家里地里的让你一个人忙乎,让你吃苦了。

爹娘身体壮实着呢,儿子学习越来越有进步。星期天回来也知道帮我干点活了。你在外边别不肯吃不肯花得太委屈自己了,身体要紧。电话里桂花的语气温柔了许多。

谢谢媳妇关心。你晚上尽量早关外门,有事就给我打电话。白天还好过,晚上老想你。桂花,你晚上想我不?

没出息,我才不想你呐。你放心吧,活不忙时,晚上天不黑我就关门了,我会给你看好家的。

旺根听了媳妇的话,鼻子有些发酸:等供儿子上完大学,在城里有了工作有了家,你劳苦功高,先让他接你进城是享享清福。

桂花停了停说:上学都是你挣钱供的他,到时候咱俩一起去。我在院子里给你的打电话,你在屋里吧,你到外边向天上看看,今天天上的月亮真圆。什么时候你回来了,儿子回来了,月亮会更圆。

旺根抬头向天上看:我也在院子里呢,看到月亮了,今天的月亮真大真圆。实际上旺根眼里的天空布满了云彩,哪有月亮的影子。

你快回屋吧,在外边待时间长了,容易着凉。

你也是,你也快回屋吧,别着凉了。

……

麻将桌前

这天,保姆春花过来说:旺根大叔,主人叫你过去一下。

是现在吗,有什么事?

你去了不就知道了。春花笑着说。

旺根和春花一起走进了主人的客厅,春花说:阿娇姐,旺根叔来了。

黄经理的夫人阿娇说:旺根、春花,你们俩会打麻将吗?

旺根说:这个,我只会一点,只会屁糊。每年回家过年闲得没事打两次,每把最多两毛,大部分时候一毛。

阿娇笑着说:呵呵,只会屁糊。春花,你呢?

我不会打麻将,只会打升级。春花不好意思地说。

升级?

旺根说:她说的是打扑克。

待会隔壁的林太太来了,我们一起玩麻将,春花不会不要紧,打两圈就会了。见两人都不回应,阿娇随意从身边的小包里掏出一把钱说:给,一人二百块钱,输赢都是自己的了。

旺根面露难色,吞吞吐吐地说:阿娇太太,这不好吧,你找别人吧,我得去整理花圃。

春花说:阿娇姐,我,我笨,怕学不会。

阿娇有点不耐烦地说:都别说了,这打牌就是你们今天的工作。春花,准备好水果和茶水,林太太马上就要过来了。

林太太不一会就来了。几把下来,春花基本会了,一个小时后,居然糊了一把牌。几个人都笑着说春花脑子灵。春花不好意思地说:我是瞎碰的。

和三个年轻女人坐的这么近,旺根心里想,这平生还是第一次。要是让老婆知道了,那还了得。才开始他显得有些拘谨,两个太太说说笑笑,春花有时也跟上一句,慢慢地心情放松下来了一些。

不知不觉三个小时过去了,春花看了下表,说:阿娇姐,马上12点了,我去做饭吧。

给,这有叫外卖的电话,要四份,让他送来,林太太也在这儿吃,吃完我们接着玩。阿娇正玩的高光,哪肯收手。

吃完饭,接着玩。天黑下来才收场。

林太太走后,旺根整理了下面前的钱,递给阿娇。

阿娇说:你干什么,不是说好的,输赢都是自己的嘛。

那,要不,把这二百块钱的本钱给你。

你留着吧,说不定明天你手里那些钱都不是你的了。

回到住处数了数,除了阿娇给的二百,还有三百多块。

晚上躺下后,旺根兴奋地怎么也睡不着,这钱来的太容易了,一天挣的这钱,儿子一个月也花不完。

没想到第二天,阿娇照旧一人又发了二百块钱。旺根推脱说:我不要了,昨天的钱够了。

阿娇说:昨天是昨天的,今天是今天的。

又坐在麻将桌前,旺根自如了许多。

在阿娇和林太太的怂恿下,他竟红着脸讲了一个洗衣服的故事:这是在工地上一个工友讲的,说是一对小两口,8岁的儿子都上二年级了,但家里只有一间房,没办法只能住在一起。两个大人,谁想干那事了,就会对对方说,晚上咱洗衣服吧。对方一听,就心领神会了意思。这天,不知为什么事丈夫生了气,妻子说,晚上咱洗衣服吧。丈夫不冷不热地说:我自己洗了。

听后大家笑得前仰后合。

醉　酒

这天，吃晚饭时，黄太太说：今天我高兴，咱们一起吃吧，我们一块喝些酒。

往常，黄太太都是一个人吃，旺根有时和保姆春花一起吃，有时打回房间去吃。

春花有些为难地说：阿娇姐，我不会喝酒的。

没关系的，又不是白酒，咱们喝些红酒或啤酒，劲不大。对了，旺根，你能喝酒吧。黄太太笑着说。

旺根说：我喝酒，倒还行，不过……

你们俩什么行不行，都是一家人，还这么客气。春花，把菜都端客厅来。

上菜后，三个人坐下，黄太太拿出一瓶红酒，让春花打开，春花不会打，黄太太接过起瓶器，一边说春花学着点，一边自己动手开瓶盖，两只纤细的手一招一式特别优雅，红酒打开后，向自己面前的高脚杯倒了多半杯，又向春花面前的杯子里倒。放下红酒瓶子，到酒柜前拿过一瓶白酒晃了晃说，这是喝剩下的茅台，今天旺根你把它解决了。

黄太太，这么好的酒我喝了太浪费了，要不我和你们一样喝点红酒吧。旺根真诚地说。

你是男人，和我们不一样，就得喝白酒。

没办法，旺根接过酒瓶，自己倒了小半杯。黄太太说：不行，太少，再倒上些。旺根又倒了些，心里想，刚才说自己不会喝酒就好了。

黄太太说:来,我们一起喝一杯。

主人高兴,有时自己端起来喝,有时要求三人一起碰杯。

喝完一瓶红酒后,她说:我们今天索性一起喝个痛快。春花说:黄太太,我真不行了,头都有些晕了。

不是给和你说过吗,不要叫我黄太太,我喜欢你叫阿娇姐。黄总姓的这破姓不好,什么沾上黄,都它妈的不是好事。旺根,你那白酒也就有六两,一定喝完啊。

旺根说,黄,太太,你刚才这样说,我都不知道应该怎么称呼您了。这瓶子里总共得有八两,这酒劲又大,我喝完就喝醉了。

醉就醉,我们仨一起喝他个一醉方休。说着她又打开了一瓶红酒……

早晨醒来,旺根一睁眼,感觉不对,这是哪儿? 想了想,急忙起身,一只胳膊却不听使唤,低头一看,黄太太躺在他怀里睡得十分香甜,向下一看,春花抱着他的一条腿,做梦笑出了声。

他想动又不敢动,慢慢合上了眼睛,心脏却突突跳的快了起来,这是他平生第一次和媳妇之外的女人的身体接触。这事要是让媳妇知道了,会和他闹下天来,不和他离婚才怪。

又一次亲密接触

自从那晚喝醉酒,在一起躺了一夜后,旺根再见到黄太太时,就有些不好意思抬头看她。黄太太不但没有一点不好意思,还笑着说:喝醉酒的感觉也不错,有兴致了咱们再一起喝。

旺根装着没听见,心想,这女人真不知想什么,是闲的无聊吧,拿酒解愁。那晚的事情千万别再发生,春花没什么,她们都是女的,万一黄经理回来碰上,自己如何解释,如何说得清?

早饭后,黄太太说:今天春花和你都跟我一起出去,我开车带你们去杭州转转。

旺根想了想说:黄太太,你和春花去吧,我在家看家。

不行,去那么远的地方,我们两个女人出门不安全,你得去保护我们。

没办法,只得顺从地上了她的车。没出城时,黄太太开车还慢些,出城后一上高速,她开的车,快得像要飞起来一样,像配合似的,车里放着节奏很快的音乐。旺根这是头一次坐宝马,听说这车100多万,有钱人真会享受,坐这车里还真是舒服。

两个小时后,车就到了杭州。黄太太说:我们去城外的普陀山烧香吧。

到了普陀山,他们先乘索道上佛顶山去慧济寺,然后走下山准备去法雨寺,下山的路上,黄太太一不小心把脚崴了,听到她不停的呻吟声,旺根和春花头上都急出了汗。

旺根说,我打120叫救护车吧。

黄太太哼哼了一会,咬着牙说:不用,你们俩扶起我来试试,下面不远就是法雨寺了。

刚把她搀扶起来,她就又叫出了声。

看到她痛苦的样子,旺根说,黄太太,要不我来背你吧。

她说:行吧,那就麻烦你了。

旺根蹲下身子背起了黄太太,小心翼翼地向山下走。他心里想,这个女人怎么这么轻,和小时背儿子的感觉差不多。才开始,他的双手倒抱着黄太太的双腿膝盖处,走了一段,旺根感觉自己的手几乎滑到了她的屁股处,放下她重新背,又怕她笑话自己,索性大着胆子,使劲向上掂了两下,黄太太什么也没有说,很配合的样子。终于到达了法雨寺,旺根轻轻放下了黄太太,抹了一把满头的汗水。黄太太关切地说:把你累坏了吧。旺根说:不累,

一双离家出走的皮鞋

一点也不累。在这儿吃了中饭，他们乘车到了普济寺，又从普济寺乘车去紫竹林景区、南海观音，然后到了停车场。

旺根和春花都说，送黄太太先去医院看看，她坚持不去，并要上车开车。旺根说：你脚成了这个样子，还怎么能开得了车？

要是我们不走，今晚只能住在这儿了。我现在感觉比在山上时好多了，我开一段试试，不行再说。

上车后，黄太太发动了车。开了一段，她说：没事，我能开回去。

旺根说：黄太太，一路上要好几个小时呢，您能撑得下来吗？

应该没大问题，咱们走着试试吧。

谢天谢地，他们安全回到了家。

从那次在山上背她下山后，春花不在跟前时，黄太太总爱说一句话：旺根，你一点也不像四十多岁的男人，你的劲真大！

（原载于《中国作家》2013 年第 9 期）

第五辑

婚姻内外

城里人琐碎的人情过往、田间地头的耕耘劳作、屋里院外的婆媳短长、有地方特色的婚丧嫁娶，作家把笔触深入到人们的生活中，关注他们的生命个体和个人尊严，关注他们生活的方方面面，包括婚姻、家庭关系、同事关系等等，如实还原人们的日常生活图景，低层人群的善良和愚昧、希望与失望、执著与无奈，无不时刻触动着作家敏感的内心。

沉默的小妹

尽孝心不用比，也不用等。在物质面前，显露出了每个人的本性。对老人和家庭付出最多的小妹，伤心的是什么？

办完了母亲的后事，大姐把姊妹六个叫到了一起。大姐叹了口长气说：母亲这一辈子不容易，咱爹走的早，她一个人累死累活把我们六个拉扯大。老了倒也没受罪，住上了自己的楼房，我们每人也都跑前跑后没少尽孝心。特别是母亲这次长期住院期间，大家也都尽心了。她没那个命，能再多活几年，多享享清福。

老三老四在抹眼泪。

大姐说：下面说说母亲遗产的事，处理母亲后事的费用是平摊的。母亲共留下了三万块钱的存款，再有就是这套房子。有人提议钱平分，房子卖了也平分钱。大家都说说个人的想法。

老二紧跟着说：正好我买的房子还欠着银行的贷款。这个主意好，公平，我赞成。

老五嘶哑着声音说：母亲刚走，尸骨未寒。就是卖母亲这房子，也得等母亲三周年以后吧。

老四咳嗽了一下说：早晚也得卖。老五，你儿子上大学，丈夫下岗后在外打工，不也得用钱。

老三小声说：要不，先分母亲留下的这些钱。

大家七嘴八舌，议论纷纷。

大姐想了想说:虽然老六回来得晚些,在医院侍候妈的时间少些,但平时她给母亲的花销多,平时也没少回来看妈。小妹过去说过,母亲走后她一分钱的东西也不要。那母亲留下的钱和卖房子的钱,咱就分成五份。

大家都点头表示同意。

大家心里都明白,母亲在县城买的这房子,当时只花了八万块钱,小六一下子就打回来了六万。

过去谁家孩子考上了大学,家里经济上有困难了,谁家孩子结婚了,生孩子了,老六都会慷慨解囊,给个几千块钱。从来没要求谁还过,也没有人提出来要还过。都知道她在城里开着自己的公司,天天进钱。没人知道她夫妻俩只是在城里开着一家纯净水店,现在竞争这么厉害,钱来的并不是那么容易。

大姐扫了一圈大家,最后把眼光落在了老六身上,六妹,你也发表一下自己的看法。

一直沉默的六妹突然站了起来,一把抓下了自己的头套,使劲摔在了桌上。她哭着跑进了隔壁母亲生前住过的房间。

大家愕然地望着老六的光头,全都待在了那儿。

更没人知道她半年前查出得了晚期乳腺癌,化疗化的头发都掉光了。

（原载于《讽刺幽默·精短小说》2014 年第 1 期）

和外甥女相遇

现在的骗术何其多，这是一个警察在 QQ 上和一个陌生女孩的聊天记录，幸好警察没有外甥女，要是他有外甥女呢，谁也不敢保证，警察就可能不上当。

这天，作家鲁一贤正在家里写东西，突然 QQ 闪了。他刚才上去看有没有朋友们留言，忘记关了。他 QQ 的好友不是约稿的编辑就是比较熟悉的文友，有无聊的网友进来，净说些莫名其妙的话或者废话，他就把对方请出去了事。

一个可爱的女孩的头像在闪，他觉得这个外文的网名很陌生，迟疑着打开：Angela：舅，在忙吗？

天马：（鲁作家的网名）你好。呵呵，还可以。

鲁一贤在搜肠刮肚，我有三个姐姐，都生了两个男孩，没有一个外甥女呀。他突然想起来了，表姐家的女儿来本市打工时，曾在网上找过他。不过那是好几年前的事了。

天马：是春华吧。

Angela：舅，我是呀。

记得当时她是投奔自己的男友来的，那时她男友在大学念博士。天马：噢，你朋友到哪部门工作了？

Angela：他还没定下来，舅，等下有时间吗？

天马：你去哪家医院工作了？

Angela：跟你说件事情。

天马：你说吧。

Angela：我打你电话说吧。

鲁一贤想，这样也好，电话里听听她是不是那个表姐家的外甥女天马：好吧。

停顿了一会。

Angela：我还是打字吧，手机快没电了。

天马：好。

Angela：舅，事情是这样的，我想转 20000 块钱到你账上，我想用别人的名誉借点钱给我一位同事急用，这样日后我用到时，问他拿回来也方便点，我想把钱先转你账号上，到时再以你名誉借给我同事好吗？

我是不是遇到了骗子？鲁一贤心里想，这聊天打断了他写作的思路，索性和对方逗逗闷子。

Angela：舅方便帮我这个忙吗？

天马：我没账号，账号都是你舅妈的名字。

Angela：这样啊。

天马：对，我不管钱，也不知道密码。

Angela：你身上没带有卡吗？我直接转给你就可以了。

天马：没有，我是穷人，不用那玩意。

Angela：那可能帮不上了。

天马：你把钱送我这来，你那朋友借时，让他来我手里借，这样你要他还时也好说。

停顿了许久。

Angela：好吧，我看看再说吧。

天马：你在哪工作？

Angela：我先忙了。

天马：不告诉我到哪工作了？

天马：你朋友叫什么名字了，我忘记了。

天马：你孩子上高中了吧。

鲁一贤想再套套她的真实身份。

对方马上下线了。

鲁一贤心里想，我貌似遇到了骗子。

这是一个善良的作家(退休警察)和陌生外甥女的对话。

（原载于《东风文艺》2014 年第 1 期，《金山》2015 年第 1 期，

《喜剧世界》2015 你拿第 5 期转载）

关于摘掉帽子的申请

可从医院回来后，找工作没单位敢要，找对象没有人敢谈。就连小区的保安、保洁见了我也都指指点点。邻居们更是像躲瘟神样躲着我

卫生局及精神病院：

我叫忧长，是一名大学毕业生，毕业后得了轻度抑郁症，家人求病心切把我送进了精神病院，治疗半年也没有一点效果，后按抑郁症服药治疗，三个月就完全康复了。可从医院回来后，找工作没单位敢要，找对象没有人敢谈。就连小区的保安、保洁见了我也都指指点点。邻居们更是像躲瘟神样躲着我。我想不明白，这个社会怎么容不了我啦。思来想去，我终于找到了理由，就

是这顶精神病的帽子,害得我无法生存。

我是名大学生,我请求,我恳求,有关部门给我摘掉这顶精神病的帽子,让我能为社会做些贡献,能过上正常人的生活。

一个没有患过精神病的正常公民:忧长

2015 年 2 月 18 日

大学毕业后许多同学去了国外发展,由于没有海外关系,也没有这方面的门路,忧长觉得自己谁也比不上,情绪低落到了极点。

家长好不容易托人给她介绍了一份工作,她也面试成功了。可上班不到 20 天,她就自动辞职了。她感觉自己身体不好,到医院内科、中医科去看病,并频繁转科。家人看她日渐消瘦,沉默寡言,心事重重,有时甚至自己和自己说话,胡言乱语,心疼的不行,父母商量后采用软硬兼施的方法把她带到精神病医院,她对医生的检查更是有抵触情绪,一点也不配合。没办法,父母给她办了住院手续。但半年后,她的病情一点也没见好转。医生建议她父母换从抑郁症给她治疗,开始给她服用 5 – 羟色胺再摄取抑制剂,3 个月后,她的病情就基本治愈了,又辅以心理治疗,她很快就康复出院了。

她连夜写了这份申请,可交到卫生局及精神病院却无人收理。

(原载于 2015 年 3 月 26 日《国际日报》)

新年礼物

这是一个弱势群体家庭的故事。爸爸得癌症走了,妈妈上班时又被车撞了,成了植物人。一个七岁的小女孩,坚持上学外,独自撑起了一个家。她去菜市场买包堆的剩菜,做饭。给妈妈换尿布,和妈妈说话。过年了,她给妈妈买了一件红衣服,那是一件雨衣……

楠楠是个懂事的小女孩,只有 7 岁,上小学一年级。

他放学后来到菜市场,从头到尾先问一遍价格,然后再决定去买谁家的菜。她特别会讲价,每次买的东西都比别人买的价格低。今天她花 2 块钱包堆买了四个土豆,买 1 块钱买了一个大茄子。

回到家开了门,她捧起妈妈的脸说:妈妈,想我了吗? 这半天了,我可是想你了。轻轻拍了两下妈妈的脸说:还是不理我,是吧。她倒了一杯水,用嘴试了下水温,端到母亲身边,来,妈妈,先喝点水。妈妈喝完了水,她又掀起被子,来,让我看看拉了没有? 唉哟,真臭,这么大人了,还这么让我操心。她一边说着一边熟练地给妈妈换了尿布。

她去洗了尿布,回来就开始进厨房做饭。

她想起了快乐的童年,虽然那时家境也不好,但父亲在外地打工,记忆里每年春节回来,都会给他和母亲买新衣服。母亲是个临时工,在街道上扫马路,虽然挣得不多,但平常娘俩的日子也过得有滋有味。

但现在不一样了,她要照顾妈妈,还有她们这个家。

前年爸爸得癌症走了,家里欠了不少债。没想到祸不单行,去年妈妈上班时又被车撞了。司机趁早晨天不明跑了,妈妈被好心的路人送到了医院,命是保住了,但成了植物人。

娘俩没有了收入,只能靠那点低保过日子。

楠楠喂妈妈吃了饭,自己才坐在妈妈身边吃。她一边吃饭一边对妈妈说:看你和我爸给我起的这个名字,一个难不说,这难还是连成串的,我就是为解决困难而生的。算了,不怪你们了,怪你们也没用。

吃完饭,她神秘地笑着从书包里掏出一个东西,然后打开,问妈妈:妈妈,你看这衣服好看吗,我是给送你的新年礼物,来,我扶你起来穿上试试。说着她扶起母亲,艰难地给母亲穿上了一件红上衣。

她端详了好一会,笑着说:嗯,妈妈今天真漂亮。

妈妈,你知道吗,过几天就过春节了,等放了假,给你穿上这件新衣服,我找个轮椅推你去看庙会,好不好?

楠楠惊喜地发现,妈妈的眼角似乎是有泪水溢出。

妈妈身上的那件红衣服,实际上是她花八块钱从学校门口的小商店里买的一件雨衣。

(原载于 2015 年 4 月 2 日《国际日报》,2015 年 11 月 28 日《中国财经报》,《小说月刊》2015 年第 12 期)

发挥失常

婚礼前的好友聚会上,大成提醒过他,要不叫咱们秀才给你写几句话,到时一念就行了,免的到时紧张……

一家豪华的酒店内灯火辉煌,这里正在举办一场婚礼。新郎官威武雄壮,新娘子娇羞可人。一位干练的女司仪游刃有余地把现场气氛调动的恰到好处。

这时,司仪高声喊道:下面请新郎的父亲上台讲话。

一位穿着讲究的中年人,迈着沉稳的步伐走上了台。他站在台的正中间,抬头用极快的速度扫遍了全场,然后清了清嗓子,左边方向有几桌的客人鼓起了掌。

同志们,朋友们:

下面有不少人窃窃私语。

在这秋高送爽、举国欢度国庆的大好日子里,迎来了犬子荣浩的大喜之日,欢迎各位百忙中拨冗参加今天的婚礼庆典。

全场鼓掌。

大家的掌声打断了他的思路。怔了好一会,他不知怎么向下说了。

司仪小声说,叔叔,你给孩子们两句祝福吧。

他红着脸咳了两下,又清了清嗓子,还想多说几句。

初次给儿子筹办婚礼,没有什么经验。有什么做的不周的地方,请各位谅解。郑信下次一定比这次办得更好……他突然觉得这样说太不妥当。忙改口说:我不是那个意思,我是说儿子头次结婚,作为家长没有什么经验教训……

司仪用手捂着嘴小声说:叔叔,快说对两位新人祝福的话。

亲家两口子拉下了脸,儿子头上冒出了汗,众人更是议论纷纷。

希望两位新人将来互敬互爱,互帮互学。尊敬父母,早生贵子……

婚礼前的好友聚会上,大成提醒过他,要不叫咱们秀才给你写几句话,到时一念就行了,免的到时紧张……

他抿嘴笑了笑说:不用的。这么多年来,大会小会上,我什么时候用过发言稿。

……

(原载于《微篇小说》2015 年第 3 期)

心灵之约

一个美丽而忧伤的童话。一条美人鱼跳到船上送回了 20 年前鲁国仁送给妻子的那枚戒指,上面有他让人家打上的一行字:小美,你是我的天使。

这天夜里,水生做了一个梦,从黄海打鱼回来,自己坐在桌前喝着小酒,品着可口的菜肴,爱人荷花脸若桃花在他眼前忙碌着……

水生是个渔民，儿子在武汉上大学。过去穷，几家合用一条帆船，打回来的鱼分开卖了，也仅够各家养家糊口。这些年生活好了，他拥有了自己的机动船。

天亮后，他又像往常一样到黄海打鱼。远方，天海郑接，像一幅风景画样惹人陶醉；眼前，海面上很是平静，船像跑在高速路上的汽车行驶平稳。但水生心里最明白，这船下的海水可有好深，水面下更是波涛汹涌。

船在行进中，他的眼光突然发现有一个活物尾随在船尾，他把船开得更快了些，那东西跟得也快，他放慢了速度，那生灵也慢了下来。他的心里猛的一紧，他下意识地向四周看了看，浩瀚的黄海上只有他这一条船。大多数时候，都是几个人结伴同时出发的，今天早晨脑子里好像有个声音对他说，你一定要自己单独出来。他原先以为是鲸鱼，那大家伙可以把你的船顶翻。他仔细观察了一下，发现不是鲸鱼，是一条有一米多长的鱼。水生索性把船慢慢停了下来，走上甲板去看个究竟。

那鱼的头浮出水面，看了他一眼，准确地说，是和他的目光对望了一眼，刹那间，他的心猛的一颤，怎么感觉，这眼神好熟悉。

水生想到了爱人，她有一双会说话的眼睛。生活再苦，只要看到那双眼睛，自己心里就充满了希望。这个女人是他从黄海中救回来的，后来成了自己的妻子。对她变心的那个男人，真是瞎了狗眼。结婚时，她没有一件像样的首饰。我说去给她治办，她说，只要今后你对我好，比给我买什么都高兴。再说，咱现在手上不宽裕，今后还得过日子哪。我想了想，她说得也对，但也不能太委屈这个女人了。所以，我偷到市里给她打了一个戒指。她看到后，虽然嘴上抱怨，但我看得出，她还是很喜欢。她温柔、善良，后来又给我生了个儿子，高兴地我做梦都能笑醒。我想她是大海送给我的最好礼物。那时生活很清苦,我答应过她,将来一定让她过上好日子,别的女人有的,她也必须有,别人女人享受到的,她也一定要享受到。可……

水生正在胡思乱想时,那鱼突然跃出水面,那动作,用人类常用的身轻如燕这个词形容一点也不过分。那鱼落在了他的脚下,他的心跳的更是厉害。

那鱼长得很是漂亮,身体呈纺锤形,体重有 15 斤左右。两个近似圆形的呼吸孔并列于头顶前端;无外耳郭,耳孔位于眼后。左右两侧扁平对称,后缘为叉形。鳍肢的下方是一对乳房。

那鱼看他的眼睛里好像饱含深情,他的呼吸有些急促起来。这眼神,多像妻子荷花的眼睛。这是不是人们传说中的美人鱼。

那鱼的嘴里吐出两口水,带出了一个圆圈似的小东西。水生弯腰小心地捡了起来,用手指擦掉沾在上面的血迹。

这一刻,他一下子待在了那儿。这是 20 年前自己送给妻子的那枚戒指,上面有他让人家打上的一行字:荷花,你是我的天使。水生。

这时,那鱼的喘息也有些急促,水生忽然抱起了它,深情地把脸贴在鱼脸上说,荷花,是我的荷花,你在那边还好吗,你让我想的好苦。

那鱼动了一下,好像是对他的回应,眼里也有泪样的东西流出。随后就躺在他的怀里不动了。

水生已是泪流满面,他抚摸着鱼的身子说,荷花,你一定要答应我,在那边好好的。他把鱼轻轻放回了黄海。

那鱼在船的四周转了一圈,沉入了海水中。

(原载于《天池》2013 年第 1 期,2014 年 12 月 26 日《国际日报》,《东方文艺》创刊号转载)

一生只唱一首歌

有福老在了他住的那两间牛棚里，临走时，他把那时常哼的调调哼出了声，哼的抑扬顿挫，缓慢、忧郁。好像诉说着他内心的哀怨。人们感觉这调子怎么有些耳熟。

有福是村里的五保户，他爹娘死得早，是吃百家饭长大的。

他小时走到谁家，谁家妇女都看他可怜，给他口吃的。那时谁家也不富裕，都是粗茶淡饭，能填饱肚子就不错了。一年四季，他都睡在生产队里的牛棚里，夏天蚊子多，但冬天那儿暖和。

他没上过学，8岁就开始下地干活了。生产队长分配活时，大部分时候把他和妇女们分在一起。

慢慢地他长成了大小伙子，他干活从不惜力气，生产队就是他的家，队长、会计就是他的家长。分他的活再苦再累，从没有过怨言。

有好心人给他操心提亲，婶子大娘们就你拿来丈夫的上衣、她拿来儿子的裤子给他武装上，怕人家嫌他没文化，队长就找来两个钢笔帽给他别在上衣上。

相了几个对象，都是人家才开始看上了人，一问是个孤儿，家里又没房子就不同意了。队长说，谁说有福没房子，队里的牛棚都是他的。只要有人愿意跟他，我把我家的前院许给对方。

后来就再没人给他提亲了。但村里妇女们看他的眼神，都满含同情和可怜。

生产队解散时，大家一直举手同意，给有福留下了两间牛棚住。

他有过一个相好，是村东的寡妇金英。

金英的丈夫得重病死了，扔下孤儿寡母的娘两个，她的儿子才四岁多。有福经常偷偷地帮她，春天晚上把粪给她运到地里，秋天晚上帮她把玉米掰了，把玉米颗砍了，再把地挖起来平整好。金英知道这些都是有福干的，他怕人家说闲话，都是晚上干的。金英再看他的时候，眼里就充满了柔情和羞涩。

这天晚上，金英大着胆子敲开了有福的门。

看到她站在门外，有福局促地不知如何是好，轻声说：大晚上的，你怎么来了？

我来看看你。金英也有些不好意思。

看我住的这地方，太乱。

咱平常人过日子，还不都这样。说着她向前迈了两步，依向了有福的怀里。

有福说：金英，别这样，这样传出去，对你不好。

你不说，我不说，只有天知道，它又不会说。她紧紧地搂住了有福的腰。

这样对你不公平，咱俩个要好，我就明媒正娶你。

不可能的，我娘家不容许我随便改嫁，说让我给没成上家的大哥换亲。今天是我愿意的。

有福用那双有力的双手把她抱了起来……

农忙时，村里每家都请有福当过帮工。他还是像在生产队干活一样，从不惜力。

三年后，金英真的改嫁了，给哥哥换了个离婚的女人回来。

从此，有福的脸上没有了笑容。

他的头发好像一夜间全白了。

不知从何时起，他嘴里经常哼着什么调调，有些自我陶醉的样子。

别人听见了，问他：有福，是不是晚上梦到金英了，唱的什么，这么高兴。

过去有人这样问他，他总是怒气冲冲地吼道：再胡说八道，我撕烂你这张臭嘴。现在再有人这样问他，他嘴角里露出一丝笑容，有时还点点头。

有福老在了他住的那两间牛棚里，临走时，他把那时常哼的调调哼出了声，哼得抑扬顿挫，缓慢、忧郁。好像诉说着他内心的哀怨。人们感觉这调子怎么有些耳熟。

他是不是怕死后，没儿没女没人给放这曲子，心里想好了，用这样的方式给自己送行。

送他走时，村人特意用大喇叭放了他喜欢哼唱的钢琴音乐大师肖邦的《葬礼进行曲》，那声调如泣如诉，村人们感觉到，这回比每次听到都使人伤悲，人们都想起了有福不易的一生和他生前的好。

有福这辈子唯一出了一趟远门，那是县城边上的火化场。

（原载于 2015 年 1 月 3 日《南方农村报》，《小小说时代》2015年第 2 期转载）

良玉学会了上网

现在是网络时代,网络的好处不用多说。可在信息和视野还比较落后的农村,网络带来的冲击却是惊心的。农村媳妇良玉学会了上网,她对外边的诱惑没有分辨能力,所以多次出走……从另一方面思考,也反映了农村留守女人的生存境况。

良玉结婚后生了个男孩,公公婆婆整天笑得合不拢嘴,几乎不让她下地干活。丈夫石磊到济南去打工了,她的任务就是在家带孩子。孩子睡了她就看电视,电视里的人笑她跟着笑,电视里的人愁她跟着皱眉。她不洗尿布,不做饭,一家人把她当神敬着。

丈夫春节回来后,给她买回来了一个手机,她高兴地抱着石磊亲了又亲。出出进进时,嘴里时常哼着小曲。看小两口高兴,公公婆婆也忙的有劲,一家人过了一个有滋有味的年。

儿子三岁时,良玉学会了上网。

这天,她对公公婆婆说:明天我带石研进城去看石磊。

晚上婆婆送过来了三百块钱,她说:娘,我手里有钱,够花。婆婆说:拿着吧,出门在外手里富裕点好。

三天后她就带着孩子回来了。

公公婆婆问:去一次,你们娘俩怎么不多待几天。

他忙,也要换工地。

在家没待上两个月,她又要进城。

公公说:快收麦子了,石磊应该快回来了吧。

婆婆理解她守空房的滋味,说愿去就去吧,带着孩子,路上小心点,外边坏人多。

半个月后,儿子石磊回来了。父母使劲向他身后的门外看,他说:爹、娘,你们看什么。两位老人几乎同时问:你媳妇良玉和孩子呢?

她们没在家,去哪儿了?

走十多天了,说是去找你。

不对吧,前天我给她打电话,她说,麦子还没熟,让我十天后再回来。

石磊忙掏出手机给她打电话,父母眼巴巴地看着他。

打了好一会也没打通。父母问:打不通呀,那她带孩子去哪儿了,不会出什么事吧。

才开始几次打通了,她不接,后来就关机了。我给她哥打电话了,说也没回娘家。

父亲蹲在了地上,母亲的腿也有些哆嗦。

两个老人回想,好长时间了,不知从哪天起,儿媳妇变得有些魂不守舍的样子。有时望着天发呆,有些看着手机傻笑。

她是不是跟人跑了,儿子,你去报案吧,一定要想法要回我的孙子。娘带着哭腔说。

你小声点,叫人家外边的人听到,丢死人了。爹的话也是有气无力。

一家人都感觉天要塌了。

第二天上午十点,石磊才起床。他想告诉父母,自己出去找人。但心里也清楚,世界这么大,茫茫人海,到哪儿去找?

这时,有人敲外门。石磊去开,门外传来:爷爷开门,爷爷开门的声音。

门开了，良玉和儿子站在外边。良玉看到他，脸由红变白，先是惊呆了一会，然后低下了头。

爷爷奶奶看到石研，又亲又抱，两人的眼角都湿润了。

进了屋，石磊关了门。你这些天去哪儿了？我要是不提前回来，还发现不了这事。

良玉低头不语。

你不说去找我了吗？前几天打电话，你说麦子待十天才熟，说的和真的似的。你说，你到底去哪儿了？

不想在这个家过了，就明说。这个家哪点对不起你？

良玉沉默了一会，吞吞吐吐地说：磊，是我错了，我带儿子去北京玩了。我不应该骗你们，让你们为我们娘两个担心。我今后再也不会做这样的事了。请你们原谅我这一回。

这时，良玉的手机响了，她没有接，直接挂断了。铃声又响，她又挂了。片刻，想起了短信铃声。石磊睁着血红的眼睛，上去要夺手机，良玉还想躲闪，石磊一把把良玉的手机夺了过来。打开一看，冷笑了两声，愤怒地说：我给你念念着，是你亲爱的发来的，我说为什么不让我看呢。他故意咳了两声，清了下嗓子，嘴角带着一丝冷笑念道：亲爱的宝贝，我想你了。想起和你在一起的美妙时刻，我就陶醉得不行。盼望着下次郑会。

良玉跪了下来，她哭着说：都是我的错，看在多年夫妻的份上，看上孩子的份上，原谅我一回。我是鬼迷心窍，上别人花言巧语的当了……

善良的石磊和公婆原谅了她。

可没过多久，一天早晨起来，公公发现大门虚掩着，他忙让老伴去儿子屋里看看，人没了，柜里的衣服也都没有了。幸亏孙

一双离家出走的皮鞋

子还在他们的被窝里躺着。

婆婆愤怒地说：都说这手机里有什么王八蛋网，能勾人魂，村里三个年轻妇女，都这样跟人跑了。

（原载于 2014 年 12 月 20 日《南方农村报》）

世界上最美的发型

鲁一贤走后留下的遗书上说：华东，别恨我。我在病中所做的一切，都是为了让你早日忘掉我，重新开始新的生活。

鲁一贤得了癌症，虽然整个胃全切除了，但癌细胞已经扩散，做了五期化疗了，仍不见一点好转。

爱人华冬请了长假来照顾他。想尽了各种办法给他治疗，住着院还找中医给他调理，听说重庆有个老中医，扎针灸能治各种疑难杂症，她不辞辛苦带他上门去治。华东把苹果和梨削成很小很少的块喂他，他一把就把小碗打翻。嘴里吼道：你想谋害我，想噎死我。她眼里含着泪一边收拾一边说，对不起，老公，是我不好，我切的块太大了，真的不是故意的，对不起。

她给他的同学、同事、好朋友们打电话，让他们轮流来看他，和他聊天、说话。

有一次她趁他不打针、情绪也稳定的情况下对他说：老公，我回家一趟行不行？我去拿点咱俩的换洗衣服，很快就会回来的。

他点头表示同意。走时，华东还在他的额头上亲了一口。

她回家后找好了衣服，想了想，进卫生间洗了个澡。可没想到回医院的路上，车堵得厉害。她坐在公共汽车上焦急万分，想跳下车跑回医院的心都有。当她紧赶慢赶回到医院时，还是比平时晚了半个多小时。

她见丈夫在睡觉，心里总算踏实了一些。她把路上给丈夫买回来的饭凉了凉，用嘴试了一下，走到丈夫跟前，在他耳边小声说：贤，开饭了，起来吃饭喽。

没想到他猛地坐了起来，对她喊道：你离我远点，等不及了吧，我还没死，趁回家的工夫，找哪个野男人去幽会了。

华东小声说：贤，你想多了，我回来晚了些，是路上堵车。

你身上什么味道？

我身上什么味道？噢，我在家洗了个澡。

是为了消灭罪证吧。

华东把低着的头抬起说：老公，真会开玩笑，就你还把我当个宝似的，别人谁能看上我这么个老丑女人。

他的脾气越来越坏，经常无故地向她发火。

他是个诗人，很注重自己的形象。

他最后的几天里，时常陷入昏迷状态。为了让他高兴，这天华东从外边回来，不顾在场的所有亲人，一把摘下了头套，露出了一个光头。她拿起躺在病床上的丈夫的手，放在自己的光头上说：贤，咱们现在是一样的发型了，你不是喜欢我的那头长发，喜欢我长发飘飘的样子吗，那你就要坚强，看着我的长发再一次慢慢长起来。我也相信，你的头发也会一点点长出来的。

丈夫的嘴角露出了一丝微笑，放在华东头上的手甚至挪动了两下，他的眼睛缓慢地眨了几下，眼角有些湿润了。这一刻，华东再也控制不住感情，任由泪水顺着双颊流下。在场的所有亲人都陪着他们流下了感动的泪。

鲁一贤走后留下的遗书上说：华东，别恨我。我在病中所做的一切，都是为了让你早日忘掉我，重新开始新的生活。

婚礼上的特殊来宾

全场人自动起立，继而响起热烈的掌声，有人感动地流下了热泪。纱幔着挂着一幅彩色的军人照片。

在一家普通的酒店，正在举行一场婚礼。

客人到齐后，主持人用深沉而洪亮的声音说：各位亲朋好友，各位来宾，婚姻是什么，有人说，婚姻是男人停泊的海港，有人说，婚姻是女人幸福的天堂，其实婚姻很简单，婚姻就是两个人在一起的时候，当你快乐，她会与你一起静静分享，当你忧伤，她会借给你停靠的臂膀，她会与你一起在人生的长河中乘风破浪，扬帆远航。李卓然先生、洪蚀小姐新婚盛典现在开场。下面有请一位特殊的嘉宾出场。

一位威严的军人从纱幔后出现。

有人窃窃私语，有人发出惊呼声。

新郎李卓然面向军人，深深地鞠了一躬。深情地说：爸爸，这么多年，您虽然不在身边，但从上学到参加工作，从生活到做人，儿子没有给您丢脸。爸爸，今天是儿子大婚的日子，您一定会为儿子感到高兴吧。

新娘洪蚀望着军人，也深深地鞠了一躬。红着眼睛说：爸爸，感谢您来参加我和卓然的婚礼。我和卓然是真心相爱，您对我这个儿媳妇的印象如何？请您放心，今后的日子里，我会和卓然一起照顾好妈妈，绝不会让妈妈受半点委屈。你们没有女儿，从今天起，我就是您和妈妈的女儿了。我和卓然真心希望得到爸爸的祝福。

全场人自动起立，继而响起热烈的掌声，有人感动地流下了热泪。

纱幔着挂着一幅彩色的军人照片。

寻找沉到江底的家园

半夜时分，不知谁带的头，几百只狗相随着一起下了水，向心中家的位置游去……

库区搬迁进入了尾声，一家家都陆续坐上拉家具、粮食、被褥、衣服和细软的车辆恋恋不舍地走了，库区剩下的狗比人还多。因为上面有规定，自己家的狗可以送人，可以处理，就是不能带往移民地。

最先有人家坐车离开时，车在前面开，自己家的狗，狂吠着在后边追。车上的妇女或孩子哭出了声，嘶哑着嗓子，高喊着自己家狗的名字。

随着人们离去的越来越多，再有人家离开时，所有狗们像提前商量好了似的，一有拉东西和人的车离开，就会不约而同地跟上去，一起在离开的车辆后边狂吠，那带着哭腔的声音，尾音拉得很长，任凭谁听了都会难受。汽车越开越快，追出去几里地后，狗们终于被绝尘而去的、不懂情感的汽车甩在了身后。狗们喘着粗气，有些委屈地低头回到自己的村庄。

狗们各自寻找到自己原先家的所在地，趴在残砖破瓦上等待主人回来。随着库区人群的全部离去，狗们的日子也越来越难，扒废墟找不到一点吃的东西了，渴了就到江边喝些水，饿得难受，就多喝些水，饿的难以忍受时，就啃两口土或吃两把绿草。再饿得没办法，狗们开始吃自己拉出的一点点屎。有的狗刚拉出一点屎，还没等回过头去，就被别的狗悄悄上来吃掉了。拉屎的狗发现了，就气急败坏地咆哮着去追。

狗们坚持了二十多天，一只只都被饿的皮包骨头。

这天，库区里突然来了不少车和人，这里一下子又热闹起来，狗们看到这些，也都打起了精神，以为主人也快回来找自己了吧。

废墟一车车被清理走了，到了晚上，狗们走来走去，在主人家院子大概位置的平地上趴了下来。有些小点的狗，没有了一点参照物，找不准原来家的位置，呜呜地叫着来回走动。附近的大狗就主动走上来，帮小狗们一起回忆、一起寻找到小狗原来家的大约位置，这时小狗才安静的趴了下来。寂静的夜里，望着满天气繁星，狗们做了同一个梦，主人在这儿建起了一片新的家园。

但它们失望了。

没多久，上面放下来了大水，狗们为了逃命，都跑到了一个小山上。这一次奔跑，它们好像都用尽了自己所有的力气，一只只都体力不支站都站不稳了。等站稳了脚步，望着越来越大的江水，它们向着曾经是家的方向，用尽身体里最后一丝力气、嘶哑着嗓子绝望地呼喊说：我的家，我们的家没有了啊。

这是它们的最后一个夜晚。半夜时分，不知谁带的头，几百只狗都随着一起下了水，向心中家的位置游去……

（原载于 2015 年 11 月 6 日《中国财经报》）

特色美食

那东西不是别的，就是从学校捡回来切了风干后的馒头片。之所以和别人的味道不一样，就是他那馒头片时间放久了，有旧味和嚼劲。

在古朴的小镇上，各种当地的小吃使顾客流连忘返，但对当地居民却是家常便饭的事，谁家都会做上几样。

最近在镇中学学生们口中传递着这样一个消息，学校门口小超市里新进了一种叫"忆苦思甜"的小吃，那东西不知用何种"神物"做成，口味那叫一个美。

一到下课或放学的时候，小店门口就挤满了学生。

后来小店门口贴出了告示：各位顾客：本店独家创意食品"忆苦思甜"小吃，由于工序繁多，制作过程复杂，原料紧缺，每天只供应 50 袋，望各位顾客谅解。

告示一出，小店的"忆苦思甜"更是供不应求，每天都是早早地就"缺货"了。但小店的生意却是越来越好。

这消息传到镇上，许多家长也想尝尝这神奇的美食到底是个什么味。外来的顾客听说了,竟然凌晨就坐在那小超市门口去排队。

镇上各家店铺听说这东西好卖,到处打探进货渠道,但都没找到一条准确信息。没办法,有的商家就让孩子买回来,自己一边品味一边尝试动手做,自感口味和那"忆苦思甜"差不多了,但顾客就是不认账。自己的孩子也说,你们做的这是什么玩意,哪能和人家那货真价实的正宗货可比。

几年后,那在镇中学门口开小超市的主人贾招,在镇上盖起了楼房,买了汽车。有亲戚或好友探问美食的秘方,他总是眯着一双小眼笑笑说:不好意思,这方子是祖传的,先人有交代,不让外传。

没有不透风的墙。

有知情人说:他家过去那么穷,如有祖传秘方,不早就用了。有邻居从自己家房顶和他家门缝看到过,他家院子里晒的满满的都是一串串的东西,那东西不是别的,就是从学校捡回来切了风干后的馒头片。之所以和别人的味道不一样,就是他那馒头片时间放久了,有旧味和嚼劲。

(原载于 2015 年 4 月 11 日《中国建材报》)

免费大白菜

兰教授看老伴有些不高兴,笑着说,钟老师今天有功,快过年了,咱今天晚上出去吃,庆贺一下……

兰教授下班刚进家门，像往常一样喊道：钟老师，我回来了。

钟老师是他对老伴的称呼。老伴原先在一所中学教学，现退休在家。

你都下班回来了，我还没有做晚饭。钟老师有些疲惫地说。

你怎么了，不舒服？

没有。就是有些累了。你过来，看看我今天的收获。

兰教授跟老伴进了厨房，钟老师指了指墙角里的十多颗大白菜，脸上露出了得意的笑容。

兰教授不解地说，都什么时代了，谁家还储存大白菜。超市里什么时候都有卖的。

这不是我买的。今天我去刚开业的天外天市场转。看到很多人在那排队。我一问，是免费领大白菜，我就在后边排队了。

那地方离家得有两站地吧，这么多，你怎么弄回来的，租车？

还租车，连公共汽车我都没舍得坐。再说也着急，排一次队只给一棵白菜，我一趟趟提回来的。这一下午，可把我累得不轻。

兰教授说，市场上大白菜一毛五一斤，你何必呢。咱俩一个月的工资加起来一万多，孩子又不用咱的，你买什么样的白菜买不起？

人家白给的，不要白不要。又不是我抢人家的。钟老师觉得有些委屈。

兰教授看老伴有些不高兴，笑着说，钟老师今天有功，快过年了，咱今天晚上出去吃，庆贺一下……

（原载于 2015 年 4 月 11 日《中国建材报》）

母亲的立场

回家的路上,母亲一直在念叨,还写书哪,有什么用。这么闹劲,人家给退一个就行了。

过年了回老家小住,逛市场时,给年迈的父母买了两个带靠背的折叠小凳,方便他们出门时放下坐坐。凳子买回来没几天,就被坐坏了一个。母亲说:那天我打开一个,想坐坐试试,没想到一下就塌架了,幸亏我坐地下了,要是坐后仰了,还不磕坏了脑袋?

这天我开车去换凳子,也带上父母去市场逛逛。在市场上找到买凳子的摊位,摊主是一对年轻夫妻,我说:这塑料凳子是从你们这买的,在家一坐就坏了,差一点摔着老人。凳子我不要了,退了吧。对方死活不给退。交涉了好久,对方才勉强答应给换一把。我想,要是坐这凳子真把老人给摔了,后果不堪设想,你们担待得起吗?我坚持要求退了,对方就是不答应。我说找你们市场领导,你这产品有合格证吗?后来来了一个市场的小姑娘,她当然向着商户说话,说换一个就可以了,退是不可能的。

我当时也较起了真,非要对方拿出合格证,说出产品厂家,有保质期吗?不行就找你们市场领导。他们说,经理不在,没来。给他们要经理电话,谁也不告诉。在一位好心人的劝解下,对方才答应退一个凳子。那个摊主妇女竟然拿起那个坏凳子摔在地上，我更气了，非要两个凳子都退掉。父母上来拉我，说，退一个就行了。我说，你们别管，你们坐那边等着就行。母亲嘴里一直念叨说：你怎么这么闷劲，人家给退一个就行了。

回家的路上，母亲一直在念叨，还写书哪，有什么用。这么闷劲，人家给退一个就行了。

我是为你们着想，这凳子质量不行，万一将来真摔着你们哪个一下怎么办。

本来为退凳子的事生了一肚子气，回来又被母亲这样数唠。我当时听了母亲的话，特别难受。都有想哭的份。

过后想想，母亲这话虽然不中听，但也给我敲了下警钟，虽然自己有理，但还是于人为善些好。母亲都能站在对方的利益考虑问题。再说了，两个凳子就几十块钱，何必叫老人跟着担惊受怕。同时也使我略有些浮躁的心，沉淀了下来。

一块草皮的述说

我急着向阳台外大喊，没人理我。我的嗓子都喊哑了，也无济于事。我走不过去看他，帮他，这可怎么好。我哭的没有了一点力气后，也昏了过去。

我曾是本市最好足球场的一块草皮，我骄傲，见证了市队近六年来的所有兴奋与失落，胜利与失败。

在赛季间歇期，体育场决定要换草皮。我们被切割成小块，限量销售给忠实的球迷,这也算给我们找了一个最好的归宿。

我被一个老爷爷接回了家,他把我放进一个新买的很漂亮的盆里,放在了阳台上。他不但经常给我浇水、加营养剂,还经常到阳台上来和我说话。他说:我老了,子女都在国外,咱俩就做个伴吧。

我说到这个家后,从来没见家里来过别人呢。

你别嫌弃我是个没用的老人就行。

哪能呢,谁没有老的时候。咱俩彼此彼此,我这不也退居二线了不是。我心里回答他说。

有国安队比赛的日子,如遇身体不舒服或天气不好,他就在家里看电视直播,开赛前总是提前把我搬到电视前,来,咱们一起看比赛,知道你心里比我还惦记球队的表现。

比赛结束,要是球队胜利了,他就高喊几声,国安,必胜。国安,冠军。我也情不自禁地跟着他高喊一阵。他打开啤酒庆祝时,当然也忘记不了给我来两口。

我们就这样相依为命过了五年。

他临终前,多次念叨,唉,我走了,你可怎么办?

我只有沉默。想想,我也害怕那一天的到来。

事后我想,他走时还是有点征兆的。那天我做了一个梦,梦到他去世了,我是从睡梦中哭醒的,醒后想了想只是个梦,我还感到很庆幸。早晨他没有起床,我以为他想多睡一会。可中午了他还没有起床的意思,我心里咯噔一下,预感到了不好。我急着向阳台外大喊,没人理我。我的嗓子都喊哑了,也无济于事。我走不过去看他,帮他,这可怎么好。我哭的没有了一点力气后,也昏了过去。

晚上,我被一阵接一阵的手机铃声唤醒。那铃声在寂静的暗夜里,格外触目惊心。

两个小时后,门外传来敲门声。我使劲回答:没用了,老人已经走了,你们怎么不早来。

不多久,有人从外面撬开了门,发现老人真的走了。有人打电话:表哥,你和表姐回来一趟吧,我表姑夫去世了。

他的儿女处理完他的丧事,把家里的东西该送人的送人,把房子以比市场价低不少的价钱卖了后,分了钱回国外了。

我被新来的主人清理进了垃圾桶,后又被辗转拉到了这垃圾场,这里臭气熏天,环境恶劣。我想,在这样的鬼地方,我也活不了多久了,我的生命也快终结了。

我怀念足球场;

思念热爱足球的那位老人。

(原载于《微型小说月报》2015 年第 11 期)

邂 逅

两人坠入爱河后,维克什·琼斯才告诉她,自己是维克多·琼斯的同胞弟弟,知道哥哥和她的故事。

云朵坐在上海飞北京的飞机上闭目养神。她心里想,好像冥冥中有人在召唤她似的,自从在网上看到那个卡登格(北京)葡萄酒酒业有限公司的招聘启事后,半年了自己都心神不静,吃不好,睡不安。这一次她终于下了决心,不但身边的亲朋好友谁也没告诉,还断了自己的后路,辞了在上海外贸公司的高薪工作。

在北京机场下了飞机,她坐机场大巴来到了公主坟附近,找了个酒店住下,她知道这儿离五棵松 49 号不远,这时候她的心情倒是有些平静下来了。下午竟然睡得很香。

晚上,她在附近找了个酒吧。酒吧里灯红酒绿,热闹非凡。她找了个角落坐了下来。热情的服务生来到她面前,弯下身子,满脸带笑的低声说:这位女士,您点什么?

她脱口而出:来一杯卡登格吧。

好的,请您稍等。

她没想到这儿真有这牌子的酒。

三年前她曾在南澳的阿德莱德大学留学,大二时,她和当地的同学维克多·琼斯确定了恋爱关系, 那个高大英俊的青年,长着一头自然卷的头发, 一脸的络腮胡子更显他的男子汉阳刚之气,他的谈吐风趣、幽默,一下子征服了她的芳心。节假日,维克多·琼斯带她游遍了阿德莱德附近的山山水水。她的初吻是在一个叫卡登格庄园的地方被维克多·琼斯索走的。庄园里种有苹果、梨和梅子树及薰衣草,更多的是西拉子、莎当妮和梅洛、雷司令葡萄等各种葡萄。由于维克多·琼斯和庄园主人的儿子是好朋友,后来他们多次到那儿去幽会,也吃遍了园里的各种葡萄。

他们去酒吧经常点的也是卡登格葡萄酒。

维克多·琼斯原本答应毕业后,跟她回中国学中文的。可在一次驾车时出了事故去世了。

毕业后,她偷偷到维克多·琼斯的墓前告别,她对维克多·琼斯说:亲爱的,虽然今后我不能常来看你了,但我会把你装我心里,把你一起带走的。第二天她就离开了那个伤心之地。

喝着这酒,他仿佛回到了卡登格庄园,回忆起了许多甜蜜的往事。

这时，一个外国人站在她的对面说：美女，这儿可以坐吗？

她头也没抬说：随便。

那男士坐下，对服务员说：请给我来一杯卡登格。

她抬头看了眼男士，脸上有些发红。

再来一杯，给这位女士。她对服务生说。

这位女士，她已经喝了五杯了。

噢，对不起，您不能再喝了。您对这酒感觉如何？那位外国男士轻声问她。

她礼貌地用英文回答说：好酒。酒质清新，酒香奔放、芬芳。

那男士高兴地说：yes;right;That'sit.因为澳大利亚常年阳光充沛，葡萄有了充足的日照，生长良好又没有任何污染，所以酿出的酒自然、丰满、浓郁、酒的口味柔和，果香丰富，口感清新，极易入口。

……

第二天，她到卡登格酒庄面试，面试官竟是昨晚上坐在她对面喝酒的那个人。那一刻，四目相对，俩人都会心地笑了。他操着一口不太流利的中文和她交流。恍惚中，眼前的人幻化成了她的维克多·琼斯，那模样，那口气，那声调，都像极了。

她向面试官讲了上面自己的故事后，面试官沉默了一会，换了一副面孔，笑着对她说：恭喜你，你被公司录取了。明天就来报到上班吧。

云朵来上班后，那个面试官维克什·琼斯很绅士，对她格外的关心。慢慢地，她感觉到了一丝丝温暖。

两人坠入爱河后，维克什·琼斯才告诉她，自己是维克多·琼斯的同胞弟弟，知道哥哥和她的故事。他说：这是老天的安排，我要替哥哥来保护你，照顾你。

母爱深沉

所有的日子里,她时常回头,总是感觉到身后有一双眼睛在时刻注视着自己。

苏菲拿到哈佛大学的录取通知书的同时,妈妈却因病住进了北京肿瘤医院,这一刻对全家人来说都是悲喜交加。妈妈被确诊为胃癌晚期,不能动手术了,只能保守治疗。

苏菲从小对妈妈印象不是特别好。五岁时,妈妈让她自己去超市买盐,说如成功买回盐来,可奖励她一只冰棍;七岁时让她自己坐车去家附近的公园,从公园中间的树丛中采回一片树叶来,可给她买一个漂亮的日记本;十岁时送她坐飞机去青岛的亲戚家过暑假;十五岁时让她寒假去麦当劳打工……

总之,她心里一直很恨妈妈,人家的妈妈都把自己的女儿当宝贝,自己的妈妈却这样冷酷地对待自己。她从小就怀疑自己是不是妈妈的亲生女儿。她一直有一个梦,盼望自己长大了快离开这个家,离开这个有些不近人情的妈妈。

她记得很清楚,七岁时自己坐车去家附近的公园时,刚出门时还高高兴兴,没走到车站她就哭了。她坐在马路边哭了好大一阵,她幻想妈妈会突然从哪个方向冲出来,给她擦干眼泪,然后拉起她的手,领她回家。可哭了好大一会,她抬头环顾四周,没有一个人注意她,更没有妈妈的身影。她咬了咬牙,站起来重新上路。在公园里她不小心摔倒了，爬起来一看，两个膝盖都摔青了，她又一次抹起了眼泪。那一刻，她是多希望妈妈能出现在眼前安慰她，关心她。那次回家后，她有十多天没有和妈妈说话。

妈妈对她说的最多的话就是：你要自立、自尊、自强。她心里反抗说：可我还是个孩子呀。

在听到妈妈得了绝症后，她的心总是一揪一揪地疼，妈妈总还是自己的妈妈。自己出国后，再回来时，还能不能见到活着的妈妈都很难说。

离出国的日子越来越近了，她没有了一点刚接到通知书时的兴奋，她的心事越来越重。临走前几天，她突然提出，自己要放弃这次留学，要留下来陪妈妈看病。

妈妈在病床上和她进行了一次长谈，妈妈说：菲儿，妈妈知道你从小就恨妈妈，你是不是一直怀疑自己不是妈妈亲生的。有时逼你做一件事后，我也后悔。但爸爸没了，不培养你早自立，将来在社会上你怎么生存。妈妈不能跟你一辈子，总有一天，你要自己独立面对这个世界。你想不到吧，实际上小时候让你自己去超市买东西，去公园，我一直在后边你看不到的地方注视着你。十五岁前，我没有一次让你离开过我的视线……

苏菲使劲抓着妈妈的两只手，把头深深埋在妈妈的怀里，泣不成声地哭着说：妈妈，对不起，我错怪你了。妈妈，我爱你。

妈妈说：你要是爱妈妈，疼妈妈，就珍惜这次留学的机会。这是妈妈盼了多少年的一个愿望。人家说，病人心情好才能恢复得快，你是想留下来让妈妈堵心，还是去实现妈妈的愿望。咱娘俩说好，你去好好求学，妈妈使劲活着。妈妈一定要等到你留学回来的那一天。

如今，苏菲在美国波士顿的哈佛大学已是研究生第二年了，她学习成绩优异,拿到了全额奖学金。她做事果断、雷厉风行,被大家推举为学生会主席。她明白,这都是妈妈的功劳。

所有的日子里,她时常回头,总是感觉到身后有一双眼睛在时刻注视着自己。

她心里知道,那是妈妈的眼睛。

梦中对话

爹这样一说,女儿心里明白了。您那样做,都是为女儿着想。爹,您饿了吧,女儿去给您做饭。

门口出现了一个影子。

果果:爹,您来了,快进来坐下。

父亲:果果,爹想来偷看看你,还是被你发现了。你过得好吗?你不恨爹吧。

果果:到家了,爹不进来,不是见外了。女儿过得很好,爹,您快坐下,先喝杯水。女儿不恨爹,想爹。

父亲:那么多年,你们这几个儿女,就你最孝顺,爹心里有数。穿的衣服都是你买的,花的钱也都是你寄来或回来时留下的。

果果:孝敬父母,是女儿应该做的。

父亲:岁数大了后,老爱念旧,你哥你妹他们都不耐烦听,还经常挨他们训斥,但你不但跟着回忆你们小时候的事情,更没大声和爹说过话。

果果：爹，我心里总装着一件事，想向您问个明白，你重病期间，老嫌我做的这也不对那也不对，给您倒半杯水，开始嫌热了，说我，你想烫死我。我又加了点温水，您又说，让我喝这么凉的水，你安的什么心，盼我早死是不是？女儿当时委屈地暗暗掉眼泪，爹，你从来没有对女儿那样凶过。那之前或当时，我到底做错了什么，惹的您生那么大的气。

父亲叹了口长气后说：今天实话跟你说吧，爹当时是故意的，爹知道自己的日子不多了，就想让你生爹的气，让你恨爹，这样爹走了，你好不想爹。我努力克制自己，心想一定不来打扰你的生活的，可爹挂念你，想你，不放心你，想来偷瞧瞧你就走，可还是被你发现了。

果果：我说呢，当时我怎么也想不明白，不知那件事惹您生气了，心里只是恨自己，肯定有事情没做好。爹这样一说，女儿心里明白了。您那样做，都是为女儿着想。爹，您饿了吧，女儿去给您做饭。

父亲：不用了。天快明了，我要走了，要不回不去了。果果，你不用挂念爹，爹在那边一切都好。

果果：爹，爹，女儿舍不得您走……

果果哭出了声，身旁的丈夫推醒了她，问：你怎么了？做梦了吧。

果果：我爹梦里来看我了，他刚走……

最好的奖励

谢谢马大姐把我带进了公益组织这个大家庭,马大姐就是我们的红娘,公益组织就是我们的家。

境培大学毕业后留在本市一家公司上班,本市的同学本来就少,能说得来的几乎没有。休息日没事,闲得无聊。他报了劳动人民文化宫的一个文学创作班去听课。

在班上他认识了马大姐,马大姐是个热心人,特别热爱公益事业,她经常组织人去敬老院做义工,帮老人洗头、剪指甲,聊天说话;去福利院给孩子们讲故事、唱歌,和他们一起做游戏……听说为此老公和她离了婚,但她做公益的热情一点也没有降低。

境培受了感染,有空就跟马大姐他们去做公益。在孩子们天真的笑容里和老人感激的目光里,心灵得到了净化。

不知不觉中, 和他一起做公益的花荣, 慢慢走进了他的心里。花荣也是外地人,在一家幼儿园当老师。

那次从香山敬老院回来,出了地铁,已是黄昏,花荣对他说:境培哥,我饿了,咱们一起去吃碗吧。

好呀,好呀,我也饿了,我知道前面不远处有一家小拉面馆,面做得不错。

是胡同里那家小兰拉面馆吧? 花荣说着问他。

是呀,你怎么猜得这么准?

我也经常去那儿吃面。

哈哈,我们肯定在那儿见过面,那时我们还不认识,认识了以后,又肯定阴差阳错没在那儿碰上过。好,今天我请客。境培兴奋地说。

那碗面两人都吃得特别有味,两人有说有笑,谈的特别开心,特别投机。

境培去结账时,服务员说,你们一起吃饭的那位女士结了。

回到桌前,境培对花荣说:花荣,你不够意思啊,说好的我请客,你却结了,一点面子也不给我留。

花荣笑着说:这次简单的我来请,下次咱吃好的你来请行不行?

那就一言为定。

一言为定。

说完两人的目光对视了一会,一起会心地笑了。

慢慢地,两颗年轻的心靠拢了一起。在公益组织为他们操办的简约而又隆重的婚礼上,境培动情地说:谢谢马大姐把我带进了公益组织这个大家庭,马大姐就是我们的红娘,公益组织就是我们的家。在这儿能认识花荣,和她走到一起,是做公益活动对我的最好奖励。

在场的亲朋好友们对他的表白,报以热烈的掌声。

撞人之后

　　阿姨的丈夫是市里的武装部长，后来把自己的女儿介绍给了小童。再后来，他们成了一家人。

　　小童下班后开车回家，心里老想着今天在工作上出现的问题，结果在城南的十字路口附近撞了人。

　　他撞的是个五十多岁的中年妇女，是个扫街的环卫工人。见中年妇女痛苦的倒在地上，他先是一怔，后马上下了车，小心地把被撞的人抱上车，一起去了医院。

　　经常检查，怀疑妇女的腰部有骨折了的地方。那中年妇女躺在床上，睁开眼睛看到了眉清目秀的小童，她努力挤出一丝笑容，摆摆手说：孩子，你快走吧。我没大事，一会家里来了人，你就走不了啦。

　　阿姨，是我撞了你。我要负责到底，我怎么能一走了之。小童没想到阿姨会劝他离开。

　　中年妇女说：你快走吧，是我让你走的。别说没大事，有事阿姨有医保的。

　　小童毕恭毕敬地对中年妇女说：阿姨，你真是好人，我谢谢您了。他弯下身子，向中年妇女深深鞠了一个躬，然后消失在医院的走廊里。

　　一晚上他翻来覆去也没有睡着，第二天一早，他去医院交费处交了两万块钱,心情比头一天晚上好了许多。第三天,下好赶上是休息日。他又去了医院,他没敢去护士站问,他到外科病区去看,从打开的门口一个个去望,想看看被他撞的人住进了哪个病房里,结果一个上午一无所获。下午他又去了外科病区,终于在一个拐弯处的病房里发现了目标。他先是下楼到车上拿了买好的几盒营养品,站在病房门口给自己鼓了下气,才怯生生地推开了门。

正好床前没人。他喊了声:阿姨,您好点了吗? 我来看看您。

中年妇女在床上躺着,听到喊声,转身一看是他,忙说:孩子,我说了,不怪你的。你怎么又来了?

我撞了你,我放心不下。来看看您。

我没大事了,养养就好了。对了,住院处的二万块钱是不是你交的?

不是。

你说真话,要不阿姨真生气了。

阿姨,是我交的。我犯的错误,我就要负责。

你这个实诚孩子。阿姨笑着说。

阿姨的丈夫是市里的武装部长, 后来把自己的女儿介绍给了小童。

再后来,他们成了一家人。

微信时代的爱情

　　他爱人玉春在高中同学的微信圈中,和当上了企业家的高中同学任得意对上了眼。为了和丈夫离婚时多分得财产,她在微信上对表妹交代,让她买个新手机号,化名清新加了丈夫花新好友,以女大学生的名义和他交往。

　　花新坐在从省城回泰安的动车上闭目养神,在济南跑了多半天,竟然一无所获,他脸上不免有些失望的神情。这时手机的微信响了。

　　清新:花新大哥,今天的事,实在是对不起,您没生我的气吧? 我刚上台唱了一首歌到后台,偷偷给您发个短信。

　　花新:你这个小天使这样说,我还有什么理由生气? 不过,下次你一定要补偿我。

　　清新:怎么个补偿法?(笑脸)

　　花新:让我亲个够。(色脸)

　　清新:让我想想,你想亲哪儿?(鬼脸)

　　花新来了精神,坐直了说:先是你性感的小嘴唇,然后……(一串色脸)

　　清新:哥哥坏。人家还是个大学生,对那方面一点也没经验。(羞脸)

　　花新:哥哥我教你。

清新：我又要上台了，哥哥，再见。想着我。（两个红嘴唇）

花新抬头向四周看了看，见车上的人都在玩手机，也重新低头看上了手机。

前几天的一个晚上，他在外喝酒，突然微信响了，是一个叫清新的网友要加他。他不假思索就加了。

接着就来了微信。

清新：大哥，在忙什么？知道您是位大诗人，特别崇拜您。

花新：你是哪位？咱们不认识吧。

看网名和语气，应该是个女士。

清新：我是山艺大二的学生，学唱歌的。过去咱们不认识，这不就认识了。

花新：一定是个大美女。

清新：谢谢大哥夸奖。

花新：能发张照片给我吗，想看看你的模样。

停顿了一会，清新：好呀，不过大哥一定要替我保存好，不要给别人看。

花新：我向天保证。

清新发来了一张清纯照。

花新：真美，我收藏在心里了。

清新：谢谢哥。

又一次聊天记录：

清新：哥，你在吗？

花新：在，美女今天没有课？

清新：今天没课，突然就想起哥了。我们能语音聊会天吗，我想听到你的声音。

花新从办公室站了起来，看了下四围，走了出去。

进了厕所，见里边没人。他打开了手机。

花新：美女，还没问你大名呐，你叫什么？

清新：哥，你叫花新，我叫清新，说明咱俩有缘分呀。这是我的艺名。你是不是真花心啊。

花新：我这可是真名，上辈给留下来的这姓，父母从小给取的这名，实际上我恰恰一点也不花心，我最看重的就是感情。交往时间久了，你就了解我了。

清新：哥，我郑信你。你的声音真好听，特别有磁性、浑厚、迷离、温润，我超喜欢。

花新：你的声音更好听，像天使的声音，悦耳动听、清脆甜美，似那黄莺出谷，鸢啼凤鸣，清脆嘹亮却又婉转柔和。听了能使人心醉。

清新：哥真会说话。你是第一个这样夸我的男生。

……

头天晚上，他谎称要到省城济南办事，约清新见面。清新满口答应了他，两人约在山东艺大门口见面。第二天他赶到山艺门口给她发微信时，她说，怕同学看见了，改在银座广场见面，他打车到了银座广场时，她又说：今天学校临时通知让她参加一个外事活动，不能出来见面了。

这时手机响了，爱人玉春问：你晚上回家吃饭吗？

不回了，几个朋友约在山野人家喝酒，我正向那地方赶。

他爱人玉春在高中同学的微信圈中，和当上了企业家的高中同学任得意对上了眼。为了和丈夫离婚时多分得财产，她在微信上对表妹交代，让她买个新手机号，化名清新加了丈夫花新好友，以女大学生的名义和他交往。

在法庭上，法官把她交上来的手机里的内容一放，花新傻眼了。

他要照片,表妹在网上找了张美女照片发给了他。这里有个前提,他从来没有见过我这个表妹。她指着旁听席上的一个女孩说。

法官问:花新,你还有什么要陈述的吗?

花新使劲捶了自己的头几拳,又使劲摇了几下,头深深低了下去。

转 运

时院长亲自给王奶奶梳头,洗发,聊天,陪她打跑得快(最简单的扑克玩法),有时还会和她开个小玩笑。看到王奶奶情绪平稳,时院长心里暂时松了一口气。可一想到王奶奶的那份作业,时院长心里就不是滋味,不知道下一步该如何去做?

时院长给大家布置的作业是:每人写一篇文字,回忆过去也行,展望未来也可,要求只有一个:文章必须要有真情实感。

作业交上来了,虽然没有特别出彩的文章,但王奶奶的作业却使她陷入了深思。王奶奶的文章是这样写的:

尊敬的时院长:我委托你,我的后事请这样安排:存款20万捐给院里改善老人们的生活;两处房产拍卖后捐给市慈善协会,用于残疾人和孤儿教育。死后骨灰撒在滨江公园和我家附近的海天超市顶上。因为滨江公园是我工作过几十年的地方,走了我还会想那个地方,再说我那个最小,也是我最疼爱的外孙在附近上中学,他放学了会经常去那个公园玩;我过去的邻居都会经常去海天超市的,所以到时我也能经常看到他们。我的四个儿女,老大老二在国外发展,他们基本没有管过我,几年回来一次也是像做客。老三是住我原先住处附近的小女儿,她所在的工厂倒闭后,自己跑广州做生意去了,好几年没见过人影了。小儿子混得也不错,大学毕业后考上了公务员,现在是市里某局的副局长,住着四居的大房子。早先一年还带我那小孙子回来看我几回,后来我再也见不上我那孙子了。以上决定是在我清醒时做出的,具有法律效力,也是我的真实意愿。我的后事请时院长帮我操办一下就行了,一切从简。

王秀枝

2016 年 **3** 月 **10** 日

秋韵临终关怀养老院的时晓蒙院长只有三十多岁,她年轻漂亮,爱说爱笑,院里的老年人都很喜欢她。

她曾在国外待了十年,两年前回国创建了本市第一家临终关怀养老院,她考察和关注过世界上很多国家的养老现状。中国慢慢要进入老龄社会,养老院是个朝阳行业,将来会有大的发展。她还有个情结,就是自己在国外那些年,把自己带大的姥姥意外去世,走时没一个亲人在身边。

看过王奶奶的文字后,时院长这几天经常有事没事的去王奶奶身边转一转。她想安慰下老人,可不知如何开口。她分别给老人的四个孩子打了电话,让他们有空了多来看看老人,陪陪老人。可四个人,二个说太忙,一个的电话始终打不通,一个说有时间了一定过来看妈。

时院长亲自给王奶奶梳头,洗发,聊天,陪她打跑得快(最简单的扑克玩法），有时还会和她开个小玩笑。看到王奶奶情绪平稳，时院长心里暂时松了一口气。可一想到王奶奶的那份作业，时院长心里就不是滋味，不知道下一步该如何去做？

不久后，时院长终于在心里做出了一个决定，这天，她来到王奶奶房间，认真地对王奶奶说：王奶奶，我真想认您做妈，给您当闺女，你答应不答应？

我哪有那福分？

我是真心的，您答应我吗？您放心，您的那份意愿书永远有效。

你认我这个妈有什么用，一个行将就木的老太太，对你没有一点好处。王奶奶红着脸说。

妈，你就答应了女儿吧。时院长悄声接着说：我找人算了一卦，人家指明，这辈子我得认个干妈，情感、事业才能顺心如意。

要这样说，我答应你。好闺女。

妈……时院长深情地喊到。

哎……

（原载于《小说月刊》2016 年第 5 期）

一双离家出走的皮鞋